CROIX FATALE

Philippe ROUAND

CROIX FATALE

Roman

En application de l'art. L.137-2.-I. du Code de la propriété intellectuelle, toute reproduction et/ou divulgation de parties de l'œuvre dépassant le volume prévu par la loi est expressément interdite.

Édition : BoD • Books on Demand GmbH, In de Tarpen 42, 22848 Norderstedt (Allemagne)
Impression : Libri Plureos GmbH, Friedensallee 273, 22763 Hamburg (Allemagne)

Couverture réalisée à l'aide d'un logiciel d'intelligence artificielle.
© 2024, Philippe Rouand

Dépôt légal : Août 2024
ISBN : 978-2-3225-4429-5

« Celui qui veut me suivre doit renoncer à lui-même,
prendre sa croix et me suivre.
Car celui qui veut sauver sa vie la perdra,
mais celui qui la perdra à cause de moi la retrouvera. »

Matthieu 16 : 24-25

Première partie

Disparition

1

Une vibration réveilla Quentin à 6 h 30 du matin. Manon, enfin !
Cela faisait 5 jours qu'il était sans nouvelles de sa sœur et son inquiétude s'accentuait. Bien qu'ayant 3 ans d'écart, ils étaient proches comme des jumeaux, et Quentin ne pouvait se débarrasser de ce mauvais pressentiment.
Il se rua sur le téléphone et regarda rapidement l'émetteur du SMS : c'était Chloé, sa fille. Il ouvrit le message et comprit qu'elle le lui avait envoyé en se levant avant de partir en voyage scolaire.
— Peux-tu m'emmener à la gare ? La voiture de maman ne démarre pas.
Style direct, comme d'habitude.

Quentin se leva rapidement, s'habilla et sortit prendre sa voiture. Il n'aimait pas ça, mais sachant que son train partait à 7 h de la gare de la Part Dieu, il allait être obligé d'utiliser son gyrophare de police. Il tapa rapidement sa réponse.
— J'arrive.

Il habitait dans le quartier de la Croix-Rousse à Lyon, sa fille était chez son ex-femme rue Sully dans le VIe arrondissement, et la gare de la Part-Dieu dans le IIIe arrondissement.
Divorcé depuis plus d'un an, sa vie de commissaire de police avait en grande partie eu raison de son mariage.

Il passa devant le mur des Canuts, décoré d'une fresque représentant des ouvriers tissant la soie, et remémorant leur rébellion contre les conditions de travail au XIXe siècle.
Il adorait ce quartier de Lyon, bohème par excellence, avec ses labyrinthes de places arborées, et ses maisons qui abritaient autrefois des ateliers de tisserands.

Par contraste, le VIe arrondissement est le quartier chic et huppé de Lyon, proche du fameux parc de la Tête d'Or, bordé d'un bon nombre de consulats et d'ambassades.
Préférant éviter les conflits, il pensa à enlever son gyrophare, dont sa femme avait horreur, avant de s'engager rue Sully.
Fruit du hasard, sa fille l'attendait sur le trottoir devant l'institut de beauté « Mademoiselle Chloé ». Pas de trace de son ex, Léa.
Sa fille de 6 ans et demi ressemblait beaucoup à sa mère, les traits fins, cheveux blonds et surtout caractère bien trempé. Seuls ses yeux bleus venaient de lui.

— Ta mère n'est pas là ?

Suivant le regard de sa fille, il leva les yeux et aperçut Léa à la fenêtre de son appartement. Il comprit qu'elle surveillait sa fille mais avait préféré ne pas descendre : sous-entendu ne pas le voir.

Leurs relations, bien que courtoises, n'étaient pas au beau fixe. Bien que ce soit elle qui ait pris l'initiative du divorce à cause de son métier jugé « incompatible » avec une vie normale, elle avait obtenu la garde, le juge ayant considéré qu'un commissaire de police ne pouvait pas s'occuper d'un enfant, même à mi-temps.

Pourtant, Quentin avait prévu d'aménager son temps de travail afin de pouvoir assurer une garde alternée, mais cette initiative n'avait pas suffi.

Chloé monta rapidement dans la voiture et il démarra en trombe direction Part-Dieu.

— Papa, tu peux mettre le gyrophare s'il te plaît ? dit-elle d'une voix espiègle

Il le remit une fois sorti de la rue Sully. De toute façon, il en aurait besoin pour stationner en double file devant la gare.

Sa fille, tout excitée à l'idée de partir en voyage scolaire, n'arrêtait pas de parler, lui était préoccupé par les silences de sa sœur.

Manon avait fait des études d'Archéologie : master en recherche pendant 5 ans, puis doctorat en Archéologie durant 3 ans. Tout cela pour gagner 2 500 euros bruts par mois. Mais elle lui avait expliqué

que c'était par passion et non pour gagner beaucoup d'argent. Elle n'avait pas cherché de CDI et préférait choisir ses missions en CDD, travaillant en France ou à l'étranger pour des organismes de recherche, musées ou universités.
— Papa, le bus !
Perdu dans ses pensées, il manqua de percuter un autobus qui déboîtait brusquement de sa voie réservée. Il freina sèchement et prit la contre-allée en direction de la gare, avant de s'arrêter devant l'entrée, gyrophare allumé. Entraînant Chloé avec lui, Quentin se précipita vers les quais.

Son institutrice y attendait, de mauvaise humeur alors que tout le groupe scolaire était déjà dans le wagon. Quentin n'essaya même pas de lui fournir des explications, car elle monta rapidement dans le train avec Chloé après avoir vaguement indiqué qu'elle était la dernière arrivée. Quentin eut à peine le temps d'embrasser sa fille.

Il émergea de la gare et regarda autour de lui.

Le quartier de la Part-Dieu doit l'origine de son nom à un homme pieux du XIIe siècle qui aurait vu, dans ce secteur épargné par les eaux et rendu fertile (alors que toutes les terres alentour étaient marécageuses), un don du Ciel. Un document de cette époque parle de « a la part Deu », qui deviendra Part-Dieu et signifiait don de Dieu (ou du ciel).

Essentiellement composé d'immeubles bas et de tours, le quartier était en plein projet d'évolution et les nombreux travaux provoquaient un bazar sans nom. C'était déjà le second quartier d'affaires français après La Défense à Paris et l'ambition était d'accroître le nombre de bureaux, d'emplois ainsi que de voyageurs pour en faire un quartier tertiaire de référence en Europe. Ces aménagements avaient pour autres objectifs de bâtir un quartier plus agréable à vivre ainsi que de repenser les mobilités durables en revalorisant la place du piéton et en développant les déplacements dits « doux ».

Il remonta dans sa voiture, enleva son gyrophare et repartit en direction de la Croix-Rousse. Il ne se dirigea pas vers son appartement mais directement vers son bureau.
Le commissariat de la Croix-Rousse était situé rue de la Terrasse, près du boulevard des Canuts. Les Canuts étaient les tisserands de la soie. Leur première révolte en 1831, contre leurs rudes conditions de travail, est considérée comme l'un des premiers soulèvements ouvriers et influença les grands mouvements de pensée sociale du XIXe siècle.

Quentin se gara devant le commissariat, sortit de sa voiture et admira la fresque sur le « MUR » en face de son immeuble.
La Croix-Rousse est un quartier réputé pour ses fresques murales. Le MUR (« Modulable, Urbain et Réactif ») est un concept qui consiste à changer régulièrement l'aspect d'un mur. Sur celui-ci, comme un clin d'œil de l'artiste, la Croix-Rousse est représentée

par une icône végétale qui déroule son fil rouge transformé en attrape rêves, invitant à construire, assembler et tisser des liens ensemble.

Après avoir salué l'agent de permanence à l'entrée du Commissariat, il se dirigea vers son bureau, un petit local de 10 m² dont il était le seul occupant.
Le temps que son vieil ordinateur démarre, il alla prendre un café au distributeur en utilisant son badge pour payer. Depuis qu'il avait investi dans une machine expresso digne de ce nom, il ne buvait plus de café au bureau, car il le trouvait insipide. N'ayant pas pris de petit-déjeuner avant de partir ce matin, il ferait une exception aujourd'hui.

Revenu devant son PC, l'écran d'accueil afficha la une de BFM Lyon : pas grand-chose de neuf à part Nicolas Papin qui remporte le prix de la meilleure tarte à la praline, une spécialité lyonnaise.
Il ouvrit sa messagerie et commença à traiter ses e-mails. Une règle automatique les classait en fonction de critères de priorité qu'il avait définis.
Tout à coup, il sursauta ! L'expéditeur d'un de ses messages était Frédéric Lacombe, un collègue et ami qui travaillait au commissariat central de Montpellier.

Frédéric et lui s'étaient connus à l'École Nationale Supérieure de la Police de Saint-Cyr-au-Mont-d'Or, près de Lyon, où ils avaient fait leur formation de commissaire.

Ils s'étaient très vite liés d'amitié et avaient gardé contact quand Frédéric était retourné dans sa région.
L'e-mail était succinct : « Hello, lis le Midi Libre de ce matin. Suis à la bourre, on en reparle. Frédéric ».

Le Midi Libre est le journal local de Montpellier et sa région, tout comme le Progrès à Lyon.
Quentin se connecta rapidement sur leur site pour chercher l'édition du jour. Quand enfin il la localisa, il cliqua dessus pour l'afficher sur son écran. Ne sachant pas exactement ce qu'il était supposé trouver, il parcourut les pages une à une.
Sur la page des faits divers régionaux, la photo d'un article envahit l'écran : on voyait un petit village avec ses ruelles typiques et, dans le fond, une belle Abbaye qui paraissait très ancienne. Sur les rochers surplombant le village se devinaient les restes d'un château-fort.

C'est quand il lut le titre et le début de l'article que son sang se figea...

2

Le château Monteverno domine la vieille ville de Matera et son plateau calcaire où coule la Gravina. De nombreuses grottes naturelles ont ainsi été creusées pour servir de refuge aux hommes depuis le préhistorique. Matera était l'une des étapes de la Via Appia qui reliait Rome à la région des Pouilles dans le sud-est de l'Italie.

Mattéo traversa la cour du château et se dirigea vers l'entrée principale. De style aragonais, le château possède une tour centrale et deux tours latérales rondes. Il a été construit au tout début du XVIe siècle et abrite désormais la très secrète organisation *Dei Manum*, qui l'a racheté et restauré pour en faire son siège.

Mattéo était fier de l'origine hébraïque de son prénom qui signifie « *Don de Dieu* ». Tout en montant les marches le menant à la salle du conseil de l'ordre, il réfléchissait à ce qu'il allait raconter au grand maître. S'approchant de la porte, il distingua des bruits de voix et réussit à saisir quelques mots.

— Depuis qu'ils ont tourné le dernier James Bond à Matera, le village grouille de touristes et de journalistes. Ce n'est pas bon pour notre anonymat, disait Gianfranco Giordano, le grand maître.

Mattéo hésita puis toqua contre la lourde porte en bois massif.
La salle du conseil était majestueuse. Haute de plafond, elle devait faire 150 m² et était dotée de grandes baies vitrées donnant sur une terrasse surplombant la Gravina. En son milieu, les membres du conseil étaient assis autour d'une imposante table ovale en bois massif.
Giordano lui demanda aussitôt de faire son rapport.

— Nous avons récupéré la relique ainsi que la personne experte. Nous ne savons pas encore si elle a eu le temps de faire son estimation. Nous avons fouillé sa chambre sans rien trouver d'intéressant, juste quelques coupures de journaux anciens : la plupart sur les fameuses reliques et un article de 1869 concernant l'inauguration du canal de Suez sans rapport avec notre affaire.
 — Bien, l'avez-vous interrogée ?
— Non, je voulais vous demander l'aide d'un de nos experts en interrogatoire.
— Vous l'avez. Francesco vous rejoindra sur place d'ici un ou deux jours. Au fait, et nos… amis ?
— J'avais oublié, on a été obligé d'éliminer leur envoyé. Seul écueil pour l'instant. Mais nous l'avons fait discrètement avec l'aide du curé local qui est dévoué à notre cause.
— Parfait, vous pouvez vous retirer.

Quand Mattéo fut sorti, Giordano resta pensif un instant, une angoisse lui nouait le ventre. Il avait créé cette organisation secrète 40 ans plus tôt dans le but exclusif de protéger le Christianisme par tous les moyens possibles. Et cette affaire risquait de détruire les bases de la religion pour laquelle il avait sacrifié sa vie entière.

3

Quentin n'arrivait pas à quitter l'écran des yeux. Le gros titre tout d'abord « **Saint-Guilhem-le-Désert : Une jeune femme disparaît** ». Puis l'article lui-même, indiquant qu'un aubergiste du village avait alerté la police, car il était sans nouvelles d'une de ses clientes, Manon Duvivier, depuis 3 jours. Les gendarmes avaient trouvé la chambre vide. Une enquête avait été lancée.

Il se rappela qu'avant son départ, Manon lui avait dit qu'elle était tombée sur une affaire en or. Un client lui avait offert un contrat important afin qu'elle réalise des estimations d'authenticité sur un ensemble de reliques dans le monde. C'était passionnant, au cœur de son métier, bien payé et lui permettrait de voir du pays.
Il n'en savait pas plus sinon que la première mission se situait dans le sud de la France. Elle devait lui en dire davantage par téléphone quand elle serait sur place.
Les liens entre Manon et lui, déjà très forts, s'étaient encore resserrés à la mort de leur mère. À l'évocation de cet évènement, Quentin ressentit de nouveau un sentiment de culpabilité. Comme toujours en période de grand stress, la cicatrice de sa tempe droite

lui faisait mal, lui rappelant l'incident sordide à l'origine de sa blessure.

C'était un soir d'hiver alors qu'il avait vingt ans. Il avait entendu un bruit pendant la nuit, pensant à un meuble qui grinçait – les grincements étant plus importants la nuit quand les températures sont basses. Il s'était retourné dans son lit en mettant l'oreiller sur ses oreilles. Cela ne l'avait pas empêché d'entendre sa mère se lever et descendre les escaliers. Le cri de sa mère avait déchiré le silence de la nuit ! Le temps qu'il émerge de son demi-sommeil, il put distinguer des bruits de coups et encore les hurlements de sa mère. Il dévala les marches de la maison, pieds nus, et se dirigea vers le salon, source des bruits. Il perçut en même temps le fracas d'une chute devant lui et le crissement d'une porte à l'étage.

Il resta figé devant la scène qu'il découvrit : sa mère, en sang, sur le sol, un homme cagoulé, un couteau à la main, le regardant de ses yeux glaçants. Ils étaient vairons et Quentin sut qu'il n'oublierait jamais ce regard.

L'homme se rua sur lui et essaya de l'étriper d'un revers de main. Quentin eut le réflexe de reculer mais le couteau lui entailla fortement la tempe. Il s'écroula lourdement sur le tapis devant la cheminée. Son agresseur avança et s'apprêtait à l'achever quand sa sœur, Manon, jaillit des escaliers en demandant :

— Que se passe-t-il ?

L'homme tourna la tête juste une ou deux secondes mais cela suffit à Quentin pour se saisir du tisonnier. Quand le regard vairon revint vers lui, il abattait déjà la barre sur sa main. Désarmé, l'homme regarda alternativement Manon sur sa droite et Quentin sur sa gauche, en train de se relever, tisonnier au poing, fit demi-tour et partit en courant par la porte-fenêtre restée ouverte.

Sa sœur se jeta dans ses bras en sanglotant et en tremblant. Il regarda le corps sans vie de sa mère, le tableau du salon décroché du mur et posé contre le canapé, et les rideaux de la porte-fenêtre soulevés par le vent.

Son père était en déplacement pour son travail et c'était à lui de protéger sa famille. Il avait échoué.

Revenant à l'instant présent, Quentin chercha Saint-Guilhem-le-Désert sur Internet et reconnut rapidement le village médiéval de la photo du Midi Libre. Il était situé dans l'Hérault, donc bien dans le sud de la France.

En allant sur Google Maps, il vit que la cité médiévale s'était développée autour de l'Abbaye de Gellone (celle de la photo dans le journal), et repéra plusieurs hôtels et chambres d'hôtes.

L'article du Midi Libre ne précisait pas le nom de l'établissement dont le patron avait signalé la disparition de Manon.

Il pensa les appeler pour obtenir l'information mais se dit qu'une enquête étant en cours, il valait mieux qu'il se présente aux autorités locales en personne. De toute façon, il ne tenait plus en place. Il avait une journée de travail très chargée, mais on était vendredi et il décida qu'il partirait en fin de journée. D'après Google Maps, le trajet lui prendrait entre 3 h 30 et 4 h en voiture.

Après avoir traité les urgences de ses affaires en cours, Quentin quitta précipitamment le commissariat pour passer chez lui préparer sa valise. Ce fut fait en dix minutes, et vers 18 h il prit la route vers le midi.

Moins de 3 h plus tard, il prenait la sortie d'autoroute Montpellier Ouest et filait en direction de Saint-Guilhem-le-Désert.

Au cœur des Gorges de l'Hérault, la cité médiévale de Saint-Guilhem-le-Désert étirait ses ruelles le long d'un écrin de verdure, en suivant l'ondulation du ruisseau Verdus.

Dominant le village, le Château du Géant, probablement d'origine wisigothique, dressait encore ses derniers pans de murs.

Les maisons, imbriquées les unes aux autres, coiffées de tuiles patinées par le soleil et le poids des ans, n'étaient pas toutes singulières, mais elles portaient toutes la trace de leur passé : arcatures, linteaux, fenêtres romanes ou de la Renaissance.

Il était près de 21 h 30 lorsqu'il se gara devant la Taverne de L'Escuelle, à deux pas de l'Abbaye. La gendarmerie en charge de l'enquête était la Brigade de proximité, située à Aniane à sept kilomètres de là. Il se présenterait demain matin à la première heure, car la personne chargée de l'enquête ne devait pas être de garde ce soir.

L'aubergiste était accueillant et semblait avoir envie de parler.

— Alors le Lyonnais, la route a été bonne ?

Quentin feignit la surprise.
— En fait, j'ai vu le numéro de plaque de votre voiture, dit l'hôtelier en souriant.

Quentin réfléchit rapidement et décida de faire jouer son instinct. Tant pis si les gendarmes du coin n'étaient pas contents.
— Bonjour, je m'appelle Quentin Duvivier et je suis le frère de Manon.
Un voile d'étonnement passa sur les yeux de l'aubergiste. Le sourire de ce dernier s'estompa.
— Vous connaissez ma sœur ?

L'aubergiste parut embarrassé et hésita.
— Je sais qu'elle est portée disparue. J'ai rendez-vous à la gendarmerie demain matin. Savez-vous où elle logeait ? poursuivit Quentin.

La mention du rendez-vous avec les autorités locales sembla rassurer l'aubergiste.
— Oui, en fait elle logeait ici et c'est moi qui ai signalé sa disparition.

Quentin se dit qu'il avait choisi le bon hébergement finalement.

4

Le Centre d'affaires international de Moscou, appelé « Moscow City », construit en plein centre de la capitale, suscite des opinions contradictoires. Les plus jeunes aiment son look moderne et sa démesure alors que les plus anciens considèrent qu'il perturbe l'apparence historique de la ville.
La Tour Nord, construite en 2008, constitue le plus grand centre d'affaires « vert » de Russie.

Assis derrière son bureau présidentiel au 27e étage de la tour, Sergueï Ivanovski admirait le panorama sur le centre de Moscou.
Le bruit de son téléphone le tira de ses réflexions. Il sut que c'était l'appel qu'il attendait avec impatience.
— Da.
— C'est Alexei. Nous n'avons pas de nouvelles de notre agent de Montpellier en France. Son dernier rapport indiquait qu'il se rendait à destination pour rencontrer l'expert directement sur le site.
— C'est ennuyeux.

Ivanovski dirigeait Praveskaïa, l'une des organisations criminelles russes les plus influentes, et la plus puissante du pays. Elle était

spécialisée entre autres dans le recel d'œuvres d'art. Le projet qui le préoccupait était un des plus importants qu'il n'ait jamais eus. Pas seulement sur le plan financier mais également sur la renommée qu'il lui apporterait.
Il reprit la conversation.
— J'envoie Elena et Dimitri, ils parlent bien le français.

Le projet, dont le nom de code était « *Krest* » (la croix, en russe), consistait à rassembler l'ensemble des fragments de la vraie croix du Christ, de reconstituer celle-ci et de la vendre à prix d'or au Vatican.
Les revenus potentiels étaient inestimables, l'Église catholique étant très riche. Mais surtout, ce coup d'éclat assurerait sa légitimité au sein de l'organisation. En effet, depuis quelques mois, Mikhaïl Smirnov, son second, avait des velléités de le remplacer. Il ne loupait pas une occasion de le mettre en porte-à-faux. Ironiquement, son nom en russe signifiait « calme, doux et obéissant » : tout son contraire.
Smirnov n'était bien entendu pas au courant de ce projet. Pour limiter les risques, il l'avait envoyé sur une mission au fin fond de la Sibérie. Bien que Smirnov n'ait pas été dupe, il n'avait pas pu refuser.

Il sortit de son bureau et se dirigea vers les ascenseurs panoramiques. L'atrium de 18 étages surmonté d'un dôme était d'une extrême luminosité, voulue par l'architecte Boris Tkhor. Son chauffeur l'attendait dans son Aurus Senat et le conduisit au ministère des Affaires étrangères, Smolenskiy Bul'var. Il sentait qu'il aurait besoin de faire jouer ses relations pour avoir de l'aide sur ce dossier en France.

5

Émilie Pujol était en train de préparer son matériel spéléo pour la sortie de dimanche. Vu qu'elle était de permanence samedi, elle préférait que tout soit prêt ce soir.
Elle faisait partie du Club Loisirs et Plein Air de Saint-Martin-de-Londres, à une vingtaine de kilomètres d'Aniane. Curieusement, la spéléologie était considérée comme une activité de plein air alors qu'on allait s'enfermer dans des grottes.

Garçon manqué, elle était passionnée de ce type d'activité physique et cela lui avait valu le surnom de « La Taupe ». De taille moyenne, mince et toute en muscles, sa morphologie semblait faite pour la spéléo. Elle était malgré tout féminine et dégageait un charme fou avec ses cheveux bruns coupés court et ses yeux verts. L'amour de la nature lui venait de sa mère, Chantal, qu'elle n'avait plus revue depuis la mort de son père quatre ans plus tôt. Sa mère préférait la compagnie de ses chats que de ses enfants. Son frère, lui, travaillait à Paris comme maître d'hôtel.
Émilie, quant à elle, avait préféré s'enrôler dans la gendarmerie, afin de rester dans la région pour vivre sa passion de spéléologue.

Elle pensa à la nouvelle affaire, une femme qui avait disparu à Saint-Guilhem-le-Désert, et réalisa que les enquêtes étaient la partie la plus intéressante de son travail. Elle était allée à la Taverne de L'Escuelle avec son chef, le Capitaine Garcia, tous deux rattachés à la Brigade de proximité d'Aniane.

Habituellement, la demande d'enquête à la suite d'une disparition jugée inquiétante est déclenchée par un proche (époux, concubin, frère, sœur, parent, enfant…) ou l'employeur de la personne.

Dans ce cas, c'était l'aubergiste qui avait effectué la démarche, car sa cliente était partie en laissant ses affaires personnelles dans sa chambre.

Ils connaissaient son nom mais pas son adresse et n'avaient pas encore identifié sa famille pour la prévenir. Ils avaient donc pu inscrire son nom dans le fichier des personnes recherchées (FPR), mais pas commencer la recherche dans les fichiers nominatifs des organismes privés et publics (opérateurs téléphoniques, banques, impôts…).

Émilie rangea son sac étanche en TPU, matière beaucoup plus robuste que le PVC et idéale pour la spéléo, à côté de sa combinaison et de ses chaussures. Il contenait son descendeur, son bloqueur-poignée et son casque avec une lampe à LED. Il y a une vingtaine d'années, seul l'éclairage à la lampe à acétylène était utilisé en spéléo, les lampes électriques servant d'appoint ou de secours. Maintenant, on avait le choix entre l'acétylène et la LED. Émilie avait opté pour cette dernière car en dehors de la qualité de la lumière, elle n'avait que des avantages par rapport à l'acétylène :

plus légère et moins encombrante, plus robuste et fiable, avec plus d'autonomie.

En allant se coucher, elle repensa à Manon Duvivier et réalisa qu'elles avaient le même âge.

6

3 h du matin. Un silence écrasant planait sur la Taverne. Quentin sortit silencieusement de sa chambre, pieds nus, et descendit jusqu'à la réception. Passionné d'informatique, il avait suivi une formation en cybercriminalité et n'eut aucun mal à trouver le mot de passe de l'ordinateur de l'accueil.
Manon était enregistrée au 1er étage, chambre 112. Il récupéra la clé derrière le comptoir et remonta prestement. Bien qu'appartenant à la police, il savait qu'il agissait dans l'illégalité, car l'affaire n'était pas de son ressort et, en plus, il y avait conflit d'intérêts. Mais il ne pouvait pas rester les bras croisés en attendant qu'un banal gendarme local fasse son enquête. De plus, quelque chose lui insufflait un sentiment d'urgence, comme s'il y avait une sorte de connexion virtuelle entre sa sœur et lui.

Visiblement, la chambre avait été fouillée. Certainement par les gendarmes. Une valise à moitié ouverte était posée par terre; Manon n'avait rien rangé dans le placard. Sur le bureau, des articles de presse, la plupart traitant des reliques de la sainte Croix. Certains décrivaient des sites religieux hébergeant un fragment de la croix tandis que d'autres relataient des incidents (vol ou tentative de vol), toujours de fragments. Quentin comprit que c'étaient les fameuses reliques dont lui avait parlé Manon.

Soudain, il remarqua les bottines rouges qu'il lui avait offertes pour un anniversaire. Petits, ils étaient passionnés de romans et films d'espionnage, et Quentin, toujours à la recherche d'un cadeau original, lui avait acheté des bottines à talon creux pouvant contenir un message.

C'était tellement inhabituel que ceux qui avaient fouillé la chambre n'avaient pas pensé à inspecter de plus près les chaussures de Manon.

Il y avait un papier à l'intérieur de la cache. Il le déplia et lut son contenu…

*

La sonnerie du téléphone fit sursauter Émilie.

Assise dans son bureau au 31 rue Jean Castéran à Aniane, elle était en train de répertorier tous les Duvivier de France afin de trouver une Manon et une adresse.

C'était l'accueil.

— Bonjour Lieutenant, un certain M. Duvivier demande à parler à la personne en charge de l'enquête sur la disparition de sa sœur.

Émilie resta ébahie. Aurait-elle effectué toutes ces recherches pour rien ?

L'homme qui entra dans son bureau devait avoir entre 30 et 40 ans. Il était assez grand, mince et avait une démarche souple. Le regard d'acier de ses yeux bleus vous transperçait comme un pic à glace. Mais ce qu'on remarquait le plus était sa cicatrice sur la tempe droite, que ses cheveux courts faisaient ressortir.
— Bonjour, on m'a dit à l'accueil que vous étiez en charge de l'enquête sur la disparition de ma sœur et je voulais savoir où vous en étiez.
Son ton était brusque, comme s'il était pressé d'en finir et n'attendait aucune aide de sa part.
— Bonjour M. Duvivier, tout d'abord, veuillez vous asseoir s'il vous plaît, dit-elle d'un ton doux mais ferme.

Il poussa un soupir mais obtempéra tout en lui lançant un regard perçant.
— Tout d'abord, commença Émilie, j'aurai besoin de vérifier que vous êtes bien le frère de la personne portée disparue, et que vous me disiez tout ce que vous savez à son sujet : pourquoi elle était ici, que faisait-elle, avait-elle des ennemis, etc.

Quentin lui tendit volontairement sa carte de police afin de la provoquer. Depuis 2011, elle est au format carte bancaire avec une puce afin d'être infalsifiable.
Émilie vit le grade de Commissaire au-dessus du mot « POLICE » en gros caractères rouges. Elle le reconnut immédiatement sur la photo en haut à droite, retourna la carte pour vérifier son identité : Quentin Duvivier.

— Vous savez que votre titre de commissaire ne vous donne aucun droit sur cette affaire, commença Émilie.

Quentin la coupa :
— C'est la raison pour laquelle je me suis présenté à l'équipe en charge de l'enquête. Mais il s'agit de ma sœur et vous comprendrez que je tiens à m'impliquer fortement.
— Commencez alors par me dire ce que vous savez exactement, ça nous aidera.
— Ma sœur est archéologue. Elle m'a parlé d'une mission dans le sud de la France pour un client dont elle ne m'a pas dit le nom. Un ancien collègue de promotion, Frédéric Lacombe, a vu l'article du Midi Libre et m'a aussitôt alerté. Et me voici. Et vous, de votre côté, où en êtes-vous ?
— L'enquête démarre. Où habitez-vous, votre sœur et vous ?
— À Lyon.
— Connaissez-vous son donneur d'ordre pour cette mission ?
— Malheureusement non.
— Savez-vous si elle avait des soucis particuliers ces temps-ci, des conflits, voire des ennemis ?
— Non, rien de tout cela. Je n'ai pas d'explication.

Émilie sentit qu'il ne lui disait pas toute la vérité. Les signes étaient imperceptibles, certainement parce qu'en tant que policier, il savait comment les dissimuler, mais il était difficile de tous les contrôler. La gestuelle était bonne, sa façon de parler bien maîtrisée; en revanche, son regard éteint signifiait qu'il était en train de se remémorer quelque chose visuellement dans sa tête.

La façon qu'avait Émilie de le regarder déstabilisait Quentin. Il se sentait un peu comme devant un psy qui essayait de le mettre à nu et il avait horreur de ça. Il devait à tout prix détourner la conversation.
Il remarqua des photos d'Émilie avec un groupe de personnes en combinaison rouge, bleue ou jaune et avec un casque sur la tête. Certaines étaient prises à l'intérieur d'une grotte.

7

Seul le chant des cigales rompait l'épais silence et permettait à Manon d'estimer quelle partie de la journée il était et par conséquent depuis combien de jours elle se trouvait ici.
On était fin juin et, comme dans les fables, les cigales avaient commencé à chanter et cela durerait tout l'été. Elle savait que leur concert pouvait débuter, pour certaines, dès potron-minet (8h30), et s'éterniser parfois jusqu'à près de minuit !
Cela faisait donc 4 jours qu'elle était enfermée dans ce local sombre, avec pour seule lumière le rai passant sous la porte et venant certainement du couloir. Ils l'avaient attachée aux barreaux d'un vieux lit et ouvraient la porte seulement pour lui déposer à boire et à manger.

Le lendemain de son arrivée à Saint-Guilhem, elle avait rejoint comme prévu Serge Malkine, le représentant local de la société qui l'avait missionnée, à l'Abbaye de Gellone. Cette dernière a été fondée au IXe siècle par Guilhem, prince carolingien, cousin germain de Charlemagne, qui passa treize années de sa vie à défendre le royaume contre les incursions sarrasines avant de se tourner vers la foi. Dans sa retraite spirituelle, il emporta avec lui la précieuse relique de la Croix, offerte par Charlemagne qui l'avait lui-même obtenue du prêtre de Zacharie.

C'était pour authentifier ce fragment qu'elle était là. Malkine avait obtenu l'accord de l'évêque de Montpellier (depuis la révolution, l'église abbatiale était devenue une église paroissiale) et pris rendez-vous avec le curé local pour démarrer l'étude. L'accord prévoyait que le curé ou son représentant serait en permanence avec elle afin de surveiller la relique.
La pièce choisie pour faire l'étude se trouvait près de la salle capitulaire. Le bois, qui constitue un des fragments de la vraie croix, mesure "cinq pouces de long" et fait partie d'un reliquaire en argent, orné de pierres précieuses. Il avait été retiré de la niche protégée d'une grille en fer à droite du chœur et déposé sur une table au centre de la pièce.
Une sentence gravée en latin et en français frappe d'excommunication ipso facto quiconque emporterait la moindre parcelle de la relique.

Manon avait choisi d'utiliser la datation au Carbone 14 pour confirmer l'âge de la relique. Elle envisageait de mesurer la radioactivité à l'aide d'un compteur à scintillation liquide (CSL), modèle TRI-CARB 4810TR, qu'elle avait fait installer dans un coin de la pièce.
Elle commença à effectuer des prélèvements pour alimenter l'appareil. Tout à coup, elle se retourna : le curé et Malkine n'étaient plus là. L'absence de Malkine ne la surprenait pas, car

c'était un fumeur et il avait dû aller s'en griller une dans le cloître attenant. Mais celle du curé était plus étrange car il avait insisté pour la surveiller.

Chassant ces détails de ses pensées, elle se concentra sur son travail. Les premiers résultats apparurent sur l'écran de l'ordinateur relié au CSL. Elle n'en crut pas ses yeux. Elle avait dû commettre une erreur. Il fallait qu'elle refasse une contre-analyse. Par réflexe, elle imprima les résultats sur sa petite laser HP. Le texte n'était pas très net, signe qu'il fallait changer la cartouche d'encre. Énervée, elle froissa le bout de papier, chercha une poubelle et, n'en trouvant pas, l'enfouit au fond de la poche de son jean.
Ensuite, elle retourna vers la table portant la relique et recommença ses prélèvements.
Un léger bruit derrière elle dérangea sa concentration. Elle n'eut pas le temps de tourner la tête qu'une main puissante lui plaqua un chiffon sur le nez et la bouche, puis elle s'évanouit.

Maintenant, elle se réveillait, captive.
Elle se leva et essaya de faire bouger le lit en tirant sur ses menottes. Rien. Le lit était fixé au sol et impossible de le déplacer. Sa situation lui évoquait un livre d'espionnage où le héros avait réussi à ouvrir ses menottes avec un trombone. Pensant que c'était purement fictif, elle avait cependant vérifié sur internet si c'était possible et avait trouvé des « tutos » sur le sujet. On pouvait utiliser divers objets comme épingle à nourrice, trombone ou épingle à cheveux. Elle avait alors usé de toute sa force de persuasion auprès

de son frère pour obtenir des vraies menottes de policier. Ensuite, elle avait fait le test avec le premier objet qu'elle avait sous la main : une épingle à cheveux.
Une épingle à… Manon sursauta et mit aussitôt la main dans ses cheveux. Rien sur le côté droit. Elle regarda à gauche et poussa un soupir de soulagement. Celle-ci était là. Bien que ses cheveux châtain clair ne soient pas très longs, elle les plaquait sur les tempes avec une épingle. Cette dernière étant de la même couleur que ses cheveux, ses ravisseurs ne l'avaient pas vue. L'autre avait dû tomber lors de son rapt.

Il fallait qu'elle réalise un essai. Tendant l'oreille afin de détecter le moindre bruit, elle détacha l'épingle et se mit à l'œuvre. Elle l'ouvrit, ôta l'embout en plastique avec ses dents, introduisit l'extrémité dans la serrure d'une menotte et la plia afin d'obtenir un angle à 90 degrés. Ensuite, elle réinséra l'embout courbé dans la serrure et fit levier.

Elle en tremblait tellement qu'elle crut ne pas y arriver, mais au bout de quelques mouvements, la serrure s'ouvrit d'un coup et Manon poussa un soupir de soulagement.
Elle referma alors la menotte en réfléchissant à un scénario d'évasion.

8

Francesco acheva sa préparation à base de Datura. L'utilisation de cette plante est réservée aux chamans les plus expérimentés, car selon la concentration des substances actives, l'ingestion de quantités infimes peut être mortelle. Il s'en servait pour extraire la scopolamine, alcaloïde particulièrement abondant dans le Datura et employé pendant la guerre comme sérum de vérité.

Il était un des experts en interrogatoire de Dei Manum et préférait fabriquer ses propres produits : le raffinement de l'art de la torture.
Il commençait toujours par son sérum de vérité, faisant chauffer la poudre pour dégager des vapeurs que le « patient » respirait. Ce traitement ne fonctionnait pas systématiquement, aussi avait-il toute une panoplie de châtiments de son cru : l'arrachage des ongles, la brûlure électrique ou encore les cotons imbibés d'essence placés entre les doigts de pieds et auxquels il mettait le feu.

Il prit la poudre de Datura qu'il s'amusait à teinter afin de la rendre rouge, la versa dans une petite fiole avant de mettre le tout dans sa mallette « spéciale torture » contenant également pinces, tenailles, matériel électrique, coton et essence.

Le maître l'envoyait sur une nouvelle mission dans le sud de la France et comme chaque fois il était très excité à l'idée de découvrir un nouveau patient, ou plutôt une patiente. On lui avait indiqué en effet que c'était une femme et il s'en réjouissait car c'était rare. Ses patients étaient plutôt masculins.

Il avait prévu de faire le trajet en voiture, car sa mallette ne passerait pas le contrôle des bagages à l'aéroport. Il espérait arriver le dimanche soir et serait hébergé par le curé Saunière à Saint-Guilhem-le-Désert.
Il chargea sa valise et la fameuse mallette dans sa Fiat Fiorino, ferma la porte de sa petite maison érigée au milieu d'une plantation d'oliviers, et démarra sans plus tarder.

Depuis l'arrivée de la bactérie Xylella fastidiosa sur les oliviers dans les Pouilles, le vert des oliveraies séculaires a cédé la place au noir des troncs abandonnés, aux terrains dénudés en raison de l'arrachage obligatoire ou volontaire des arbres infectés.
Francesco avait décidé d'utiliser une méthode non officiellement homologuée : renforcer le système immunitaire des plantes grâce à un fertilisant bio à base de zinc, de cuivre et d'acide citrique. Et cela avait été une réussite dont il était fier.
L'oléiculture était sa passion, mais elle ne permettait pas de le faire vivre convenablement. L'argent que rapportaient ses missions pour Dei Manum était indispensable, et en plus il aimait ça.

9

Quentin fixait les photos.
— Vous faites de la spéléologie ?

Émilie faillit éclater de rire. Changer de sujet était également symptomatique des personnes qui voulaient cacher quelque chose. Elle se contenta de sourire.
— Vous êtes très observateur, Commissaire.

Attendant qu'elle complète sa réponse, Quentin en profita pour réfléchir à la démarche à suivre. Le papier qu'il avait trouvé dans le talon de la chaussure de Manon indiquait qu'elle avait rendez-vous, la veille de sa disparition, à l'abbaye de Gellone avec le curé Saunière et un dénommé Malkine.
Avant de venir à la gendarmerie, il avait eu le temps de se renseigner sur Internet et connaissait donc l'histoire de la relique de la sainte Croix. Il était persuadé que c'était l'objet de la mission de Manon.
Son plan initial était de faire cavalier seul afin d'aller plus vite. Il doutait des compétences de la gendarmerie locale. Désormais, il hésitait. Étaient-ce les beaux yeux verts et le magnétisme de ce

lieutenant, ou bien réalisait-il qu'il avait besoin des autorités locales pour ouvrir plus facilement des portes et interroger des témoins ?
— …depuis que je suis toute petite… Eh, vous m'écoutez au moins ou bien vous réfléchissez à votre prochain mensonge ?

On l'avait toujours considérée fine psychologue, capable de bien comprendre les sentiments et réactions des gens. Pourtant, cela ne l'avait pas empêchée de ne rien voir venir lorsque son petit ami l'avait plaquée deux ans plus tôt. Depuis, elle s'était refermée sur elle-même, refusant d'entamer toute relation durable.
Elle voyait en Quentin un frère inquiet de la disparition de sa sœur et prêt à tout pour la retrouver. Elle pensa à son frère et essaya d'imaginer sa réaction s'il disparaissait. Oui, l'homme en face d'elle paraissait sincère dans ses émotions, un peu moins dans son discours.

La remarque d'Émilie ramena Quentin à la conversation. Il se maudit de ce relâchement, ce n'était pas dans ses habitudes. Il était plutôt froid et calculateur. Il décida de lui divulguer une partie de ce qu'il savait afin d'obtenir son aide mais de garder des informations pour avoir une longueur d'avance.
— Désolé, la disparition de ma sœur me perturbe. Effectivement, je ne vous ai pas encore tout dit, je voulais savoir si je pouvais vous faire confiance d'abord. La mission de Manon consistait à authentifier des reliques et à Saint-Guilhem-le-Désert il me semble que la seule relique se trouve à l'Abbaye de Gellone. Il faut que nous allions là-bas pour interroger le curé.

— Je ne peux pas vous mêler officiellement à l'enquête. J'irai interroger le père Saunière dès lundi matin, je ne suis de service que ce matin.
— Tant pis, j'irai l'interroger sans vous cet après-midi, on n'a pas de temps à perdre.

Émilie savait qu'il avait raison. En plus, une disparition est un sujet prioritaire qui implique du travail en dehors des heures « officielles ». Elle avait fait exprès de jouer la fonctionnaire afin de tester sa réaction qui confirmait d'ailleurs ce qu'elle pensait de lui.
Elle allait entrer dans son jeu de chat et de souris et lui proposer d'y aller cet après-midi, feignant de lui faire une fleur. Elle allait même l'autoriser à venir, car en réalité cela lui permettrait de le surveiller.
— D'accord, je vais aller l'interroger cet après-midi et je vous autorise à venir avec moi, mais en simple spectateur.

Le regard bleu acier qu'il lui lança ne lui permit pas de savoir s'il était satisfait ou pas. Cependant, il la fit frissonner. Finalement, ce jeu commençait à l'intéresser, et elle ne savait pas vraiment qui serait le chat et qui serait la souris.

10

Elena tenait tendrement la main de Dimitri. Ils étaient confortablement assis au salon de la taverne de L'Escuelle en train de siroter une vodka, sous l'œil attendri de l'aubergiste, debout derrière son comptoir.

Ils s'étaient inscrits comme mari et femme et jouaient un couple de touristes venus visiter les gorges de l'Hérault. Ils devaient donc donner le change afin de passer inaperçus.

Elena était grande, blonde et élancée avec des yeux bleus lagon : le stéréotype russe. Dimitri, quant à lui, était d'origine géorgienne et de taille moyenne, brun aux yeux vairons. La Géorgie comprend plus d'une cinquantaine de groupes ethniques différents, la majorité étant de type caucasien, mais on compte également des Arméniens, des Grecs, des Azéris ou des Russes.

De ce fait, leur couple ne faisait pas « russe » au premier coup d'œil, et seule une oreille experte pouvait déceler un léger accent d'Europe de l'Est lorsqu'ils parlaient.

Avant de venir, ils étaient passés à Montpellier à l'appartement de Malkine et l'avaient trouvé vide. Son dernier rapport indiquait qu'il avait rendez-vous avec Manon Duvivier dans cette taverne.

Dès qu'elle avait vu l'aubergiste, Elena avait tout de suite compris qu'ils n'auraient aucune difficulté pour lui tirer les vers du nez.

Ils l'avaient invité à boire un coup en lui racontant leur voyage et en posant des questions sur la région et le village. Puis Elena avait sorti l'article du Midi Libre relatant la disparition de Manon en feignant d'être inquiète pour leur sécurité.

Rapidement, l'alcool et les compétences de la Russe faisant, ils apprirent que la disparue logeait dans la taverne, que son frère était arrivé la veille et parti à la gendarmerie d'Aniane.

Elena avait révisé le dossier et savait déjà beaucoup de choses sur Manon, notamment qu'elle avait un frère commissaire de police à Lyon. Elle avait même une photo de lui et pourrait facilement l'identifier et le surveiller. Un policier devrait pouvoir les aider à retrouver la disparue.

Le dossier spécifiait que la première mission de Manon, commandée par Praveskaïa, l'employeur d'Elena, consistait à authentifier la relique de l'abbaye de Gellone. Ils devraient donc aller visiter celle-ci discrètement et n'avaient pas élaboré de plan.

L'aubergiste quitta son comptoir et partit vers son bureau. Elena retira aussitôt sa main de celle de Dimitri. Il fallait jouer le jeu, mais il y avait des limites !

11

La nef de l'église abbatiale de Gellone les dominait de ses 18 mètres de haut. Fondée au IXe siècle et reconstruite au XIe, ce chef-d'œuvre d'art roman est devenu une halte incontournable pour les pèlerins de Saint-Jacques-de-Compostelle. Son cloître, bien que démantelé de son étage et dépouillé de ses sculptures, reste néanmoins remarquable. Une partie des sculptures du cloître se trouve aujourd'hui au Metropolitan Museum of Art de New York. L'Abbaye a été inscrite dès 1840 sur la liste des Monuments Historiques afin d'arrêter le processus d'abandon.

Émilie se gara devant une maison rectangulaire à un étage jouxtant le cloître.
— Le curé habite ici, allons voir s'il est chez lui.

S'extirpant de la Renault Clio de gendarmerie d'Émilie, Quentin admira les deux grands cyprès qui dépassaient au-dessus du mur du cloître. Cet arbre a souvent eu une interprétation symbolique pour la religion : deux cyprès pour les protestants, et trois pour les catholiques, donnant ainsi l'image de la Sainte Trinité. Ce symbolisme n'était donc pas respecté ici, à moins qu'un troisième cyprès n'ait pas été remplacé après sa mort.

Ils tapèrent à la porte à plusieurs reprises et s'apprêtaient à repartir quand celle-ci s'ouvrit d'un coup. Le père Saunière ne semblait pas surpris de les voir. Quentin supposa qu'il les avait épiés lorsqu'ils avaient garé la voiture. Pourquoi donc a-t-il mis si longtemps avant d'ouvrir ? Étrange.

C'était un homme de petite taille et d'une cinquantaine d'années. Il avait les cheveux courts grisonnants et un visage austère. Il portait une soutane noire avec un col blanc, bien que cette tenue ne soit plus obligatoire depuis 1962.

Il devait connaître Émilie, car il lui parla directement, ignorant Quentin.
— Lieutenant Pujol, quelle surprise, que puis-je pour vous ?
— Bonjour mon père, je suis désolée de vous déranger à l'improviste, mais il s'agit d'une affaire urgente.
— Je vous écoute.
— Pourrions-nous entrer ? Il vaut mieux avoir cette discussion à l'intérieur.
Saunière hésita un instant, une lueur d'inquiétude traversa son regard.
— Heu, oui bien entendu.

Il s'écarta enfin pour les laisser passer. Ils le suivirent ensuite jusqu'à une grande pièce qui devait lui servir de bureau. Sur un mur, il y avait un crucifix en bois massif avec un Christ argenté. Mais ce qui frappa le plus Quentin fut l'énorme fresque dessinée sur le mur d'en face. Elle représentait les 7 péchés capitaux à travers des figures de moine : un moine dévorant un cuissot pour la gourmandise, un autre somnolant pour la paresse, un troisième enlaçant une femme pour la luxure, et ainsi de suite. Il remarqua au centre de la fresque un 8e dessin représentant un moine avec un serpent sortant de sa bouche. Il se permit une remarque.
— Cette fresque, je remarque les 7 péchés capitaux, mais que symbolise ce 8e dessin ?

Saunière le regarda enfin comme s'il découvrait sa présence.
— Il représente le péché de langue. Il a été introduit vers 1250 par un Dominicain, Guillaume Peyraut. Certains péchés de langue étaient déjà inclus dans les premières listes de péchés capitaux : blasphème, mensonge, faux témoignage, diffamation.
— C'est la première fois que je le vois, ce n'est pas très commun non ?
— Tout dépend de nos croyances, mon fils. Mais asseyez-vous je vous en prie.

Une fois installés, Émilie commença l'interrogatoire.
Elle lui apprit la disparition de Manon Duvivier, présenta Quentin comme étant son frère mais en passant sous silence sa profession de

policier. Elle avait été très claire avec le commissaire : elle posait les questions et lui se contentait d'écouter.

Le curé Saunière s'attendait à cette visite. Avec les envoyés du maître, il avait préparé dans les moindres détails les réponses à apporter à la police. L'hypothèse de départ étant que personne, à part Malkine et Manon, n'était au courant du rendez-vous. D'après les sources de Dei Manum, le projet consistant à authentifier les vrais fragments de la Croix du Christ avait été lancé par l'organisation russe Praveskaïa pour de simples raisons pécuniaires. Mais Gianfranco Giordano, le grand maître, y voyait un risque majeur : et si aucun des fragments n'était vrai ?

Et même si certains étaient vrais mais d'autres faux, la divulgation de cette information créerait un cataclysme inédit au sein de la religion chrétienne.

— Mon père, avez-vous rencontré Mlle Duvivier ?
— Non Lieutenant, je ne connais pas cette personne.
— Avez-vous reçu une demande consistant à analyser la relique de la sainte Croix qui est exposée dans l'église paroissiale de l'Abbaye ?
— Aucunement. Ce genre de requête doit de toute façon avoir l'aval de ma hiérarchie.

Ce qu'il oubliait de dire, c'est qu'il avait uniquement informé *Dei Manum* de cette demande, et pas l'évêque, son supérieur.

— Mlle Duvivier était sur une mission pour authentifier une relique. Or dans ce secteur, à ma connaissance, il n'y a que celle de l'Abbaye.
— Je comprends mais malheureusement je ne peux pas vous aider.

Mû par son instinct, Quentin demanda soudain :
— Pourrions-nous jeter un œil sur la relique ?

Émilie le fusilla du regard.
Saunière regarda tranquillement Quentin. Ils avaient prévu cette question, d'autant plus qu'ils avaient caché la relique par sécurité, ne doutant pas que Praveskaïa enverrait de nouveaux agents.
Ils l'avaient entreposée à l'Ermitage, au même endroit où était séquestrée Manon.
L'Ermitage Notre-Dame du lieu plaisant, construit en 1336, est resté un lieu de pèlerinage sur le chemin de Saint-Jacques-de-Compostelle. L'accès se fait par un sentier accidenté difficilement praticable, même à moto. Il faut compter environ une heure de marche depuis Saint-Guilhem. C'était le lieu idéal pour les activités de Dei Manum.

— Ç'aurait été avec plaisir, malheureusement elle a été envoyée à Rome pour la Fête de Saint-Pierre et Saint-Paul. C'est une occasion pour présenter les reliques éparpillées dans le monde. Bien sûr, toutes les paroisses ne le font pas.

Quentin jeta un regard surpris à Émilie. Ça n'avait pas de sens. Ce curé mentait avec aplomb et les prenait pour des imbéciles.
— Je vous remercie de nous avoir reçus, mon père. Nous n'allons pas vous déranger plus longtemps. Si vous remarquez quelque chose ou quelqu'un de suspect aux alentours de l'Abbaye, merci de me prévenir.

Une fois sortis, Quentin laissa errer son regard sur les rochers surplombant le village et sur le vignoble bordant l'Abbaye. Amateur de vin, il s'était intéressé aux cépages des différentes régions. Ici dominaient le Carignan et le Mourvèdre qui étaient la plupart du temps complétés de Syrah et Grenache. Les vins du Languedoc étaient puissants, souvent corsés et il les appréciait.

— On avait dit que c'était moi qui posais les questions ! fulmina Émilie.
— Je suis désolé. En revanche, je suis persuadé qu'il ment. Qu'en penses-tu ?

Émilie comprit qu'il voulait mettre fin à tout conflit entre eux et apprécia ce tact. Paradoxalement, quelque chose en lui l'attirait, mais elle se mettait instinctivement sur la défensive. De plus, elle réalisa qu'il l'avait tutoyée et cela ne lui déplaisait pas.

— Je suis d'accord avec toi, mais je ne vois pas trop quoi faire pour l'instant. Vérifier s'il dit vrai au sujet de la relique va prendre du

temps, et même si on démontre qu'il a menti, rien ne prouve qu'il y ait un rapport avec la disparition de ta sœur.
— Il faut à tout prix fouiller l'Abbaye.
— Pour cela il nous faut une autorisation écrite du juge d'instruction. Je le connais, vu les éléments dont nous disposons, il refusera.
— On fait quoi alors ?
— Il faut trouver des témoins. Je vais placarder des affiches dans tout Saint-Guilhem en espérant que quelqu'un se signalera. En parallèle, je vais quand même vérifier l'histoire de la relique envoyée à Rome et faire la demande de perquisition au juge.

Quentin appréciait qu'elle essaie de se remuer pour faire avancer l'enquête mais ça n'allait pas assez vite à son goût.

— Je te laisse avancer et te propose de faire un point ce soir. Je t'invite à dîner.
— Désolée, je suis prise ce soir.

Elle avait répondu impulsivement et regrettait presque. Mais elle ne voulait pas sembler lui obéir au doigt et à l'œil. Elle avait sa fierté !

— Demain soir si tu veux, après ma sortie avec mon club spéléo.
— Et qui va continuer l'enquête demain ?
— Surtout pas toi, on est bien d'accord ? Mon chef prend le relais quand je ne suis pas disponible et demain soir j'aurai fait le point avec lui avant de venir dîner. C'est à la Taverne ?

— Oui, disons 20 h à la Taverne.

Quentin savait ce qui lui restait à faire mais s'abstint bien évidemment de le lui dire. Il quitta Émilie et regagna son hôtel à pied à travers les petites rues du village médiéval. Il traversa tout d'abord la place de la Liberté, au centre de laquelle se dressait un magnifique platane plus que centenaire. C'était le début de l'été et les terrasses des cafés étaient déjà pleines de monde.
Il y avait un décalage entre le côté vacancier de l'endroit où il se trouvait et l'angoisse qu'il ressentait pour Manon.

Il s'était senti coupable de la mort de sa mère et avait trouvé son exutoire en devenant policier. Chaque fois qu'il mettait un criminel en prison, c'était l'homme aux yeux vairons qu'il voyait derrière les barreaux.
Son père a fait ce qu'il a pu pour les élever correctement mais rien ne remplace une mère. Manon et Quentin s'étaient de plus en plus rapprochés au fil du temps et sa disparition lui donnait le sentiment d'avoir perdu une partie de lui-même.

Lorsqu'il entra dans la Taverne, il repéra tout de suite le couple assis au bar. Ils se tenaient la main et ressemblaient à des amoureux ordinaires. Il se demanda d'ailleurs ce que voulait dire « ordinaire » car il avait peu de moyens de comparaison et son expérience personnelle semblait tout sauf ordinaire justement.

Malgré tout, une alarme s'enclencha dans sa tête : que faisait ce couple ici ?
Son instinct de flic lui jouait souvent des tours, ils devaient tout simplement être en vacances.
L'aubergiste apparut aussitôt à l'accueil.
— Bonsoir M. Duvivier. Alors, avez-vous des nouvelles de votre sœur ?

Quentin, tout en faisant semblant de fixer le tavernier, regardait le miroir derrière lui afin de surveiller le fameux couple. Deuxième alarme ! Ils avaient levé la tête à l'évocation de son nom. Ceci dit, la voix forte de l'aubergiste aurait interpellé n'importe qui.
— Non, ils n'ont encore rien, malheureusement. Au fait, connaissez-vous l'horaire de la messe demain ?

L'aubergiste le regarda bizarrement.
— Oui, elle a lieu à 11 h.
— Merci, je crois que je vais aller me recueillir pour ma sœur. Bonne soirée.

Dans le reflet du miroir, il vit le couple en train de discuter comme s'il n'existait pas. Devenait-il parano ?

12

Émilie leva les bras et se laissa glisser à travers la boite aux lettres. Ses bottes percutèrent la roche 1 à 2 mètres plus bas, ses bras étant toujours en l'air et pris entre deux pans de rochers. En spéléologie, on appelait « boite aux lettres » une étroiture où, non seulement l'orifice est surbaissé, mais l'entrée se trouve en hauteur. Il faut y pénétrer les pieds en avant en levant les bras. Souvent, le plus difficile est de la remonter. D'habitude, elle angoissait un peu à l'idée du retour, mais aujourd'hui, sa tête était ailleurs. Que savait-elle sur Quentin ? Était-il marié ? Avait-il quelqu'un dans sa vie ? Elle le sentait à la fois sûr de lui et atteint d'un traumatisme profond. Il l'attirait autant qu'il lui faisait peur. Ses émotions provoquaient un véritable désordre dans sa tête. Sa détresse vis-à-vis de la disparition de sa sœur semblait sincère, mais elle devinait qu'il faisait semblant de collaborer avec les « nuls » locaux. Ce comportement l'agaçait, mais lui donnait aussi envie de lui démontrer qu'il se trompait.

— Attention où tu mets les pieds !

L'avertissement de Vincent la tira de ses pensées et lui évita de tomber dans une cavité, certes peu profonde, mais qui aurait pu lui causer de graves blessures.

Ils arrivaient au fond de l'aven-grotte des Lauriers, à 109 m de l'entrée principale et au niveau de l'Hérault, fleuve donnant son nom au département. La fin de la grotte était d'ailleurs marquée par une remontée d'eau.

La grotte, découverte en 1930, a été aménagée à la fin des années 80, au grand dam des spéléologues qui préféraient la découvrir en toute tranquillité. Mais n'ayant attiré que 5000 visiteurs par an, elle a fermé après quelques années et ne peut être visitée maintenant que sur rendez-vous. Seuls les clubs de spéléo ont l'autorisation d'y descendre en passant par le puits d'entrée naturelle se situant sur le plateau du Thaurac. La première descente en rappel permet d'arriver à la plateforme aménagée. Ensuite, il faut suivre tout le trajet touristique qui, pour des spéléologues expérimentés, revient à une simple promenade. Mais la balade vaut le détour ! Les volumes sont impressionnants, les concrétions vraiment belles et de taille. Les passages bas sur les passerelles sont agréables. La fin de la partie aménagée se situe dans la « grande salle » : immense ! Et dire que la grotte était habitée il y a 15 000 à 20 000 ans.

Ils étaient cinq pour la sortie de ce dimanche. Émilie était la seule femme, la spéléologie attirant principalement les hommes. Il y avait donc Vincent, boulanger au village de Laroque, près de la Grotte, Laurent et Benoît, deux frères férus d'informatique et qui travaillaient en indépendant depuis chez eux à Ganges, et Mathieu qui était apiculteur et fournissait tout le groupe en bon miel.

Ils firent demi-tour pour prendre le chemin du retour. Arrivés à l'étroiture de la boite aux lettres, Émilie, qui en général passait la première afin d'aider les autres à remonter, laissa Vincent la devancer.
Elle préférait garder des forces pour redescendre la cheminée et passer le siphon : galerie entièrement noyée, nécessitant l'utilisation de matériel de plongée ou de pompage. Celui-ci était généralement presque à sec et il suffisait d'écoper avec des casseroles laissées sur place le peu d'eau qui restait afin de le passer en rampant. Le passage était malgré tout très boueux mais la boue fait partie de la spéléo !

— Tu as l'air préoccupée, lui dit Vincent après l'avoir aidée à remonter l'étroiture.
— C'est juste une enquête en cours qui me prend la tête, répondit-elle, évasive.
— Ah, je préfère, je croyais que tu étais tombée amoureuse.

Malgré son clin d'œil indiquant qu'il plaisantait, elle se sentit mise à nu. Pourtant elle était certaine de n'éprouver aucun sentiment amoureux pour le commissaire. Mais au fait, quels étaient ses sentiments ? Elle avait du mal à les analyser tant tout était embrouillé.
Que faisait Quentin en ce moment ? Elle savait. Oui elle savait qu'il n'allait pas attendre et qu'il irait visiter l'Abbaye. C'était trop prévisible. Il faudrait qu'elle lui tire les vers du nez ce soir au

restaurant. En pensant à sa soirée, elle éprouva une agréable sensation de chaleur au creux du ventre. Cela faisait des mois, voire des années, qu'elle n'avait pas eu de tête-à-tête au restaurant.

Les lampes éclairaient de nombreuses concrétions, plus belles les unes que les autres : fistuleuses, draperies, choux-fleurs, excentriques, et bien sûr stalactites et stalagmites. Leur halo créait des ombres fantomatiques dans une ambiance de cathédrale. Ils arrivèrent enfin en haut de la cheminée, nom donné à un puits peu large qui se remontait lors de la progression initiale. Au retour ils allaient donc devoir descendre en s'aidant de leurs pieds et leurs mains, en opposition sur les parois.
Son esprit revint à l'affaire en cours. Depuis sa visite chez le curé Saunière, elle avait eu le temps de laisser un message au juge pour l'autorisation de perquisition. Concernant l'envoi de la relique à Rome, n'ayant pas pu en si peu de temps trouver le moyen de vérifier, elle avait envoyé un e-mail à son chef, lui résumant la situation pour la prise de relais et lui demandant s'il pouvait s'en occuper.

— Eh, fais attention !

Elle venait de glisser dans le puits et avait percuté les épaules de Laurent qui était juste devant. Elle entendit la voix de Vincent derrière elle.

— Ça fait déjà deux fois que tu es distraite, Émilie, tu sais bien qu'en spéléo, cela ne pardonne pas. Toujours à cause de ton enquête ?
— Je suis désolée, et oui je pensais encore à ça.
— Et en plus, on dit « jamais deux sans trois », donc fais gaffe.

Émilie se concentra et arriva en bas de la cheminée devant l'entrée du siphon. Elle n'était pas claustrophobe et sa petite taille (1m66 quand même !) ainsi que sa fine morphologie étaient des atouts dans les étroitures. Elle rampa, les coudes et genoux raclant la boue, jusqu'à un tournant qui annonçait la sortie du siphon.
Ensuite, il y aurait deux petits puits à remonter avant celui de l'entrée principale qui faisait une trentaine de mètres de hauteur.

Tous les spéléologues portent un baudrier qui leur permet de s'attacher facilement à la corde. Lors de la descente, ils utilisent un descendeur, système à deux poulies qui laisse glisser la corde tout en permettant de maîtriser sa vitesse. Pour remonter, ils se servent de bloqueurs, système qui laisse glisser la corde dans un sens, celui de la montée, et la bloque dans l'autre sens. Deux types de bloqueurs sont utilisés : un qui se fixe à la poitrine sur le baudrier, et un autre comprenant une poignée munie d'une sangle faisant une boucle pour mettre le pied.
Il suffit de faire glisser la poignée sur la corde, la sangle tire le pied vers le haut en pliant la jambe, ensuite on met la jambe droite pour monter le long de la corde sans forcer.

Les deux premiers puits furent vite remontés et ils se préparaient pour le dernier, le plus haut mais aussi techniquement le plus compliqué, car ils avaient dû faire un fractionnement. Lors de la pose d'une corde dans un puits, si la corde touche la roche et donc risque par frottement de se rompre, on met en place un amarrage intermédiaire : la corde est alors « fractionnée » en tronçons.
Pour passer, il faut donc s'attacher à l'amarrage, ôter ses bloqueurs du premier tronçon de la corde pour les placer sur l'autre tronçon.
Laurent, Benoît et Mathieu passèrent les premiers puis ce fut le tour d'Émilie. Elle prit un rythme de croisière, très répétitif, et son esprit s'évada encore.

Cette fois elle pensa à son ex petit-ami et la raison pour laquelle il l'avait quittée. Était-ce son caractère bien trempé, son besoin d'indépendance et de liberté, ou bien des raisons plus intimes comme son manque de tendresse ou d'expérience sexuelle ? Toutes ces pensées la tétanisaient et l'avaient empêchée d'entamer une nouvelle relation. Mais au fond d'elle-même, elle savait qu'elle ne voulait pas d'une vie d'ermite et rêvait de fonder une famille.
Encore une fois, le déclencheur qui avait refait émerger toutes ses émotions semblait être Quentin, ce flic ténébreux aux yeux de glace.

Elle arriva au fractionnement. Toute dans ses pensées, ses gestes étaient automatiques. Prenant appui sur le bord de la paroi, elle détacha sa poignée de la corde basse et l'attacha à celle qui repartait vers le haut. Ensuite, elle enleva son bloqueur de poitrine et s'apprêtait à le fixer sur l'autre corde lorsque son pied glissa sur la roche humide. Au moment où son corps partait en arrière, elle réalisa avec effroi qu'elle avait oublié de s'assurer avec sa longe (corde courte permettant de s'amarrer à une fixation à l'aide d'un anneau appelé mousqueton).

Son cri déchira le silence de la grotte…

13

Dimanche, 11 h. Les cloches arrêtèrent leur carillon répété, indiquant le début imminent de la messe. Elles avaient sonné une heure, une demi-heure et dix minutes avant l'office.
Quentin observait la partie du mur du cloître entre la maison du curé et une grande bâtisse sur la droite. Des escaliers montaient le long de la maison et permettaient d'arriver à la moitié de la hauteur du mur. Le message caché de Manon précisait que le rendez-vous avait lieu dans le cloître.

La veille au soir, il avait commandé un sandwich et une bière qu'il avait avalés dans sa chambre en faisant le point.
Il semblait évident que sa disparition était liée à sa mission, que le curé était mêlé à cette histoire, qu'il ne savait malheureusement pas pour qui elle travaillait, que le couple à la taverne était louche, et que les yeux verts de la gendarmette étaient magnétiques. Cette dernière remarque le fit sourire. Depuis son divorce, entre le boulot et sa fille, il avait mis sa vie sentimentale en veilleuse. Et c'est encore son travail qui était prioritaire dans cette affaire. Faire un semblant de charme au Lieutenant était purement tactique afin de

collecter un maximum d'informations, mais qu'elle soit jolie rendait cela plus agréable.

Ce matin, il avait appelé sa fille Chloé pour avoir des nouvelles. Tout allait bien. Elle était emballée par sa sortie et s'amusait bien avec ses copains et copines. Au printemps, il avait commencé à l'emmener courir avec lui dans les Monts d'Or et les Monts du Lyonnais. La course à pied était une de ses passions, ça lui permettait de libérer toute la tension emmagasinée dans son travail. Étonnement, sa fille lui avait demandé de venir avec lui. Ce n'était pas le sport favori des enfants de cet âge. Il suspectait qu'elle faisait ça pour qu'il passe plus de temps avec elle et il en était très heureux. Et en plus elle se débrouillait bien ! Il lui avait fait un programme progressif, alternant course et marche, augmentant la distance petit à petit et surtout en contrôlant sa vitesse : les enfants ont tendance à partir trop vite et, du coup, s'arrêtent rapidement.
Bien sûr, il avait essuyé les critiques de son ex-femme, mais finalement c'était habituel et ne le perturbait plus.

Il monta les marches, regarda autour de lui et, ne voyant personne, escalada promptement le mur. De l'autre côté, il y avait toute la hauteur, soit environ quatre mètres au lieu des deux qu'il venait de franchir. De peur d'être aperçu au-dessus du mur, sans plus réfléchir il pivota, se suspendit par les mains et sauta les deux mètres restants. Ce n'est qu'une fois en bas qu'il réalisa qu'il aurait du mal à sortir par le même chemin. Tant pis, il improviserait.

*

Dès que Quentin eut disparu derrière le mur, Elena et Dimitri émergèrent du coin de la rue.
— Que fait-on ? demanda Dimitri.
Elena était clairement le leader du duo.
— On le laisse trouver sa sœur et on se contente de le prendre en filature. Il est mieux placé que nous pour enquêter sans éveiller les soupçons.
— Tu as vu comment il nous a regardés à la taverne ? Il faudra être plus que discrets.

*

Le cloître était magnifique. Les deux cyprès le dominaient de toute leur hauteur. De part et d'autre, une galerie en arcades longeait un ensemble de salles. Quentin ne savait pas par où commencer. Il faudrait certainement les inspecter une par une. Il prit la galerie sur sa droite et entama sa progression. Sur la première longueur, il n'y avait que des fenêtres donnant sur le cloître. Au bout, une porte semblait permettre l'accès à l'abside. On entendait d'ailleurs le prêche du curé : la messe avait bien commencé.
Il bifurqua à gauche. Cette largeur n'avait aucune ouverture. Il attaqua enfin la longueur opposée et s'arrêta face à une grande porte devant laquelle un panneau indiquait : *Musée - découvrez l'histoire du site avec « Les Voyages du Cloître »*. Il était fermé le dimanche matin et ouvrait à 14 h. Quentin sortit son rossignol et crocheta rapidement la serrure. Il se retrouva dans une salle

impressionnante par sa sobriété, son caractère et sa lumière. Il s'avança vers le fond et passa devant le tombeau du fondateur de l'Abbaye, Guillaume duc d'Aquitaine, cousin de Charlemagne et héros éponyme du village.

Une porte basse occupait l'angle. Fermée. Elle ne lui résista pas plus longtemps que la première et lui permit d'émerger dans une petite salle, très dépouillée, avec une table et deux chaises dans un coin. Il allait faire demi-tour lorsque son regard accrocha un trait marron le long du mur. Il s'approcha et se pencha. Cela ressemblait à une épingle à cheveux. Il la ramassa et l'examina de plus près : pas de doute, elle appartenait à Manon. Il avait la preuve de sa présence ici !

Le curé Saunière devenait subitement encore plus suspect. Il jeta un dernier coup d'œil puis sortit en refermant les portes. Il ne pouvait pas escalader le mur par lequel il était arrivé et se dirigea donc vers la porte menant d'après lui à l'abside.

La voix de Saunière était toujours audible. Il tourna la poignée, la porte n'était pas fermée. Étant donné qu'elle donnait sur le cloître et que la porte du musée était close, le curé n'avait sans doute pas vu la nécessité de fermer celle-ci.

Profitant de l'aubaine, il entra dans une espèce de hall en face duquel une pancarte indiquait « Chapelle Autel St-Guilhem ». Il devina le curé sur sa gauche, masqué par un des piliers du transept, et s'approcha de la chapelle.

L'autel était un pur joyau de délicatesse, composé de deux panneaux en marbre blanc sur une base en marbre noir. Sur celui de droite, une très belle Crucifixion inspirée des miniatures romanes :

rinceaux, motifs et personnages, finement gravés au trait dans le marbre, tandis que les creux étaient remplis de verre noir, rouge et vert.
Les pieds du Christ n'étaient pas superposés : on croyait donc encore aux quatre clous à l'époque où ce monument a été sculpté. Plus tard, au XIIIe siècle, on représenta les pieds du Christ superposés et attachés par un seul clou.
Sur le panneau de gauche était représenté le Christ triomphant, entouré des attributs évangéliques ailés et nimbés.

Soudain, Quentin entendit le début de la bénédiction, indiquant la fin de la cérémonie.
— Le Seigneur soit avec vous. Et avec votre esprit.

Il se dirigea vers le transept et prit position derrière un pilier.

— Allez dans la paix du Christ. Nous rendons grâce à Dieu.

Il attendit de voir Saunière sortir par la porte du côté de l'absidiole nord, puis se mêla aux fidèles qui commençaient à quitter l'église.

Comment confondre ce curé ? S'il attendait le retour des gendarmes concernant l'envoi de la relique à Rome, sa sœur avait mille fois le temps de mourir. Prochaine étape, inspecter le logis personnel de Saunière. Il lui fallait un plan.
Il commençait à avoir faim et décida d'aller s'installer en terrasse à la taverne où il logeait.

Quand il arriva vers 12 h 45, toutes les tables étaient prises. Un serveur lui indiquant une attente de 45 minutes minimum, il s'apprêtait à partir quand quelqu'un l'interpella :
— Si vous voulez partager ma table, ce sera avec plaisir.

Il se retourna et ouvrit grand les yeux en voyant la femme blonde aperçue la veille au bar de la taverne. Pas de trace de son mari. Il était toujours suspicieux mais décida d'accepter, car il avait faim et puis ce serait l'occasion de vérifier son impression.
— Je ne voudrais pas vous déranger, vous attendez certainement votre mari…
— Il est parti se promener, je préfère le farniente. Asseyez-vous, je vous en prie.
— Merci. Quentin, se présenta-t-il.
— Elena.
— En vacances ?

Elena l'observait de ses yeux lagon. Ils avaient eu raison de se séparer avec Dimitri : tandis qu'elle revenait à la taverne où Quentin ne manquerait pas de se montrer, lui surveillait les abords de l'Abbaye. À peine installée à une table, elle avait reçu un SMS de Dimitri la prévenant de l'arrivée de Quentin qui venait de sortir de l'église par la grande porte. Très fort de sa part. Elena avait rapidement décidé d'entrer ouvertement en contact avec lui afin de mieux le surveiller. Elle le trouvait très séduisant et se dit qu'une relation rapprochée ne serait pas désagréable.

— Oui, nous venons d'Ukraine et sommes en France pour un mois. Des amis nous ont recommandé l'arrière-pays héraultais, beaucoup plus joli que le littoral. Et vous ?
— J'habite à Lyon et je suis descendu quelques jours voir ma sœur qui est ici pour son travail.

Quentin avait décidé de dire une partie de la vérité et analysa la réaction d'Elena. Elle semblait imperturbable.
Le serveur déposa une grande salade composée devant Elena et Quentin passa sa commande. Elle le regardait avec un sourire gourmand, se tenant très droite sur sa chaise de façon à faire ressortir sa poitrine déjà plantureuse.
— Vous parlez bien le français, et sans accent en plus. Où avez-vous appris ?
— J'ai étudié le français en première langue et j'ai séjourné plusieurs fois en France en échange scolaire puis en stage. Vous pourriez me présenter votre sœur. Elle m'indiquera ce qu'il y a à découvrir dans la région.

Quentin sentit le piège.
— Pas sûr, elle ne s'intéresse guère au tourisme. Elle préfère aller marcher dans la garrigue.
— Tout comme mon mari ! Alors que moi je suis plutôt visite, villages, monuments, terroir. Votre sœur pourrait aller se balader avec mon mari pendant que nous irions découvrir le pays. Qu'en pensez-vous ?

Tout en parlant, elle avait posé sa main sur la sienne d'une manière naturelle mais sans équivoque.

Quentin se demanda comment sortir de cette impasse quand il eut une idée : ce soir, il demanderait à Émilie de jouer le rôle de sa sœur. Il lui dirait qu'il était persuadé que ce couple était louche et qu'il fallait en avoir le cœur net.

Elena était curieuse de voir comment il allait gérer son mensonge et pouvoir lui présenter une personne disparue. Elle enfonça le clou.

— On pourrait dîner ensemble tous les quatre ce soir pour planifier nos activités.

— Je ne suis pas disponible ce soir, mais demain midi ici même si vous voulez.

Il devait absolument annuler la réservation de ce soir à la taverne où il ne manquerait pas d'y croiser Elena et son mari. Mais il fallait aussi prévenir Émilie.

— D'accord, disons 12 h 30.

Elle savait qu'il cherchait à gagner du temps pour réfléchir à sa stratégie. Pas grave. Ce serait plus facile de les surveiller, voire de se justifier, s'ils se retrouvaient au même endroit.

— À demain alors. Bonne soirée, dit-elle avec un sourire ironique.

Elle se leva et partit en direction de la place de la Liberté.

Quentin mata son déhanché et sa façon d'onduler des fesses, sachant qu'elle le faisait intentionnellement. Il s'aperçut avec amusement que la plupart des hommes la suivaient des yeux jusqu'à ce qu'elle tourne au coin de la rue.

14

Saunière quitta l'église par la porte latérale et se dirigea vers son logis. Il avait tourné la tête au dernier moment et aperçu le flic quittant la nef. Cela voulait dire qu'il le surveillait. Il ne croyait pas une seule seconde qu'il était là pour prier. Il devait donc trouver un moyen pour héberger discrètement Francesco, l'envoyé de Dei Manum qui venait interroger la prisonnière. Le plan initial était qu'il vienne directement chez lui passer la nuit avant de se rendre à L'Ermitage le lendemain matin.

Sa servante lui avait préparé le repas et était repartie chez elle. Il se versa une large rasade de vin et réfléchit aux solutions possibles tout en mangeant. Il ignorait s'il pouvait déjà être sur écoute et n'osait pas se servir de son téléphone, que ce soit le fixe ou le portable. S'il voulait téléphoner d'un autre endroit, il faudrait qu'il sème ses éventuels suiveurs. En fait il était paniqué car n'avait jamais été confronté à ce genre de situation. Quand Dei Manum l'avait approché pour lui proposer de rejoindre l'organisation, il avait juste été convaincu par leur approche, en phase avec ses propres idées intégristes. Mais maintenant, face à la réalité du côté sombre de Dei Manum, il avait peur.

Tout à coup il sursauta et faillit renverser sa tasse de café sur son pantalon. La mélodie de Laudate Dominum suivie d'une vibration annonçait l'arrivée d'un SMS sur son portable.
— Arriverò verso le 19.30. Va bene per te ?[1]

L'expéditeur était Francesco. Quand on parle du loup ! Il arrivait donc vers 19 h 30. Le message était en italien et suffisamment laconique pour ne pas être louche au cas où son smartphone serait surveillé. Il devait vite trouver un autre lieu d'hébergement, une façon discrète de le rencontrer et surtout une manière de lui répondre sans éveiller les soupçons.
Il pensa alors au gîte du Chant des Oiseaux, à deux pas de l'Abbaye. Il connaissait bien la patronne qui était une grenouille de bénitier, ne loupant aucune messe du dimanche. Elle était d'ailleurs présente ce matin. Il saurait trouver les mots pour acheter sa discrétion.
Il enfila sa soutane, supprima le dernier SMS, enferma son portable dans le tiroir du meuble d'entrée (il avait lu qu'on pouvait localiser quelqu'un même si celui-ci était éteint, peut-être devenait-il parano !), et sortit de chez lui.
À l'extérieur, rien de suspect à première vue, mais il savait que les professionnels pratiquaient des filatures sans se faire remarquer. Essayant d'adopter un pas tranquille, il gagna l'entrée de l'église, longea le bas-côté nord et s'enferma dans la salle du fond réservé au clergé, donc en l'occurrence à lui. En passant, il avait vérifié qu'il y avait bien des fidèles en train de prier : parfait pour son plan.

---

[1] J'arriverai vers 19h30. Cela te convient-il ?

Il ôta sa soutane, prit des vêtements civils dans l'armoire, s'habilla en vitesse et ressortit pour rejoindre les paroissiens.

*

Sitôt que le curé eut tourné le coin de la rue, Quentin s'approcha de la porte de sa maison. S'assurant qu'il n'y avait personne dans les parages, il crocheta la serrure et se faufila à l'intérieur, sans apercevoir Dimitri qui l'observait, caché derrière un arbre.

Il referma à clé après avoir placé un petit caillou sous la porte, encore une technique apprise lors de ses précédentes missions. Il monta ensuite à l'étage pour repérer l'accès aux combles du toit. Le principe était simple : dès qu'il entendrait la porte s'ouvrir (le caillou étant l'assurance qu'il y aurait du bruit), il filerait se cacher dans les combles et en sortirait quand la voie serait libre. Au pire, si le curé ne ressortait pas de la soirée, il passerait par le toit en déplaçant des tuiles.
Il fit une fouille systématique, commençant par le bureau. Il ne trouva rien en rapport avec la disparition de sa sœur ou le transfert du fragment de la Croix. Dans un porte-journaux en bois, il remarqua plusieurs exemplaires de La Nef. C'était une revue mensuelle catholique traditionaliste revendiquant des prises de position antilibérales et anti-libertaires, parfois qualifiées d'intégristes. Il pensa aussitôt à ces groupuscules extrémistes religieux et se demanda si cela pouvait avoir un lien avec son affaire. Il passa ensuite à la chambre. Elle était meublée de façon austère : un lit, une table de nuit sur laquelle reposait une Bible, une

armoire contenant quelques habits et deux soutanes. Le séjour et la cuisine ne donnèrent pas plus de résultats.

*

Saunière choisit Mme Caumes, car elle habitait dans la même direction que le gîte. Il s'agenouilla près d'elle et entama sa prière silencieuse. Elle avait les yeux fermés et paraissait absorbée par son oraison. Il ne voulait pas l'aborder en premier et attendit un instant. Elle dut sentir sa présence car moins de deux minutes plus tard, elle entrouvrit les yeux, le regarda et sursauta.
— Mon père !
— Bonjour ma fille, finissez, je vous en prie. Avez-vous bientôt terminé vos prières ?
— Oui mon père, je dois rentrer chez moi sous peu m'occuper du ménage.
— Si vous le permettez, je vous accompagnerai, je dois rendre visite à Mme Brunel.
— Bien sûr, avec plaisir mon père.

Mme Brunel était la bigote qui tenait le gîte du Chant des Oiseaux. Dix minutes plus tard, qui lui parurent des heures, il sortait de l'église en tenant le bras de Mme Caumes. Il la laissa devant chez elle et retourna vers le gîte. La mère Brunel était à l'accueil et sembla heureuse de sa visite.
— Ma fille, j'ai un service à vous demander, mais il faut que vous n'en parliez à qui que ce soit. Ma réputation et l'église sont en jeu.

— Oui bien sûr mon père, mais qu'y a-t-il de si grave ? dit-elle d'une voix inquiète.
— Voilà. Un collègue italien m'a demandé d'héberger un de ses amis, or il se trouve que cet homme n'a pas la foi. Je ne peux décemment le recevoir chez moi et je suis venu réserver une chambre chez vous. Mais personne ne doit savoir que la demande provient de moi, absolument personne.

La logeuse sembla rassurée. Elle s'attendait à bien pire, ce qui fit dire à Saunière que son plan était bon.
— Pas de problème mon père, ce sera notre secret !

*

Déçu, Quentin décida de repartir. Il regarda à travers l'œil-de-bœuf afin de s'assurer que la voie était libre et allait ouvrir la porte quand il remarqua le guéridon dans un coin du hall d'entrée. C'était un modèle à tiroirs. Le seul endroit qu'il n'avait pas fouillé. Et si…
Le premier tiroir contenait des piles, un bloc de papier et des stylos. Dans le second, il vit un téléphone portable. Certainement celui de Saunière. C'était un Samsung. Toujours grâce à sa formation de cybercriminalité, il réussit à le déverrouiller et consulta rapidement les derniers e-mails et SMS. Rien de particulier dans les e-mails. En revanche, le dernier SMS datait de plus d'un mois et Quentin supposa que les plus récents avaient été effacés. Pas grave, il savait comment les retrouver et nota le dernier échange « Arriverò verso le 19.30. Va bene per te ? ». C'était de l'italien mais sans parler

cette langue, le message était très clair pour lui. Qui donc devait rencontrer Saunière ce soir ?

Il installa un logiciel espion lui permettant de tracer à partir de son propre téléphone les conversations sur celui du curé. L'installation d'un tel logiciel pouvait facilement être détectée, mais il misait sur le fait que Saunière n'était pas vraiment spécialiste de cette technologie et ne verrait rien.

Tout à coup, des bruits de pas résonnèrent à l'extérieur, puis une clé fut introduite dans la serrure. Il reverrouilla prestement le smartphone, le remit dans le tiroir et se rua dans les escaliers vers l'étage. À peine avait-il refermé la trappe d'accès aux combles qu'il perçut les pas du curé.

Saunière pénétra dans sa chambre pour retirer sa soutane, puis redescendit récupérer son téléphone. Il avait demandé à Mme Brunel d'appeler Francesco, qui parlait bien français même s'il préférait utiliser l'italien, pour lui dire de venir directement au gîte récupérer sa chambre en arrivant ; ensuite elle devait l'envoyer à l'église à 20 h 30 pour une confession.

En attendant, il remonta dans sa chambre pour se reposer.

15

Quentin regarda sa montre une nouvelle fois : 19 h et le curé était toujours là. L'option évasion en déplaçant les tuiles n'était pas possible tant qu'il restait dans sa chambre à l'étage. Il entendrait forcément le bruit que ferait Quentin.
Il commençait à s'ankyloser à force de rester assis sur une petite poutre de la charpente en fermette. Heureusement, la batterie de son téléphone avait une bonne autonomie, ce qui lui avait laissé le temps d'essayer son logiciel espion et de constater que Saunière n'avait effectué aucune communication. Bizarre. Ensuite, il avait envoyé un SMS à Émilie Pujol pour lui dire que la taverne était complète ce soir et lui demander si elle connaissait une autre bonne adresse. Elle n'avait toujours pas répondu. Du coup, il avait annulé la table de l'Escuelle et réservé au restaurant « Le Repère De Ziva » à Aniane. Sur Internet, la terrasse semblait agréable et les avis étaient excellents. Il préférait éviter un autre restaurant dans Saint-Guilhem de peur de croiser Elena. En plus, il s'était dit que la gendarmerie où travaillait Émilie étant à Aniane, elle ne devait pas habiter très loin. Il venait donc de lui renvoyer un SMS pour lui préciser le nouveau lieu de rendez-vous et avait décalé à 20 h 30 afin de gagner du temps.

*

Elena rejoignit Dimitri peu avant 19 h.
— Alors ?
— Il est entré par effraction chez le curé et je ne l'ai pas vu ressortir. Il a dû se planquer quand Saunière est arrivé. Depuis, rien à signaler si ce n'est que je commence à trouver le temps long.

Elena réfléchit un instant puis décida :
— On va lui donner un coup de main pour sortir, car c'est dans notre intérêt. Va sonner chez le curé pour l'éloigner de son domicile. Par exemple, dis-lui que tu as entendu des bruits bizarres en passant devant le mur du cloître. De mon côté, je prends ton relais et dès que le flic sort je le file.
— OK.

Elena le regarda se diriger vers la maison de Saunière et appuyer sur la sonnette d'entrée. Elle se demandait si Duvivier avait bien un rendez-vous ce soir et avec qui, ou si c'était juste pour gagner du temps et préparer le déjeuner de demain avec sa sœur disparue. Elle ne devrait pas le lâcher des yeux.

Le bruit de la sonnette fit sursauter Quentin. Il entendit Saunière se lever et descendre accueillir son visiteur. Serait-ce déjà l'italien qu'il attendait à 19 h 30 ? Ensuite il y eut des bruits de voix puis quelqu'un remontant à l'étage (certainement Saunière),

redescendant les marches, et enfin la porte qui claque. Un silence envahit la maison. Quentin regarda sa montre : 19 h 15. Par prudence, il attendit 10 minutes puis sortit de sa cachette. Il avait des courbatures mais était content de pouvoir étirer son corps. Il ne s'attarda pas et se retrouva sur le seuil de la porte. Personne en vue. Filant vers la taverne, il prit son téléphone pour rappeler Émilie lorsqu'une vibration annonça l'arrivée d'un SMS.
— OK *Ziva*, 20 h 30.

C'était laconique, mais suffisant pour le soulager. Il lança le logiciel espion lui permettant de surveiller le curé, ainsi que de le localiser. Le bornage indiquait qu'il était toujours dans sa maison, ce qui voulait dire que Saunière était encore parti en le laissant. Il n'avait donc aucune idée d'où il pouvait être.
Dans le hall de l'hôtel, il tendit la main vers l'étagère à clés pour récupérer la sienne quand on l'interpella :
— Je croyais que vous n'étiez pas là ce soir.

Il se retourna. Elena se tenait devant lui, le matant d'un regard à la fois malicieux et sensuel.
— Elena ! Quel plaisir de vous revoir. Hélas je dois ressortir et je suis pressé. Je file vite passer un coup de fil et me changer. On se voit toujours demain midi ?
— Bien sûr. Passez une agréable soirée.

Elle le suivit des yeux jusqu'à ce qu'il disparaisse dans l'ascenseur. Décidément, ce flic lui plaisait de plus en plus et elle sentit une montée d'adrénaline se diffuser dans les veines. Elle devait à tout prix savoir ce qu'il comptait faire ce soir. Elle attendit Dimitri au bar pour mettre au point le plan de surveillance.

*

Une fois dans sa chambre, Quentin prit une douche, se changea et fit un point de la situation.
Manon avait été embauchée par un client dont il ne connaissait pas le nom, afin d'authentifier un fragment de la sainte Croix. Elle était allée à l'Abbaye, à priori pour effectuer son travail, puis avait disparu. L'épingle à cheveux, retrouvée par terre, soutenait l'hypothèse de l'enlèvement. Le curé Saunière mentait, il en était persuadé. Il ne pouvait pas ignorer le rendez-vous dans sa propre Abbaye. De plus, son histoire d'envoi du fragment à Rome était peu plausible. D'après ses lectures, il semblait avoir des idées religieuses extrémistes. Quentin était convaincu de l'implication d'une organisation de type Opus Dei. Cette dernière, qui a fait l'objet de différentes controverses, a été rendue célèbre grâce au best-seller de l'écrivain Dan Brown, le « Da Vinci Code », écrit en 2003 et adapté au cinéma en 2006.
Certaines instances de l'Église catholique ont reproché à Dan Brown d'avoir discrédité l'Église catholique en faisant passer l'Opus Dei pour une secte extrémiste.
Il espérait qu'Émilie et son chef avaient pu avancer sur l'histoire de la relique afin de convoquer Saunière pour lui demander de s'expliquer. Mais il n'était pas optimiste et pensait déjà à enlever le

curé pour le faire parler. En rentrant à la taverne, il avait vu plusieurs affiches avec la photo de Manon et une inscription demandant à toute personne l'ayant aperçue de contacter la gendarmerie. Le nom de la disparue n'était pas précisé. Émilie avait tenu parole. Ce soir, il allait lui demander de se faire passer pour sa sœur lors du repas avec les deux Ukrainiens. Accepterait-elle ? Il avait l'intime conviction de leur implication mais sans preuve, comment allait-il la convaincre ? Il userait de son charme habituel. Sans savoir pourquoi, cela le perturbait de s'en servir vis-à-vis d'Émilie alors qu'il l'avait utilisé de nombreuses fois dans son métier de flic.

À 20 h 10, il quitta sa chambre. En traversant le bar, il vit Elena, seule, en train de boire un verre, et lui fit un salut de la main. Il se demandait où était encore son mari lorsqu'il faillit le percuter en sortant dans la rue. Quentin marmonna un vague « excusez-moi » et fila vers sa voiture. Les savoir tous les deux ici l'arrangeait. Il se mit en planque au coin de la rue pour vérifier qu'aucun des deux ne sortait derrière lui. Il attendit 5 à 6 minutes et, rassuré, récupéra sa voiture pour rejoindre le « Le Repère De Ziva ».

*

Dès qu'il arriva près d'elle, Elena demanda aussitôt à Dimitri :
— C'est fait ?
— Oui, regarde, il lui tendit son smartphone sur lequel il avait lancé une application de géolocalisation. Il pointa du doigt le curseur rouge clignotant à un emplacement proche de la taverne.
— La voiture est encore sur le parking.

— Parfait, dès que ça bouge on y va.
Dimitri avait placé un traceur GPS sous la voiture de Quentin.

*

20 h 25. Saunière pressa le pas, ne voulant pas faire attendre Francesco. Il était en plein stress et ce fichu touriste qui avait cru entendre du bruit dans le cloître l'avait dérangé pour rien, ne faisant qu'accroître sa tension. Il sentait son cœur battre la chamade et transpirait abondamment, et regrettait presque son implication pour Dei Manum. Une fois dans l'église, il alla s'installer dans le confessionnal. Il sortit un mouchoir et s'essuya le front.
— Buona sera padre.
Saunière tressaillit tellement qu'il crut que son cœur s'arrêtait.
— Che cosa sta succedendo ? Perché avete cambiato il piano ?

Francesco lui demandait pourquoi il avait changé le plan initial. Il maîtrisait mal l'italien et décida de parler français. Il savait que Francesco était parfaitement bilingue.
— La situation s'est aggravée. Les gendarmes sont venus m'interroger à propos de la fille et je suis persuadé qu'ils ne m'ont pas cru quand j'ai dit que je n'étais au courant de rien.

La peur se sentait, à travers sa voix, par son odeur. Francesco comprit que ce curé allait très vite devenir un problème et qu'il devrait régler définitivement cette question. Il continua en français.
— Où est la fille ? Je peux commencer dès ce soir s'il le faut.

— Elle est dans un ermitage perdu au milieu de la garrigue. Ça va être compliqué d'y aller de nuit. Le chemin est long, difficile et la lumière va attirer l'attention, notamment de ce flic. Il est venu à la messe ce matin, je suis sûr qu'il me surveille.

Francesco réalisa que Saunière était au bord de la rupture et risquait de faire une bêtise compromettant les plans du maître. Par ailleurs il était fatigué du voyage et ne s'estimait pas dans les meilleures conditions pour conduire l'interrogatoire. Il abonda donc dans le sens du curé.
— Soit, mais nous partirons demain matin à l'aube. Où nous retrouvons-nous ?
— En venant du gîte, vous dépassez l'Abbaye puis prenez la rue du Planol jusqu'à la confiserie « La cure gourmande ». Là, prenez à droite puis encore à droite. Vous serez sur le chemin de Saint-Guilhem. Allez jusqu'à l'embranchement qui part à droite en direction du Château du Géant. On se retrouve au croisement.
— D'accord, rendez-vous à 7 h. J'y serai avant afin de vérifier que vous n'êtes pas suivi. Si c'est le cas, vous ne me verrez pas et vous continuerez en direction du Château. Je m'occuperai de vos suiveurs.

*

Quentin vit tout de suite la Renault Clio, estampillée « Gendarmerie », garée dans le parking du restaurant. Il se rangea juste à côté et, en passant devant, nota qu'Émilie avait rabattu les

sièges arrière pour ranger son matériel spéléo. Il vit des cordes, une combinaison rouge avec un casque, un sac étanche. Un vrai bazar !
La terrasse du « Repère de Ziva » était magnifique. Plancher en bois, poutres apparentes, grandes baies encadrées de lattes, plantes vertes, aquarium : on se serait cru aux Antilles.
Émilie l'attendait assise dans un coin, concentrée sur la carte. Elle leva la tête dès qu'il fut à un mètre de la table et lui sourit. Elle était superbe. Elle avait troqué son uniforme de gendarme par une robe printanière à dominante kaki et orange, mettant en valeur à la fois son décolleté et ses yeux verts. Il n'osa imaginer ses jambes certainement musclées mais masquées par la table. Il remarqua un bel hématome sur son épaule droite.
— Bonjour Commissaire.
— Bonsoir Lieutenant.

Il s'assit en face d'elle et désigna le bleu sur son épaule.
— Accident du travail ?
— Non, de spéléologie
— Raconte-moi, c'était aujourd'hui je suppose vu la couleur.

Elle lui retraça rapidement sa sortie jusqu'à la remontée finale, au moment où elle basculait dans le vide, car elle avait oublié de se « vacher ».

— Se « vacher » ? répéta Quentin les yeux étonnés.

— Oui, c'est un terme d'escalade et de spéléo qui veut dire s'attacher. J'ai eu le réflexe de saisir la poignée du bloqueur mais l'impact m'a projetée contre la paroi, d'où la contusion que tu vois.
— Tu aurais pu mourir. C'est dangereux ton activité. Tu avais la tête ailleurs ?

Émilie se sentit rosir. Hors de question de lui dire qu'elle pensait à lui.
— Je dois avouer que je cogitais à la disparition de ta sœur. Et d'ailleurs, as-tu avancé de ton côté ?
— Est-ce que je parle au Lieutenant ou à la femme ?
— Tu veux dire, mentir ou dire la vérité ? Je préfère la vérité, mais je ne peux pas te garantir que la femme n'en parlera pas au Lieutenant si ce que tu t'apprêtes à dire est grave.

Encore une fois, il décida de ne lui révéler qu'une partie de la vérité.
— Ce matin pendant la messe je suis allé fureter dans le cloître et, contre un mur par terre, j'ai trouvé ça.

Il lui montra l'épingle à cheveux.
— Elle appartient à Manon. C'est la preuve qu'elle est bien allée à l'Abbaye et que Saunière nous ment.
— Pas forcément, elle a pu rencontrer quelqu'un d'autre et le curé n'était pas au courant.
— Il est louche. Je sais, délit de sale gueule, mais n'empêche ! Tu as des informations sur la fête à Rome ?

— Hélas non. Mon chef a quand même pu appeler un collègue qui a des contacts à Rome. Il lui a promis de faire au mieux.

Elle le fixa et son regard pénétrant l'hypnotisa. Était-elle en train de l'envoûter ?
— C'est tout ? Je ne vois pas ce qui concernerait la femme et pas le Lieutenant.
— L'épingle, en fait, je l'ai trouvée dans un local attenant au musée de l'Abbaye. Or, il était officiellement fermé pendant la messe.
— Quoi ! Tu es entré par effraction !

Instinctivement, elle avait élevé la voix et plusieurs personnes tournèrent la tête dans leur direction. Elle se rapprocha de lui et continua plus doucement.
— C'est inconscient, si le curé porte plainte, ça peut annuler toute demande de réquisition judiciaire.
— Calme-toi, je n'ai laissé aucune trace d'effraction, mais au moins on est presque sûrs qu'il est impliqué. Il ne faut pas le lâcher.

Le serveur arriva à ce moment-là pour leur savoir s'ils étaient prêts à commander et ils lui demandèrent quelques minutes pour réfléchir.

— Tu veux un apéro ? demanda Quentin.
— Un verre de vin. J'ai regardé le menu et si tu ne connais pas je te recommande la gardiane de taureau. Et pour le vin un Pic Saint Loup.

— Je te fais confiance.
— Au moins un sujet sur lequel tu te fies à moi, dit-elle à peine sur le ton de la plaisanterie.
— J'ai autre chose à te demander.

Il ne savait pas trop comment aborder le sujet et décida un coup de bluff.

— J'ai une théorie, dit-il en levant la main pour interrompre sa remarque. Je sais, je n'ai pas encore de preuves, mais laisse-moi parler et ensuite tu pourras poser tes questions. Manon travaillait pour le compte d'un client privé. Sa mission était d'authentifier des reliques de la sainte Croix. Elle avait vaguement décelé un accent slave au téléphone et m'avait dit en riant qu'elle allait travailler pour Poutine. Or, hier soir à l'hôtel j'ai croisé un couple d'Ukrainiens fraîchement arrivés, et à midi la femme m'a invité à déjeuner avec elle. J'ai accepté pour essayer de la sonder, mais elle est maline. Je suis sûr qu'ils sont impliqués dans cette affaire et j'aimerais que tu m'aides à les démasquer.
— Après le curé, des touristes ukrainiens. Tu es un peu parano. Dis-moi déjà ce que tu comptes faire et ce que tu attends de moi.
— Tout d'abord je lui ai dit que j'étais ici pour voir ma sœur qui travaillait dans la région. Je voulais voir sa réaction, mais elle ne s'est pas laissée piéger. Elle a contre-attaqué en quelque sorte en me proposant d'aller faire des visites ensemble pendant que son mari irait randonner avec Manon. J'ai donné mon accord, car c'était

l'occasion d'en savoir plus. C'est seulement après-coup que j'ai réalisé que Manon avait disparu.
— Je confirme, tu es parano. Elle t'a simplement dragué. C'est ça ton piège ! dit Émilie en partant d'un fou rire.
— Ce n'est pas marrant. Ce que j'attends de toi, c'est que tu te fasses passer pour ma sœur.

Elle arrêta de rire d'un seul coup et le regarda de travers.
— Tu es sérieux ? Tu crois qu'on a le temps de s'éparpiller vers des semblants de pistes alors que l'horloge tourne pour Manon ?

Quentin la trouvait encore plus belle quand elle était en colère et fougueuse.
— C'est la Lieutenante qui parle là, mais que me dit la femme ?

Il la fixait de ses yeux bleus. Elle était magnétisée. Bien sûr la femme avait envie de faire tout ce qu'il voulait mais sa fierté et sa soif de liberté lui soufflaient le contraire. Puis elle imagina que ce soit son frère qui ait disparu et se mit à la place de Quentin.
— Bon, admettons que je te suive dans ton délire, c'est quoi la suite ?
— Merci Émilie, sincèrement. Demain midi on déjeune avec eux à la taverne et on planifie les activités de l'après-midi. On essaie chacun de notre côté de leur tirer les vers du nez et on débriefe le soir. Je t'invite à nouveau à dîner.
— C'est pour m'acheter ?

Elle avait retrouvé le sourire et son humour.
Le serveur leur apporta la gardiane accompagnée d'un duo de riz, blanc et noir, de Camargue. Le vin, un domaine de l'Hortus, était excellent et leur permit de se détendre un peu.
— Très bon ton plat, j'ai bien fait de te faire confiance.

Elle l'observait, songeuse. Elle ne savait rien sur lui à part qu'il était flic, habitait Lyon et avait une sœur. C'était l'occasion de mieux le connaître.
— Tu as des enfants ? attaqua-t-elle.
— J'ai une fille qui va avoir 7 ans, elle s'appelle Chloé. Et avant que tu ne poses la question, dit-il en souriant, je suis divorcé et vis seul depuis 2 ans. Et toi ?
— Célibataire, passionnée de spéléo et parfois par mon travail, comme sur cette affaire par exemple.
— Pas de petit ami ?
— Ce n'est pas ma priorité. Et puis je n'ai pas le temps, ni envie d'avoir des contraintes. Mais toi, tu ne me dis pas tout, n'est-ce pas ? Je sens une part d'ombre en toi.

Quentin pensa instantanément au meurtre de sa mère. Était-il si lisible dans ses émotions ? Il avait toujours refusé d'aller voir un psy mais là, ce soir, il avait envie de se confier à quelqu'un.
— Je... non rien, il ne la connaissait pas assez pour partager ses démons avec elle.

Émilie n'insista pas. Cela ne servait à rien. Elle avait néanmoins entrevu la fêlure s'ouvrir et avait même cru qu'il allait s'épancher. Elle s'excusa et se leva pour aller aux toilettes.
Dès qu'elle fut hors de vue, Quentin vérifia la position du téléphone de Saunière sur son logiciel espion. Toujours au même endroit. Zut ! Si ce satané curé se baladait toujours sans son téléphone, ce qu'il avait fait ne servirait peut-être à rien. Ou alors… ou alors Saunière avait détecté le logiciel espion et décidé de ne plus prendre son portable avec lui. Il lui faudra vérifier.

Ils finirent leur repas avec un délicieux Pastissou, gâteau à base de pomme et de citron, enveloppé dans une pâte feuilletée. Puis ils regagnèrent leurs voitures.
— Au début je croyais que ton Pastissou était un « petit pastis », dit Quentin en souriant.
Émilie le regardait, appuyée contre sa Clio, les yeux légèrement embrumés. Leurs visages n'étaient qu'à quelques centimètres l'un de l'autre. Elle sentit alors qu'il allait l'embrasser et ne tenta pas de résister. Mais Quentin interrompit son mouvement et parut se ressaisir.
— Heu, on se dit à demain midi à la taverne ?

— Oui, c'est… ça, à demain. Bonne soirée.

Perturbée et déçue, elle monta dans sa voiture et démarra illico, sous le regard douloureux de Quentin.

*

À quelque pas de là, caché derrière un arbre, Dimitri ne les perdait pas de vue. Quand Quentin partit, il regarda les photos qu'il avait prises au téléobjectif avec son Nikon numérique. Pas mal, la nana, se dit-il. Il transféra le meilleur portrait sur son smartphone et l'envoya à Elena. Il se doutait à quoi allait ressembler la sœur du commissaire demain midi ; et en plus, c'était un autre flic.

16

Tommaso et Riccardo. C'étaient les noms de ses geôliers. Elle les entendait se parler parfois à travers la porte et en avait déduit quelques-unes de leurs habitudes et notamment la plus importante : ils n'étaient pas toujours présents en même temps. Ils parlaient en italien mais Manon le comprenait, l'ayant appris à l'école en deuxième langue et peaufiné ensuite par de nombreux séjours en Italie. Elle avait compris qu'ils allaient faire des courses. Une fois, elle avait saisi que celui qu'elle pensait être Riccardo disait « Comprerò alcuni [2] », puis avait entendu un bruit de moteur. Sans être experte, elle avait deviné qu'il s'agissait d'une moto. Il était revenu environ 1 heure plus tard d'après ses calculs.

Son plan était simple : elle attendrait le moment où il n'y aurait qu'un seul geôlier, et que cela coïncide avec l'heure d'un repas. Elle simulerait alors un malaise et dès qu'il s'approcherait le menotterait à sa place avant de ficher le camp. Ça, c'était la théorie, mais elle n'avait pas d'autre idée.

Parfois, elle les entendait jouer à la Scopa. Elle connaissait ce jeu de cartes très populaire en Italie et également pratiqué en Corse. On utilisait un jeu italien de 40 cartes, comme un jeu français de 52

---

[2] J'en achèterai

cartes auquel on aurait enlevé les 8, 9, 10, et remplacé les dames par des cavaliers. Le nom des couleurs variait selon les régions (en France, trèfle, carreau, cœur, pique). Scopa signifie « balai », le joueur prenant toutes les cartes sur la table obtenant ainsi une Scopa.

Ce matin, elle avait cru comprendre qu'ils attendaient une personne importante d'un moment à l'autre et se doutait qu'elle venait pour elle. Et sans savoir exactement pourquoi, elle sentait que ce n'était pas bon signe.
Toujours d'après ses calculs, on devait être dimanche et le repas du soir ne devrait pas tarder. Ils mangeaient systématiquement après elle.
Tout à coup, elle entendit une exclamation : « merda, non c'è più birra ![3] ». Cela ressemblait à la voix de Riccardo. Suivi d'une dispute dont elle ne saisit pas bien les mots, car ils parlaient plus vite. Ensuite, une porte qui claque, la moto qui démarre et le bruit du moteur qui s'éloigne.
Un silence pesant régna dans la maison. Et si c'était le bon moment ? Fébrile, Manon se prépara. Avec son épingle à cheveux, elle ouvrit la menotte de son poignet, s'assit sur le bord du lit le dos tourné à la porte de sorte que sa main soit masquée quand Tommaso entrerait avec le repas.
L'attente lui parut une éternité et elle commençait à s'ankyloser. Pour calmer son stress et s'empêcher de trembler, elle pratiqua la respiration abdominale. Cette technique consiste à respirer en

---

[3] Merde, il n'y a plus de bière !

gonflant le ventre alors que la respiration classique n'utilise que le thorax.
Il lui sembla enfin entendre des bruits de vaisselle comme s'il préparait son plateau repas. Elle était redevenue calme lorsque Tommaso ouvrit la porte. Ce dernier la vit prostrée sur le lit. Elle gémissait et paraissait souffrir le martyre. Il posa le plateau sur la table et s'approcha.
— Toi pas bien ?

C'était la première fois qu'il s'adressait à elle. Manon se doutait qu'ils savaient également parler français, mais ils avaient toujours été muets face à ses questions.
— Je crois que je me suis ouvert le poignet en tirant sur les menottes.

Sa main gauche était posée sur sa main droite, cachant la menotte ouverte. Tommaso fit exactement ce que tout individu aurait fait dans cette situation, il prit sa main gauche, la retira afin de voir l'autre main.
Manon réagit promptement. Lui tenant le bras avec sa main gauche, elle referma la menotte sur son poignet avec sa main droite.
Surpris, il tenta de l'attraper avec son bras libre mais son mouvement ne rencontra que le vide : elle était déjà à la porte.
Manon jaillit dans un couloir sombre. Sur sa gauche, une porte sous laquelle filtrait un rai de lumière. Sans hésiter, elle se dirigea vers celui-ci, ouvrit la porte et se retrouva dans une pièce de taille moyenne et sommairement meublée : une table et 4 chaises au

milieu, un buffet sur lequel une télé retransmettait un match de foot. À côté de la télé, elle vit une lampe torche.

Elle entendit Tommaso qui essayait de tirer sur les menottes tout en criant des jurons dans sa langue natale.

— « Ti sventro, puttana ![4] »

Elle se doutait qu'il ne lui voulait pas que du bien. Au fond de la pièce, une deuxième porte donnait sur un hall et ce qui ressemblait à la porte d'entrée.

Elle retourna dans la pièce, prit la lampe torche, la bouteille d'eau qui était sur la table et se précipita à l'extérieur.

Dehors il ne faisait pas encore nuit mais le soleil était déjà derrière les collines. À cette période de l'année, il devait se coucher vers 21 h 30. Elle se trouvait devant un grand bâtiment à moitié délabré dont une partie avait été restaurée. C'est de là qu'elle venait de sortir. Sur un côté du bâtiment elle vit un clocher de tourmente. Il s'agit d'un ouvrage simple de maçonnerie supportant une cloche et surmonté d'une croix. Le rôle primitif de ces clochers était de permettre aux voyageurs de ne pas s'égarer et périr, si d'aventure ils se retrouvaient pris dans « la tourmente », c'est-à-dire dans les intempéries liées aux rudes hivers. Bien entendu, avec le réchauffement climatique, les hivers n'étaient plus aussi rigoureux qu'auparavant.

Sur sa gauche, un chemin d'accès. Elle le suivit pendant une centaine de mètres jusqu'à une petite cabane en pierre sèche qui jadis devait servir d'abri temporaire pour les saisonniers ou

---

[4] Je vais t'étriper, putain !

cultivateurs. Elle tomba sur un petit chemin perpendiculaire à celui d'où elle était arrivée. À gauche il grimpait dans la montagne, à droite il descendait vers la vallée. Sans hésiter, elle prit à droite : elle avait plus de chance de trouver âme qui vive dans la vallée que dans la montagne. Elle marchait vite mais ne courait pas de peur de tomber sur le chemin caillouteux.

Au bout de 10 minutes, elle perçut un bruit de moteur devant elle. De part et d'autre du chemin, il n'y avait que le bartas : buissons, taillis et fourrés. S'aventurer là-dedans équivalait à se perdre et surtout à s'arracher la peau. Le bruit se rapprochait. Ce devait être la moto qui revenait. Manon sentit une montée d'adrénaline dans tout son corps. Elle ne pouvait pas rebrousser chemin, il la rattraperait facilement. Elle devait trouver un autre chemin. Elle se mit à courir mais n'était pas expérimentée pour la course à pied, notamment sur des chemins. Son frère Quentin, lui, était un très bon coureur et avait même fait des marathons. Il avait essayé de l'emmener faire des footings avec lui, mais elle avait toujours refusé, préférant faire du vélo ou de la natation. Elle regrettait de ne pas avoir au moins essayé, car elle était obligée de s'arrêter pour reprendre son souffle avant de repartir. Le bruit était de plus en plus fort et au détour d'un virage, elle aperçut un éclat de lumière : il devait avoir allumé ses phares même si la nuit n'était pas encore complètement tombée. Elle accéléra et en abordant le virage suivant, son pied glissa sur une pierre et elle s'affala sur le bas-côté, à moitié dans les broussailles. Sa tête avait heurté un caillou et saignait, ses bras étaient lacérés par les pointes d'une aubépine épineuse. Le bruit de la moto était si fort à présent qu'elle avait l'impression qu'elle allait lui rouler dessus. C'est fini, se dit-elle, tout ça pour rien. Résignée, elle releva la tête et vit un petit sentier qui descendait. Le départ du sentier était caché par le buisson d'aubépines. Elle roula sur elle-même et, plusieurs mètres plus bas, se tapit derrière un pistachier lentisque. Au même instant, la moto passa à toute allure sur le chemin principal. Le pilote regardait droit devant lui et ne tourna même pas la tête : il ne l'avait pas vue !

Dès qu'il disparut derrière le virage, elle se releva, et sans se soucier de ses blessures, repartit d'un bon pas sur le petit sentier. Elle ne savait pas où elle était ni où elle allait, mais sans comprendre pourquoi, elle se sentait bien, apaisée. Une vieille chanson lui revint en mémoire : « Feeling Good » de Nina Simone. Tout en progressant dans la garrigue, elle se sentait enfin libre. Ce que Manon ne savait encore pas, c'est que cette liberté était toute relative…

Deuxième partie
Liberté relative

17

Confortablement assis dans un fauteuil sur la terrasse de l'hôtel Courtyard Irkutsk City Center, Mikhaïl Smirnov admirait la façade de la cathédrale de l'Épiphanie, ornée de fresques en faïence colorée. Cet édifice religieux orthodoxe est le deuxième plus ancien d'Irkoutsk, capitale de la Sibérie orientale.
Située au nord de l'extrémité méridionale du lac Baïkal, au nord-est de la frontière russo-mongole et à plus de 4 000 km à l'est de Moscou, Irkoutsk est surnommée « le Paris de la Sibérie » en raison de son patrimoine architectural, dont la cathédrale, mais aussi l'église Prince Vladimir, la statue d'Alexandre III, et bien sûr le musée Soukatchiov, raison officielle de sa présence ici.

Il aurait pu gérer cette affaire à distance mais Sergueï Ivanovski lui avait un peu forcé la main pour qu'il fasse le déplacement et supervise les opérations sur place.
Non seulement Sergueï était stupide de penser que Mikhaïl n'était pas au courant de son fameux projet « Krest », mais il était également trop vaniteux pour croire à l'allégeance de ses hommes et femmes. Mikhaïl avait réussi à noyauter toutes les couches de

Praveskaïa, et les avait fidélisées. Ses méthodes étaient très différentes de celles de Sergueï qui s'appuyaient uniquement sur l'argent : ce modèle est insuffisant, car on peut toujours proposer plus d'argent à une personne pour qu'elle accepte de nous servir. Mikhaïl, lui, utilisait bien évidemment l'argent comme carotte, mais également la menace comme bâton. Chaque membre de sa communauté avait un dossier dans lequel était indiqué sa faille, son point faible : cela allait d'un membre de la famille à une addiction ou encore à des preuves (vraies ou fausses) permettant de l'envoyer en prison. Et ça marchait !

C'est ainsi qu'il avait eu vent de « Krest » et vu immédiatement l'occasion de le coincer. Ses relations internationales importantes lui avaient permis d'approcher l'organisation Dei Manum afin de s'en faire une alliée. Il avait rencontré en secret Gianfranco Giordano, leur grand maître, pour lui révéler le projet. En contrepartie, non seulement il toucherait de l'argent (bien entendu beaucoup moins que la somme qu'allait exiger Sergueï), mais surtout il obtiendrait leur appui pour prendre la tête de Praveskaïa.

La chance lui avait souri lorsque Sergueï avait envoyé Elena et Dimitri en France. Autant il n'avait rien trouvé sur Elena pour la faire basculer dans son camp, autant cela avait été facile avec Dimitri. Ce dernier avait un dossier plus long que le pont de Crimée, qui avec ses 18 km détient le record d'Europe.

Désormais, il obtenait des informations de première fraîcheur qu'il pourrait monnayer avec Giordano. Initialement, son objectif était de faire capoter « Krest » afin de faire tomber Sergueï naturellement. Mais au final cette solution risquait de trop durer et, si une qualité lui manquait, c'était bien la patience. Il commençait à entrevoir d'autres solutions plus rapides et définitives.

Il revint à sa mission en Sibérie. Il devait la mener à bien pour donner le change à Sergueï.
Le musée Soukatchiov possédait entre autres une collection sur l'art russe de la seconde partie du XIXe siècle dont le tableau vedette est la fameuse Fille du pêcheur. C'est une peinture à l'huile sur toile du peintre russe Ilia Répine composée en 1874, représentant une fillette blonde les cheveux ébouriffés vêtue pauvrement, tenant un filet dans les mains et regardant vers le bas, au fond d'un champ de blé, l'air mélancolique, devant des coquelicots et des bleuets.
L'œuvre avait été achetée directement par le collectionneur et futur maire d'Irkoutsk, Vladimir Soukatchiov.
Apparemment, ce tableau avait récemment intéressé un autre collectionneur, vivant celui-ci, milliardaire, et sur la liste des clients de Praveskaïa. La mission était donc de voler le tableau et le lui revendre pour une somme assez rondelette. Étant donné le niveau de sécurité de ce musée, le défi ne faisait pas peur à Mikhaïl.

Il pestait encore contre Sergueï car celui-ci l'avait obligé à prendre le Transsibérien, héritage des tsars, afin de transporter des armes pour leurs hommes sur place. Il savait que ce n'était qu'un prétexte pour le bafouer ; le voyage avait duré plus de 3 jours. Au retour il prendrait l'avion quoi qu'il advienne : il fallait 6 heures pour relier Moscou.

Il regarda sa montre : 14 h. Il était donc 7 h du matin en France. Dimitri devait l'appeler pour faire son rapport dans 2 heures, il avait le temps d'aller faire un tour pour évacuer sa colère. Il sortit et se dirigea vers les bords de l'Angara, unique émissaire du lac Baïkal.

18

Le soleil était désormais très bas derrière les montagnes et Manon avait de plus en plus de difficulté pour voir où elle mettait les pieds. Le moment d'euphorie passé, la fatigue la gagna. Elle se trouvait en pleine garrigue, espèce de maquis sur sol calcaire où poussent des arbustes de petite à moyenne taille souvent épineux, ce qui rend difficile la progression en dehors des sentiers. Elle flairait cependant avec plaisir les odeurs de thym, de romarin et de térébenthine.

Soudain, elle perçut au loin des aboiements. Tournant la tête en direction du bruit, elle distingua des halos de lumières de manière intermittente et comprit que Riccardo avait libéré Tommaso et qu'ils étaient partis à sa poursuite. En plus ils avaient un chien à qui ils avaient facilement pu faire sentir son odeur. Son cœur se mit à battre plus rapidement et de l'adrénaline coula à flots dans ses veines. Leurs lampes dans la semi-obscurité formaient des ombres fantomatiques et inquiétantes qui progressaient très rapidement : ils couraient !

Manon accéléra comme elle put. Les branches et épines en bordure du chemin lui griffaient les bras et les jambes dès qu'elle faisait un écart. Plusieurs fois, elle avait glissé sur des cailloux et s'était rétablie de justesse, évitant de chuter.

Elle distinguait désormais le bourdonnement de leur voix, signe qu'ils se rapprochaient encore malgré son accélération. Elle ne voulait pas retourner dans sa cellule, il en était hors de question.

Au virage suivant, elle stoppa net devant une fourche. Mettant sa main dans la poche arrière de son jean, elle constata qu'il contenait encore les feuilles de citronnelle qu'elle avait achetées avant de descendre dans le midi. On l'avait alertée sur la présence de nombreux moustiques dans la région et, n'ayant pas eu le temps d'acheter un répulsif en pharmacie, elle avait arraché quelques feuilles des plantes qu'elle cultivait sur son balcon. Une idée germa dans sa tête. Elle obliqua à gauche et courut sur deux cents mètres, puis fit demi-tour et revint à l'embranchement. Ensuite, elle prit le chemin partant à droite tout en émiettant les feuilles de citronnelle. Elle avait lu que c'était également un répulsif pour chien. Son pari était que le chien prenne le chemin de gauche, sentant son odeur et étant repoussé par celle de la citronnelle sur le chemin de droite.

Ses poursuivants avaient gagné du terrain, aussi elle ne s'attarda pas davantage.

Quelques centaines de mètres plus loin, elle se rendit à l'évidence que c'était un cul-de-sac : ce chemin finissait par une déclivité qui s'enfonçait en une tache sombre vers le bord des rochers.

Trop tard pour rebrousser chemin. Aussi, avec précaution, elle commença à descendre vers la doline. Il faisait nuit maintenant et, ne pouvant allumer sa lampe de peur d'être détectée, elle s'était assise et progressait sur les fesses, tâtonnant l'obscurité avec la pointe de ses pieds.

Dans son dos, les aboiements du chien reprirent d'intensité si bien qu'elle pensa que son subterfuge n'avait pas fonctionné. Apeurée, elle tourna la tête mais sans arrêter d'avancer et soudain ses pieds se retrouvèrent dans le vide et son corps comme aspiré dans un vortex. Ses cuisses raclèrent une roche, puis un choc à la tête précéda un atterrissage brutal sur une surface dure, juste avant qu'elle ne perde connaissance.

Un peu plus haut, Riccardo et Tommaso, tenant leur chien en laisse, arrivaient à l'embranchement où Manon avait répandu la citronnelle. Ce chien les suivait partout où ils allaient. C'était un Saint-Hubert (le même que dans le dessin animé « Les Aristochats »), choisi pour son odorat très développé. Il s'arrêta pour renifler les deux départs de chemin, eut un gémissement en sentant la citronnelle et fila aussitôt sur l'autre sentier, entraînant les deux Italiens dans son sillage.

Deux cents mètres plus loin, le chien stoppa de nouveau et commença à tourner et flairer dans toutes les directions. Riccardo et Tommaso se regardèrent.

— Pensi che abbia perso le tracce ?[5]
— Non lo so. Non si può uscire di strada qui.[6]
— Andiamo avanti.[7]

---

[5] Tu crois qu'il a perdu la trace ?
[6] Je ne sais pas. Impossible de sortir du chemin ici.
[7] Poursuivons le chemin.

Ils tirèrent le chien récalcitrant et continuèrent d'avancer sur le chemin. À cause des aboiements, à aucun moment ils n'avaient entendu la chute de Manon.
Le halo de leur lampe se dissipa progressivement dans la garrigue en laissant un silence tragique.

19

Lundi, 6 h 45. L'alarme de l'application espion réveilla facilement Quentin qui avait le sommeil léger, surtout depuis la mort de sa mère. Cela signifiait que le smartphone de Saunière était en mouvement. Il prit son téléphone et afficha la carte où un point rouge clignotant indiquait la position du curé, ou du moins de son smartphone. Le point tourna dans la rue Albane et Bertane. Il fila à la salle de bain s'asperger le visage afin de se réveiller complètement et s'habilla en vitesse, optant pour sa tenue de jogging. Il dégringola les escaliers tout en regardant la progression du curé : il arrivait au croisement de la rue du Planol et continuait tout droit sur ce qui semblait être un chemin.

Il ne remarqua pas Elena tapie dans un coin de la salle obscure. Cette dernière appela aussitôt Dimitri qui était dans la chambre ; ils s'étaient relayés pour surveiller le flic. Il répondit à la deuxième sonnerie.

— « Пр ивет »[8]

— On a dit pas en russe, idiot ! Le commissaire vient de sortir en toute hâte avec sa tenue de jogging. Enfile vite la tienne et rejoins-moi, j'essaie de commencer la filature comme je peux.

---

[8] Salut

Elle raccrocha sans attendre sa réponse et sortit à la suite de Quentin. Celui-ci se mit à courir en petite foulée, traversa la place de la Liberté et se faufila dans une ruelle entre un restaurant et une boutique de minéraux.

*

Francesco regardait le curé Saunière avancer d'un pas hésitant sur le chemin de Saint-Guilhem. Il avait trouvé une cachette idéale derrière un rocher, masqué par la végétation. Dans quelques minutes, le curé allait arriver à l'embranchement où ils avaient rendez-vous.
Soudain, il discerna un mouvement un peu plus bas, et un coureur à pied apparut. Il tenait à la main un objet ressemblant à un smartphone. Contrarié par ce contretemps, il décida de ne pas se montrer bien que le joggeur ne paraisse pas louche, et laissa le curé bifurquer à droite comme convenu vers le château du Géant. Deux minutes plus tard le joggeur arrivait à l'embranchement et, après avoir jeté un coup d'œil sur son smartphone, tourna également en direction du château. Bizarre ou manque de chance ?
Alors qu'il réfléchissait à ce qu'il devait faire, il aperçut un autre joggeur au même endroit où il avait vu le premier. Il ne croyait pas aux coïncidences et était persuadé que Saunière était pris en filature par un binôme. Cela s'avérait plus compliqué que prévu.
Dès que le curé et ses deux suiveurs eurent disparu de sa vue, Francesco prit sa décision : il irait tout seul à l'Ermitage. Saunière

lui avait expliqué que le chemin y menait tout droit, donc il devrait trouver facilement. Il espérait que Saunière aurait compris et rentrerait directement chez lui.

*

Cinq minutes plus tard, le curé arrivait au pied de la crête rocheuse où se dressent les ruines du château. La légende raconte qu'un Géant y avait élu domicile en compagnie d'une pie et qu'il terrorisait les populations villageoises. Devant lui, un panneau prévenait des chutes de pierres et interdisait l'accès aux ruines. Et derrière, une vue magnifique sur la vallée. Saunière s'assit sur un rocher et attendit : le chemin n'allait pas plus loin.

Un instant plus tard, Quentin arrivait en petite foulée. N'ayant pas le choix, il décida d'aborder Saunière.
— Bonjour mon père, vous aussi vous faites votre sortie sportive du jour ?

Il ne savait pas si le curé appréciait son humour, en tout cas il perçut une lueur inquiète dans ses yeux.
— Oui, j'aime bien venir à cet endroit. Cela me permet de faire de l'exercice et la vue est belle, vous ne trouvez pas ?

Quentin ne répondit pas mais admira le paysage.
— Au fait, des nouvelles de votre sœur ?
— Non mais la gendarmerie a une piste sérieuse.

Le curé tiqua mais ne demanda pas plus d'explications.
— Ah bien, tant mieux. Je dois rentrer préparer ma cérémonie. Bon footing, mais j'ai bien peur que vous ne deviez rebrousser chemin.

C'était une manière détournée d'obliger Quentin à le devancer. Saunière se leva et commença le chemin du retour en cogitant. S'il ne voyait pas Francesco, il rentrerait chez lui. Ce dernier aura certainement choisi d'aller à L'Ermitage tout seul. Il passerait chez Mme Brunel et lui demanderait d'appeler Francesco pour lui.

*

Pour ne pas prendre de risque, Dimitri ralentissait à chaque virage et jetait un coup d'œil discret en avançant à pas de loup. Cela lui avait permis de voir le curé assis sur un rocher et le flic le rejoindre et lui parler. Quand le curé s'est levé, il a vite cherché un endroit où se cacher, et avait vu redescendre respectivement Quentin et Saunière, prenant le chemin de retour vers Saint-Guilhem. Il attendit encore un peu puis décida de rentrer également.

*

Accroupi derrière le mur de l'ancienne porte de Saint-Guilhem, Quentin attendait patiemment. Il était dubitatif. Pourquoi Saunière serait-il allé se promener à 7 h du matin sur ce sentier ? Sortant son téléphone, il alla sur Google Maps pour voir où il menait. Plusieurs autres sentiers partaient de celui-ci, mais en le suivant jusqu'au bout il constata qu'il rejoignait la route départementale 122.

Il entendit des bruits de pas puis le curé apparut et franchit l'ancienne porte. Il semblait bien retourner chez lui. Il attendit un moment, le suivant à l'aide de son application. Soudain, un coureur jaillit sur le chemin. Il avait une foulée souple et régulière. Quand il passa en dessous, Quentin reconnut Dimitri, le mari d'Elena. Bizarre. Il avait hâte de les confronter lors du déjeuner.

20

Quand Francesco arriva à l'Ermitage trois quarts d'heure plus tard, il découvrit Tommaso et Riccardo devant la porte avec des têtes de déterrés. Aussitôt il devina qu'il s'était passé quelque chose d'anormal.
— Parlami di questo[9], dit-il simplement

Ils lui relatèrent l'évasion, la perte de la piste ainsi que leur recherche durant toute la nuit. Ils étaient épuisés et ne savaient plus quoi faire. Francesco décida de retourner à l'endroit où le chien avait perdu la trace. Il était frustré de ne pouvoir commencer l'interrogatoire et aurait volontiers tabassé ces deux imbéciles. Mais il aurait besoin d'eux. Plus tôt, il avait reçu l'appel du curé sur le téléphone de la bigote qui le logeait, lui confirmant être rentré directement chez lui. Au moins une bonne nouvelle.
Arrivé sur le lieu-dit, Francesco observa le chien qui, comme la veille, voulait rebrousser chemin. Faisant confiance au Saint-Hubert, il décida de se laisser guider, sous les yeux égarés de ses deux comparses. Quand le chien, craintif, essaya de bifurquer, puis

---
[9] Racontez-moi

revint plusieurs fois sur ses pas, Francesco examina le sol de plus près et aperçut des feuilles visiblement jetées par terre de manière éparse. Il s'agenouilla et en prit une qu'il huma. Pas de doute, il s'agissait de citronnelle, connue entre autres pour repousser les chiens.
— Diamo un'occhiata qui[10]

Riccardo et Tommaso obéirent comme un seul homme.
Ils arrivèrent au plan incliné et poursuivirent prudemment, même si en pleine journée le danger était moindre. Le chien semblait avoir repris la piste et son museau s'arrêta soudain sur un rocher derrière lequel la pente s'accentuait. Il se mit à aboyer en tirant fortement sur sa laisse. Francesco s'étendit à plat ventre sur le rocher afin d'examiner la topographie du terrain. Il découvrit un fontis, effondrement du sol en surface, se développant de la forme d'un puits subvertical. Il avait tout simplement devant lui un aven, nom donné dans la région à un abîme et formé par l'effondrement d'une grotte. L'ouverture, modeste, faisait environ 80 cm de largeur, mais il semblait assez profond et difficilement accessible sans équipement spécifique. Des traces juste avant la verticale témoignaient d'une glissade suivie certainement d'une chute.
— Credo che abbiamo trovato il vostro prigioniero[11]

Leur faisant signe de garder le silence, il tendit l'oreille afin de percevoir le moindre bruit. Rien. Même si la chute avait été

---
[10] Allons voir par ici
[11] Je crois que nous avons trouvé votre prisonnière

mortelle, il fallait retrouver le corps à tout prix. Pour cela, ils avaient besoin de matériel de descente : à minima une corde ou une échelle souple comme celle utilisée pour la spéléologie.

Mais la filature du curé l'inquiétait. Il devait faire le ménage avant de partir. Il décida de retourner au village et demander au curé de lui trouver le matériel dont ils avaient besoin. Tant que Saunière pouvait l'aider, il le laisserait en vie mais ensuite il devrait s'en occuper.

En attendant, il missionna Riccardo et Tommaso pour effacer toute trace de leur passage et de la détention de la fille. Ces derniers étaient équipés d'un van Fiat Talento, leur permettant de transporter la moto mais aussi de loger dedans en cas de besoin. Ils l'avaient garé en bordure de la départementale 122 et devraient faire plusieurs allers-retours depuis l'Ermitage pour tout emporter.

Dès que Francesco aura récupéré le matériel, il leur fera signe, le point de rendez-vous étant l'entrée de l'aven.

21

Le robinet de sa salle de bain gouttait depuis plusieurs semaines et elle avait toujours procrastiné la réparation. À cet instant, le bruit était tellement fort qu'elle avait l'impression que sa tête allait exploser et regrettait de ne pas avoir changé le joint. Elle voulut se lever pour mettre un chiffon dans le lavabo afin d'amortir le bruit mais une douleur fulgurante sur le côté lui coupa le souffle et elle ouvrit les yeux.

Elle était dans le noir absolu et pensa à une panne de courant car en général il y avait l'écran de son radio réveil qui diffusait une faible lueur dans sa chambre. L'oreiller lui paraissait très dur et elle passa la main dessus. Elle toucha une surface lisse et humide. « Ce n'est pas possible, se dit-elle, je dois être en train de faire un cauchemar ! ».

Et puis tout à coup, la mémoire lui revint. La fuite, la poursuite, la glissade, la chute et le trou noir. Serrant les dents pour supporter la douleur, elle se redressa légèrement. En plus d'une douleur aux côtes, elle avait mal à la tête, aux bras et aux jambes. Elle palpa toutes les parties de son corps. Elle ne pensait pas s'être cassé quoi que ce soit, à part peut-être quelques côtes, mais avait des contusions partout. Sur la tempe droite, sa main avait rencontré une plaie qui avait saigné et un peu séché.

Soudain, elle se rappela qu'elle tenait la lampe de poche à la main lors de sa chute, et se mit à tâtonner à sa recherche. Elle essayait d'agir avec méthode en explorant autour d'elle de façon circulaire et élargissant le cercle à chaque itération.

Après plus d'une heure, épuisée, elle se rallongea pour se reposer, se demandant comment elle allait se sortir de là. Manon était plutôt optimiste de nature mais cette fois, sa situation paraissait désespérée : personne ne savait où elle était, même elle d'ailleurs, elle était blessée, dans l'obscurité et poursuivie par ses kidnappeurs. Elle avait eu l'occasion de réfléchir à leurs motifs et, vu qu'ils étaient d'origine italienne, elle avait rapidement imaginé que cela avait un lien avec sa mission autour de la Sainte-Croix. Elle pensa à Quentin. Il avait dû remuer ciel et terre pour avoir de ses nouvelles. Elle sentait presque sa présence ici dans le Midi, à sa recherche, et c'était cet espoir qui la faisait tenir.

Elle s'assoupit de nouveau, malgré le ploc incessant de l'eau de ruissellement qui gouttait quelque part dans la grotte.

Elle fut réveillée par des sons saccadés et caverneux. Elle leva la tête dans leur direction et réalisa qu'un très faible halo de lumière pénétrait dans la cavité. Aussitôt elle inspecta l'espace où elle avait atterri. Elle était entourée de rochers lisses et humides, assise sur un sol à moitié pierreux et à moitié boueux. La lueur provenait d'une sorte de cheminée descendant en pente douce comme un toboggan. En suivant ce dernier des yeux, elle remarqua des attaches dans la paroi avec des anneaux, qui lui évoquaient celles utilisées pour s'assurer en escalade. Elle continua son inspection et tout d'un coup les battements de son cœur s'emballèrent : sur un rebord plat de la pente se trouvait sa lampe torche.

Tendant l'oreille, elle identifia les sons comme étant des voix. Des bribes lui parvinrent et elle reconnut de l'italien. Pas de doute, c'étaient ses poursuivants. Elle resta immobile afin de ne pas signaler sa présence, jusqu'à ce que le silence se réinstalle. Elle compta encore un quart d'heure et décida de récupérer la lampe. Les attaches vissées dans la paroi l'aidèrent mais sa côte cassée lui faisait tellement mal qu'elle dût s'y reprendre à plusieurs fois avant de l'atteindre. La descente étant toujours plus difficile que la montée, elle glissa et atterrit sur les fesses en grimaçant : elle n'était plus à un bleu près !

Elle s'immobilisa pour écouter le moindre bruit pouvant provenir de l'extérieur mais tout restait silencieux.

Devait-elle essayer de remonter le puits ?

Cette option était risquée, car ils avaient peut-être laissé un guetteur dans les parages. Et puis dans son état elle ne pensait pas avoir la force de le faire, d'autant plus que la fin devait être plus raide vu qu'elle avait chuté dans le vide.

La solution était donc d'explorer la galerie et de trouver une seconde sortie, et ce rapidement, car elle était certaine qu'ils allaient revenir et descendre la chercher. S'il n'y avait pas d'autre issue, elle reviendrait sur ses pas, quitte à se faire reprendre, de toute façon elle n'avait pas le choix.

Elle examina la lampe torche. Il s'agissait d'un modèle long de 15 cm environ avec des ampoules LED, donc d'une durée de plusieurs milliers d'heures. Elle était équipée d'une batterie, et sur le côté un indicateur du niveau de charge la donnait presque pleine. Cela la rassura un peu, car les batteries peuvent avoir une autonomie de plusieurs dizaines d'heures si on l'économise. Elle augmenterait la puissance uniquement en cas de nécessité, pour se repérer ou dans des passages difficiles. À mi-charge, elle devra faire demi-tour.

Guidée par la faible lueur du jour, Manon commença à suivre la galerie, au début à quatre pattes à cause de ses douleurs. Elle allumerait sa lampe le plus loin possible de l'entrée pour ne pas se faire repérer.

Après un virage bien marqué, elle était quasiment dans le noir absolu et son genou heurta un objet qui roula en faisant un bruit bien reconnaissable. Elle alluma la lampe à la plus faible intensité et vit avec soulagement la bouteille d'eau qu'elle avait emportée. Dans sa chute elle avait roulé assez loin. Sa bouche était sèche et elle but une gorgée goulûment. Elle l'aurait bien volontiers vidée en entier, mais elle devait se rationner, car son trip pouvait durer encore des heures.

La galerie, de trois mètres sur deux mètres cinquante, s'abaissait progressivement à la faveur d'un important revêtement stalagmitique déposé à même de belles strates effondrées de la voûte. Après une trentaine de mètres, elle arriva dans une salle en pente dont le point bas était rempli de cailloutis et de galets roulés.

Elle augmenta l'intensité de sa torche. De la salle, deux galeries continuaient. Ça se compliquait...

22

Après avoir pris sa douche, Quentin appela Émilie pour préparer le déjeuner avec les Ukrainiens.
— Tu as passé une bonne nuit ?
— Non, ton histoire de me faire passer pour ta sœur m'a stressée. Et en plus, l'aubergiste va me reconnaître.
— Tu n'as qu'à l'appeler et lui expliquer que tu dois enquêter incognito, et qu'il doit faire comme s'il ne te connaissait pas.
— C'est bien ce que j'avais prévu, qu'est-ce que tu crois !

Quentin se rendit compte qu'il l'avait vexée. Il enchaîna pour ne pas laisser la discussion dériver.
— Ce matin, en allant faire mon footing, je suis tombé sur Saunière, au pied du château du Géant, prétendant se balader. Très louche. Pire, au retour, je m'étais planqué pour vérifier qu'il rentrait bien chez lui, devine qui j'ai vu trotter derrière lui ?
— Allez, accouche, je n'ai pas le temps de jouer aux devinettes

Elle était encore en rogne et il sourit. Décidément, son tempérament lui plaisait de plus en plus.

— Notre ami ukrainien. Ce n'est pas un hasard et je suis de plus en plus convaincu que ce couple est douteux.
— On a convenu d'investiguer aujourd'hui et si on n'a rien d'ici ce soir, on arrête cette piste. OK ?
— OK, dit-il à contrecœur. Mais j'ai autre chose. J'ai regardé sur Google Maps et le chemin de Saint-Guilhem qu'a emprunté le curé conduit très loin dans la montagne, et devine par où il passe ?
— L'Ermitage Notre-Dame du lieu plaisant.
— Quoi, tu connais ?
— Bien sûr que je connais la région quand même. Il y a un projet de restauration qui va débuter et pour l'instant il est à l'abandon.
— Le lieu idéal pour séquestrer quelqu'un, non ?

Émilie resta silencieuse à l'autre bout du fil. Quentin poursuivit.
— J'ai une idée, rappelle-toi qu'Elena m'a proposé de faire des visites avec elle cet après-midi pendant que son mari ira randonner avec toi. Je propose que vous alliez à l'Ermitage comme ça tu pourras jeter un coup d'œil. Qu'en penses-tu ?
— Je pense que cela va être compliqué de fouiller, voire d'entrer par effraction dans la bâtisse, sous les yeux de... euh, comment il s'appelle déjà le mari de ta copine Elena ?

Il perçut une note sarcastique dans sa voix.
— Je ne sais pas, tout comme elle ne m'a pas demandé le prénom de ma sœur. Essaie de trouver une solution, je te fais confiance. À tout de suite à la taverne alors, et on se retrouve ce soir au même restaurant qu'hier à 19 h 30. D'accord ?

Elle eut juste le temps d'acquiescer qu'il avait raccroché.

*

À quelques pas de là, Francesco venait d'arriver chez sa logeuse et lui demanda aussitôt d'avertir le curé de sa présence. Ce dernier étant absent, elle lui laissa un message.
Francesco enrageait de ce contretemps. Il alla s'enfermer dans sa chambre et appela Mattéo pour faire son rapport.

*

— Bonjour Lieut… Euh, madame.
Émilie fusillait l'aubergiste du regard. Bien qu'elle l'ait prévenu de vouloir rester incognito pour les besoins de l'enquête, il avait failli se tromper.
— Pourriez-vous demander à M. Duvivier de descendre, s'il vous plaît.
— Bien sûr, dit-il, empressé de se racheter.

Dès qu'il l'eut rejointe, il l'entraîna vers la table occupée par un couple. Quand elle vit Elena, elle ne put s'empêcher de ressentir une pointe de jalousie : cette femme était magnifique. Elle portait une robe mettant en valeur sa poitrine généreuse et ses formes pulpeuses.

— Bonjour, dit Quentin, voici ma sœur Manon. Manon, voici Elena et ?
— Dimitri, se présenta-t-il

Le déjeuner fut cordial, mais on sentait tout de même une sorte de tension à peine perceptible avec une méfiance réciproque, un peu comme deux opposants en sport qui essaient de jauger leur adversaire avant de porter le coup fatal.
Comme convenu ils planifièrent les activités de l'après-midi. Elena et Quentin iraient visiter musées, boutiques et artisanat local, caveaux et produits du terroir, tandis qu'Émilie avait habilement manœuvré pour valider la randonnée sur le chemin de Saint-Guilhem avec Dimitri. Ce dernier était assis en face d'Émilie, si bien que Quentin le voyait principalement de profil. Elena, en face de lui, lui faisait du pied sous la table tout en lui lançant un regard gourmand. Quand Dimitri lui demanda s'il pouvait se préparer pour la randonnée, Quentin réalisa qu'il avait les yeux vairons. Le souvenir douloureux de la mort de sa mère le frappa de plein fouet. Il crut vraiment reconnaître les yeux du tueur. L'hétérochromie est une anomalie très rare mais la probabilité de se retrouver devant la même personne était proche de zéro. Cependant, en son for intérieur, il sut et un fluide glacial lui transperça la nuque. Il devait à tout prix prendre plus de renseignements sur ce Dimitri.

Saunière se demanda ce que lui voulait Francesco. Cet homme lui faisait peur et il transpirait à grosses gouttes. Arrivé au « Chant des Oiseaux », il monta directement voir l'italien.

Ce dernier lui résuma la situation et lui demanda de lui fournir dès que possible le matériel nécessaire pour descendre dans la grotte. Le curé ne connaissait qu'un endroit où il pourrait trouver du matériel rapidement : le Club Loisirs et Plein Air (CLPA) de Saint-Martin-de-Londres. Sitôt de retour chez lui, il téléphona à Mme Cabrol. C'était la veuve de l'ancien boulanger de Laroque et il la connaissait bien. Il savait pouvoir lui demander un service. Son fils, Vincent, qui avait repris la boulangerie de son père, faisait partie du CLPA et pourrait lui prêter rapidement du matériel de spéléo.

Comme il s'y attendait, Mme Cabrol lui confirma qu'elle dirait à son fils de faire le nécessaire, c'était la bonne nouvelle, mais qu'il ne pourrait pas s'en occuper avant le soir, c'était la mauvaise nouvelle. Il décida donc d'essayer d'acheter le matériel dans un magasin de sport. Cependant, il n'y connaissait rien en spéléologie et ne savait pas quoi acheter. Il retourna voir Francesco pour obtenir son aide.

23

Mikhaïl Smirnov entra dans la salle de téléprésence cinq minutes avant le début de sa réunion avec Gianfranco Giordano. C'est ce dernier qui l'avait organisée avec le summum de la technologie. Contrairement à une visioconférence classique qui ajoute juste l'image et le partage de documents au son, la téléprésence utilise plusieurs techniques qui permettent à une personne d'avoir l'impression d'être présente. Pour cela il faut une salle aménagée, dont les murs intègrent de grands moniteurs plasma, des microphones et des caméras haute-résolution. Les interlocuteurs sont affichés "grandeur nature" et les qualités sonore et vidéo favorisent la communication verbale et non verbale (mouvements) entre les participants, assis les uns en face des autres.

Et effectivement, quand la conférence démarra, Mikhaïl se retrouva en face de Giordano et il lui semblait qu'il pourrait le toucher d'un simple geste. Quand celui-ci parla, le son était synchronisé avec les gestes de sa bouche, contrairement à une visio classique où le son arrive en décalé.
Ils utilisaient l'anglais pour communiquer.

— Bonjour Mikhaïl, j'espère que vous ne m'avez pas dérangé pour rien. Vous parliez d'un sujet urgent.

Comme à son habitude, Giordano parlait avec autorité et charisme. Mikhaïl comprenait pourquoi il était à la tête de Dei Manum.
— Il faut qu'on accélère ma nomination à la tête de Praveskaïa. On ne peut plus attendre la fin du projet Krest.
— Et pourquoi ça ?
— Sergueï a le bras long, il a des contacts haut placés en France et il ne va pas tarder à faire intervenir la cavalerie afin de retrouver l'experte. Il faut l'en empêcher.
— Et que proposez-vous ?
— Il faut l'éliminer en faisant croire à un règlement de comptes entre deux organisations russes. Je peux fournir des accès à son bureau, cela ne devrait pas poser de problème.

Giordano resta silencieux un moment. En temps normal, cet argument n'aurait pas été valable, car ils auraient eu largement le temps de faire parler la fille sous la torture et d'effacer toute trace de leur passage. Sauf que depuis l'évasion de cette dernière, la donne avait changé et la menace évoquée par Smirnov devenait préoccupante. Cependant, Smirnov n'étant pas au courant de la fuite de Manon Duvivier, s'il acceptait son offre directement, cela serait suspect. Il devait donc en profiter pour négocier plus de contreparties.

— Je n'aime pas trop agir dans la précipitation. En plus, l'affaire devrait être réglée d'ici deux à trois jours.
— D'après mes sources, son contact est au ministère de l'Intérieur et il attend juste le feu vert de Sergueï pour faire intervenir en quelques heures l'antenne du GIGN[12] basé à Toulouse. Et toujours d'après mes sources, Sergueï pourrait l'activer dès aujourd'hui. D'où ma demande urgente de réunion de crise.

Giordano fit mine d'être à moitié convaincu et poussa alors sa dernière carte.

— Notre accord reposait sur un échange d'informations, pas sur un assassinat.

Mikhaïl s'attendait à cette négociation et sut qu'il avait gagné. Il suffisait qu'il lâche quelque chose et il savait quoi.
— En échange je mettrais à votre disposition mes hommes pour vous aider à éliminer toutes les personnes au courant du projet et qui pourraient vous nuire à terme. Cela inclut bien évidemment l'experte et son entourage si besoin, mais aussi certains membres de Praveskaïa.

Giordano n'était pas dupe mais finalement c'était du gagnant-gagnant et cela lui convenait parfaitement.

---

[12] Groupe d'Intervention de la Gendarmerie Nationale

— D'accord, envoyez-moi par messagerie sécurisée toutes les informations nous permettant d'accéder rapidement et facilement à Ivanovski ainsi que les preuves pouvant impliquer une organisation russe concurrente. L'opération sera effectuée dans les 12 heures dès réception des documents.
— Vous les aurez dans l'heure !

Mikhaïl commençait à se lever mais Giordano lui fit signe de rester assis.
— Une dernière chose, une fois l'opération achevée, vos hommes de confiance devront contacter mon responsable de mission, Francesco, pour se mettre sous ses ordres.

Mikhaïl acquiesça, et cette fois, put se lever et quitter la salle de téléprésence.

24

Ils avaient commencé par déambuler dans les ruelles de Saint-Guilhem, s'arrêtant devant les boutiques de souvenirs, de produits occitans ou de minéraux du coin. Elena avait acheté une Tourmaline Melon d'eau, pierre ayant la particularité de pouvoir se parer de plusieurs couleurs et d'agir comme un filtre bénéfique pour maintenir les échanges d'amour.

Ils parlaient peu, se contentant de commentaires sur ce qu'ils voyaient. Quentin repensa aux nombreux matchs de foot qu'il avait regardé et compara leur comportement à celui de deux équipes de force égale qui n'osent pas s'engager et attendent de voir venir l'adversaire.
La plupart des hommes se retournaient sur le passage d'Elena. Jamais Quentin ne s'était promené avec une femme aussi sexy.

Quand ils passèrent devant le musée du Village d'antan, Quentin lui proposa de le visiter. Celui-ci avait été installé dans une maison du XIIe siècle et retraçait la vie économique du village à travers une belle galerie de santons. Il y avait bien sûr Jésus, Marie, Joseph avec le bœuf et l'âne ainsi que les rois mages, mais aussi un pèlerin, artisan, berger, moine, ou encore une lavandière.

Ils finirent leur tour du village par la visite du Château Castillonne qui abrite un centre de pisciculture et produit du caviar. C'est le seul producteur à proposer un caviar dont les œufs sont extraits par une petite césarienne effectuée sous anesthésie naturelle par le froid.
Cette particularité en fait un caviar crémeux avec une longueur en bouche exceptionnelle.

Après avoir goûté au caviar, Elena proposa de faire une dégustation de vin au Caveau du Château de Valloubière, à quelques kilomètres de Saint-Guilhem.
— On prend ma voiture ?

Ils prirent les gorges de l'Hérault en direction d'Aniane, mais ils bifurquèrent vers Saint-Jean-de-Fos à la hauteur du pont du diable. Ce dernier fut construit au XIe siècle par les deux proches abbayes d'Aniane et de Gellone, afin de pouvoir contrôler les deux rives du fleuve.
Depuis 1998, il est classé au patrimoine mondial de l'humanité par l'UNESCO au titre du chemin de saint Jacques de Compostelle.
En contrebas, Quentin vit une famille en train de jouer sur la plage alors que d'autres vacanciers nageaient dans l'eau claire de l'Hérault. Il pensa à Chloé et Léa, et aux quelques rares moments de bonheur passés ensemble.

Il sortit de ses rêveries lorsque Elena franchit le portail du domaine et suivit l'allée bordée de cyprès et entourée de vignes. La bâtisse, imposante, avait été restaurée en pierres apparentes et proposait également des chambres d'hôtes.

À la réception, Elena indiqua avoir fait une réservation de dégustation de vin dans une des chambres d'hôtes.

Quentin se méfia mais finalement que pouvait-il lui arriver ? Il fit néanmoins la remarque.

— Tu avais tout organisé. Et si je n'avais pas accepté ta proposition de dégustation ?

— J'aurais annulé, dit-elle, mais son sourire et son regard ne laissaient aucun doute quant à sa certitude à arriver à ses fins.

La chambre était équipée d'un lit king size et d'une salle de bain avec douche et baignoire à jet. Plusieurs bouteilles de vin et des verres étaient posés sur une table tout près d'une grande baie vitrée offrant une vue très agréable sur les vignes et les collines environnantes.

Elena s'approcha de la table, opta pour la bouteille de rosé pamplemousse pétillant, servit deux verres, et se retourna en lui en tendant un.

— Je propose de commencer par celui-ci en guise d'apéritif.

Elle avait une robe courte et moulante qui mettait en valeur sa poitrine et ses jambes. Quentin était perplexe. Soit il y avait un piège, soit les Ukrainiens avaient un esprit plutôt libéral sur les mœurs.

— Vous avez de la chance en France d'avoir de si bons vins. Passons au Chardonnay, dit-elle en servant un autre verre.

Cette fois elle forçait volontairement un léger accès slave qui donnait à sa voix une sensualité extraordinaire.
— Et vous, vous avez les céréales, dit-il en souriant.

Il commençait à avoir une sensation de chaleur et un début d'ivresse. Il était surpris, car il n'avait bu que deux verres de vin.
Elena s'approcha, lui prit son verre pour le poser sur la table, puis revint se coller à lui, passa les bras autour de son cou et l'embrassa.
C'était très agréable, il ressentait un sentiment de quiétude et une légère euphorie. Désinhibé, il répondit à son baiser et commença à lui caresser le bas du dos. Elle le déshabilla et le poussa sur le lit. Quand elle vint au-dessus de lui, elle était complètement nue. Il se trouvait dans un état d'extase qu'il n'avait jamais connu. Ils atteignirent l'orgasme en même temps et il eut juste le temps de l'entendre crier de plaisir avant de sombrer dans un sommeil profond.

*

À quelques kilomètres de là, Émilie et Dimitri avançaient d'un bon pas sur le chemin de Saint-Guilhem. Il lui avait posé beaucoup de questions sur sa vie, son travail, comme s'il cherchait à la démasquer. C'était assez déroutant. Elle lui avait donné le peu d'informations récoltées via Quentin sur sa sœur et avoué qu'elle

n'aimait pas trop parler d'elle-même. Cette excuse lui avait alors permis à son tour de le questionner, mais il lui avait sorti un discours bien léché qui sentait la leçon apprise par cœur tout en étant suffisamment crédible pour n'éveiller aucun soupçon. Au point qu'elle était de plus en plus convaincue que Quentin se trompait sur le compte de ce couple ukrainien.
Ils arrivèrent enfin au fameux Ermitage dont lui avait parlé Quentin.
Toutes les ouvertures, portes et fenêtres, étaient fermées et la bâtisse paraissait abandonnée. En l'observant plus attentivement, elle remarqua le clocher qui semblait en bon état ainsi qu'une porte et une fenêtre dont le bois avait été changé et repeint. Elle se dit que si cet endroit avait servi de lieu de séquestration, ce ne pouvait être que dans cette partie. Comme elle s'approchait, Dimitri lui demanda :
— Où allez-vous ?
— Je vais jeter un coup d'œil à cette vieille bâtisse, parfois on trouve des objets intéressants pour l'archéologie.

Dimitri la suivit avec suspicion. Arrivée devant la porte en bon état, Émilie essaya de l'ouvrir mais, sans surprise, elle était close.

— C'est fermé, dit Dimitri dans son dos, ne perdons pas de temps, continuons la randonnée.
— Vous êtes pressé ? Allez-y, je vous rejoindrai.

Comme il ne faisait pas mine de partir, elle donna un violent coup de pied dans la serrure et la porte s'ouvrit dans des éclats de bois.

— Qu'est-ce que vous faites, vous n'avez pas le droit d'entrer par effraction ! s'alarma hypocritement Dimitri.
— Il n'y a pas effraction, la porte était déjà comme ça lorsque nous sommes arrivés, lui répondit malicieusement Émilie.

Elle pénétra dans un hall vide avec une porte sur la droite. Il faisait sombre, aussi alluma-t-elle sa Maglite. Elle ouvrit cette deuxième porte et découvrit un couloir avec cette fois une porte de chaque côté. Elle ouvrit celle de gauche, Dimitri toujours sur ses talons. La pièce était petite et vide. Celle de droite, plus grande, contenait un vieux lit en fer rouillé. Étonnamment, il était fixé au sol. Elle allait faire demi-tour quand un petit objet juste derrière un des pieds du lit attira son attention.

— Qu'est-ce que vous avez trouvé, des restes archéologiques ? demanda Dimitri.
— Non, je pensais avoir vu quelque chose mais ce n'était qu'une poussière.

Elle avait eu juste le temps d'enfoncer l'objet dans sa poche sans qu'il s'en aperçoive.

*

Quentin était allongé au fond d'un puits et son regard oscillait entre les murs autour de lui et la margelle située dix mètres plus haut. Son esprit essayait de sortir à l'air libre mais son corps le retenait. Au bout de ce qui lui sembla une éternité il réussit enfin à s'asseoir sur le rebord du puits et tenta d'ouvrir les yeux. Un éclair fulgurant lui fit instantanément les refermer.
— Ça y est, il ouvre les yeux !

Quentin mit une main en visière pour protéger ses yeux et les entrouvrit doucement. Il se sentait nauséeux, avait la bouche sèche et un sacré mal de crâne. L'homme qui était penché au-dessus de lui avait le visage rond et sympathique, la boule à zéro et le regardait avec inquiétude. Quentin supposa que l'exclamation venait de lui. Il essaya de se redresser encore plus mais faillit tomber. Boule à zéro le retint fermement.
— Doucement, M. Duvivier, vous devez récupérer avant de vouloir vous lever.

Quentin s'adossa au transat sur lequel il était assis et effectua un balayage visuel autour de lui. Il se trouvait sur une place située entre deux bâtiments en pierre. Un jet d'eau sortait d'une fontaine décorative au-delà de laquelle on voyait des vignes. Il se rappela alors qu'il était venu à un domaine viticole. Continuant son tour d'horizon, il vit enfin Elena assise à côté de Boule à zéro. Elle semblait également inquiète, lui fit un sourire et lui demanda :

— Comment allez-vous, Quentin ? Vous vous souvenez de ce qui vous est arrivé ?

Tout était confus dans sa tête, il se rappelait les visites avec Elena, puis l'arrivée au domaine, la chambre pour la dégustation, et ensuite le trou noir.
— Jusqu'à la dégustation de vin uniquement. Que m'est-il arrivé ?

Elena semblait gênée et regarda Boule à zéro.
— Voici le docteur Dubosc, je lui laisse la tâche de vous expliquer.

Ce dernier se racla la gorge.
— Il semble que vous ayez mal supporté le vin et qu'il vous a amené dans un état d'ivresse tel que vous vous êtes évanoui.
— Mais je n'ai bu que deux verres.

Quentin, n'étant pas sûr de ses souvenirs, cherchait du regard l'approbation d'Elena. Celle-ci hésita puis affirma du bout des lèvres :
— Vous avez bu beaucoup plus Quentin, l'équivalent d'une bouteille entière. Ne vous inquiétez pas, je vais vous ramener dès que vous pourrez tenir debout, enchaîna Elena.

Elle poussa intérieurement un ouf de soulagement. Son stratagème avait fonctionné, Quentin ne se souvenait de rien. Elle avait versé du GHB dans son vin sans qu'il s'en aperçoive.

Le GHB, ou acide gammahydroxybutyrique, est une drogue de synthèse utilisée initialement en médecine pour traiter la narcolepsie. Il est connu pour ses propriétés sédatives et amnésiantes, surtout lorsqu'il est associé à l'alcool. Il se présente sous forme liquide incolore et peut être versé dans une boisson sans en modifier le goût, l'odeur ou l'aspect. La victime ressent alors un effet euphorisant, ce qui permet à son agresseur de lui faire faire ce qu'il veut. Il a d'ailleurs été surnommé « la drogue du violeur ».

Elena aurait pu uniquement endormir et amnésier Quentin, mais elle avait eu une envie irrésistible d'en profiter pour lui faire l'amour, et elle ne le regrettait pas : allier le travail et le plaisir.

Ensuite, elle lui avait pris son smartphone, l'avait facilement déverrouillé et récupéré toutes les informations (SMS, e-mails, numéros de téléphone, etc.) qu'elle avait trouvées.

25

Émilie et Dimitri étaient rentrés de leur randonnée vers 15 h. Elle l'avait laissé à la taverne et était repassée à son bureau pour faire le point avec son chef et lire ses messages. Elle lui avait posé plein de questions sur sa vie privée en essayant de le piéger, mais il avait répondu avec aplomb et réussi à éluder certains sujets, comme un discours appris par cœur. Elle avait pu le prendre en photo avec son smartphone afin de faire des recherches faciales pour vérifier son identité. Encore une idée de Quentin qu'elle avait acceptée. De son côté, il devait revenir avec une photo d'Elena. Pourvu qu'elle ne soit pas nue sur la photo ! Elle s'en voulut de penser à ça surtout qu'elle ressentit une pointe de jalousie. N'importe quoi, il n'y avait strictement rien entre eux. Ses réactions vis-à-vis de Quentin la perturbaient et l'angoissaient, tiraillée entre avoir une épaule sur laquelle s'appuyer ou garder sa liberté.

Quand elle arriva à la gendarmerie d'Aniane, elle vit la voiture de son chef sur le parking. Parfait. Elle allait pouvoir lui faire signer sa demi-journée de mardi matin. À la demande de sa meilleure amie Odile, elle avait organisé une sortie d'initiation spéléo pour elle et

son fils, Léo, 13 ans. Son mari l'avait quittée trois ans plus tôt et était parti à l'étranger, lui laissant la garde de leur fils.
Elle avait opté pour la grotte du Sergent, près de Saint-Guilhem, car elle était facile et pouvait se faire sans matériel, à part les lampes bien entendu. Tout d'un coup, elle pensa demander à Quentin de les accompagner, afin de lui faire découvrir sa passion. Pas sûr qu'il accepte, mais elle essaierait.
— Ah, Émilie, tu tombes bien. Il faut qu'on parle.

Le capitaine Garcia, son chef, était exubérant et plein de bonhomie, le tout renforcé par un fort accent du sud. Petit, avec un embonpoint synonyme de profiter de la vie, comme il disait, il avait cependant une autorité naturelle qui justifiait pleinement son poste.
— Tu avais pris ton après-midi ? dit-il, ironique, en contemplant sa tenue de randonnée.
— Non, je vais t'expliquer, mais j'ai d'abord besoin d'un bon café. Je te rejoins dans ton bureau.

Elle se dirigea vers la machine à café et servit deux cafés, un crème pour elle et un ristretto pour son chef, connaissant ses habitudes. Enfin elle alla s'asseoir en face de lui et lui résuma la situation dans les moindres détails. La seule entorse par rapport à la réalité qu'elle se permit fut de s'approprier toutes les pistes évoquées par Quentin : elle ne souhaitait pas que son chef pense qu'elle se faisait manipuler. Simple fierté ou aveu de faiblesse ?
— Et toi, as-tu des nouvelles de Rome ?

— Justement, j'allais t'en parler, lui dit-il entre deux gorgées de café. Mon contact m'a affirmé que la Fête de saint Pierre et saint Paul n'a jamais exposé des reliques.
— J'en étais sûre ! S'il nous a menti pour la relique, il nous a menti pour Manon. Il faut retourner l'interroger.
— Je retrouve là ton côté impulsif et fougueux, Émilie, mais ce n'est pas aussi simple. Le curé est protégé par le clergé et il faut pendre des gants. Je vais d'abord appeler son supérieur hiérarchique pour éviter tout problème et ensuite on ira le voir.

Au regard qu'elle lui lança, il devina qu'elle n'était pas d'accord avec sa démarche, car elle voulait foncer.
— Écoute, je l'appelle ce soir et si je ne peux pas l'avoir, demain matin à la première heure. Ensuite on pourra aller voir le curé.

Émilie se radoucit, car elle pensa à sa demande de demi-journée le lendemain matin pour sa sortie spéléo, et de toute façon, elle ne pourrait aller interroger Saunière qu'en début d'après-midi.
— OK, dit-elle, et d'ailleurs je voulais poser ma matinée demain.
— Encore une grotte, dit-il en lui faisant un clin d'œil. Tu finiras mariée à une chauve-souris !

*

Quentin suivait les courbes de l'Hérault qui coulait à travers des falaises parfois escarpées. La beauté du paysage lui coupait le souffle. Il était toujours vaseux et n'avait pas prononcé un mot

depuis leur départ du château. Ils dépassèrent le panneau indiquant Saint-Guilhem-le-Désert et le chemin de St-Jacques, le GR653. Tout à coup, il eut un flash et vit, au milieu du fleuve, le corps nu et lascif d'Elena. Elle était au-dessus de lui et ondulait en douceur, sa poitrine opulente se balançant en rythme. Les images étaient tellement réalistes et puissantes qu'il commença à avoir des sueurs et un début de nausée. Alors qu'il ouvrait précipitamment la vitre pour mieux respirer, Elena se tourna légèrement vers lui.
— Ça va ?
— Non, j'ai encore des visions étranges. Es-tu sûre que nous n'avons fait que boire du vin dans cette chambre ?
— Pourquoi cette question ?
— Par rapport à mes flashs. Tu peux tout me dire, tu sais, plus rien ne m'étonnera maintenant.

Elena avait noté qu'il la tutoyait. Était-ce son état ensuqué ou bien le fait inconscient de leur nouvelle intimité ? Dans tous les cas, cela lui plaisait et elle décida de le tutoyer en retour.
— J'aurais bien aimé qu'il se passe autre chose, le genre de chose qu'on peut faire dans une chambre, malheureusement tu t'es effondré avant.
— Drôle de discours pour une femme mariée.
— Nous sommes un couple très libre…

Il la regardait pendant qu'elle conduisait. Elle était vraiment très belle, surtout de profil. Soudain, il se rappela qu'il devait la prendre en photo et sortit son smartphone, faisant semblant de lire ses e-

mails. Il attendit un virage serré pendant lequel elle devait se concentrer sur la route pour prendre deux photos. Pour les recherches faciales sur internet, les photos de face étaient bien sûr plus efficaces, mais il se contenterait de celles-ci.
Il rageait, car il n'avait pas réussi à tirer les vers du nez à Elena et espérait qu'Émilie ne reviendrait pas bredouille.
Quelques minutes plus tard, ils arrivèrent à la taverne. Son état lui donna une excuse pour aller directement dans sa chambre, car il avait constaté qu'il était déjà 19 h passé. Il se doucha en vitesse et envoya un SMS à Émilie pour la prévenir de son retard.

*

Le Repère De Ziva était moins bondé que la veille. Émilie l'attendait assise à la même table, comme quoi les habitudes ! Pas de robe cette fois mais un jean et un t-shirt lilas qui mettait encore ses yeux en valeur.
— Tu as une sale tête, lui dit-elle en guise d'accueil.

Il s'assit en face d'elle et l'observa un instant avant de répondre. Même habillée simplement et décontractée, elle était vraiment craquante. Il renonça à lui révéler ses flashs, ses visions et ses doutes, tout d'abord parce qu'il ne voulait pas lui avouer qu'il s'était certainement fait piéger par Elena, et surtout à cause de ce qui s'était peut-être passé entre eux.

— La journée a été longue et fatigante, et surtout je n'ai rien pu obtenir. Chou blanc. J'ai quand même pu prendre des photos, mais uniquement de profil. Et toi ?

Elle sentait qu'il ne lui disait pas tout mais lui sourit d'un air entendu.
— Un peu mieux que toi, sauf côté Dimitri, une vraie tombe ce gars. Mais au moins il n'a pas cherché à me draguer, lui. Et puis j'ai réussi à prendre des photos de face.

À son tour, elle décida de ne pas partager ce que lui avait appris son chef sur le soi-disant envoi par Saunière de la relique à Rome. Elle commençait à le connaître et ne voulait pas qu'il fonce torturer le curé pour le faire parler.
— Je suis allée visiter l'Ermitage Notre-Dame du lieu plaisant. Il semble en cours de rénovation avec notamment une partie habitable. Elle était vide, mais j'ai pu trouver ceci.

Elle sortit l'objet de sa poche. C'était une pièce en métal argenté, en forme d'arc de cercle.
— On dirait un morceau de menotte, dit-elle.

Quentin la prit dans sa main pour l'examiner.
— Je sais à quoi tu penses, poursuivit Émilie. Tu voudrais que je fasse relever un échantillon sur cet objet et que je compare avec un autre échantillon prélevé sur son épingle à cheveux.
— Tu lis dans mes pensées.

— OK, donne-moi l'épingle et j'envoie les deux objets dès demain matin en mode urgent.

Il sortit l'épingle de Manon qu'il conservait sur lui, et la tendit à Émilie.
— Merci Émilie, j'apprécie beaucoup ton aide. Tant que j'y pense, continua-t-il en sortant son smartphone, je vais t'envoyer les photos d'Elena. Tu pourras les envoyer avec celles de Dimitri au Taj.

Le Taj (Traitement d'antécédents judiciaires) est un fichier de police judiciaire (police, gendarmerie) utilisé lors des enquêtes judiciaires, administratives ou de renseignement. Il contient des informations sur les personnes mises en cause dans des affaires pénales mais aussi sur les victimes de ces infractions ou les personnes suspectées et non condamnées. Soit près de 20 millions de personnes recensées.
— Ah, peux-tu m'envoyer celles de Dimitri, j'ai un contact à Interpol, je vais les lui envoyer pour augmenter nos chances, surtout qu'ils sont supposés venir d'Ukraine.

Le Système de reconnaissance faciale d'Interpol (IFRS[13]) contient des images faciales communiquées par plus de 179 pays, ce qui en fait une base mondiale unique de données criminelles.

---

[13] Interpol Face Recognition System

— Tiens, demain matin je fais une sortie d'initiation spéléo prévue depuis longtemps. C'est pour le fils d'une amie. Tu veux venir avec nous ? C'est à côté de Saint-Guilhem et cela nous prendra environ 3 heures. De toute façon, nous n'aurons pas de nouvelles de toutes nos pistes avant midi. Alors ?

Instinctivement, Quentin faillit décliner l'invitation. Il se voyait mal aller s'amuser alors que sa sœur était en danger de mort. Mais inconsciemment il avait envie de passer plus de temps avec Émilie et de connaître sa passion, aussi s'entendit-il dire :
— Bon d'accord.
— Super ! Je viens te chercher à la taverne demain matin à 8 h 30 après être passée au bureau.

Elle ne s'attendait pas à ce qu'il accepte et était aussi contente que lors de son premier rendez-vous amoureux.

26

Les deux hommes, vêtus intégralement de noir, chaussures, pantalon, manteau et gants en cuir, entrèrent de conserve dans la tour Nord de « Moscow City ». L'immensité de l'atrium ne semblait pas les perturber. Ils se dirigèrent vers les ascenseurs, puis attendirent qu'il n'y ait plus personne avant d'y pénétrer. Sitôt à l'intérieur, ils utilisèrent le badge fourni par le contact de Smirnov. Il leur permettait d'accéder au 27e étage où étaient situés les bureaux de Praveskaïa, dont celui de Sergueï Ivanovski. Face à la porte, ils la regardaient se refermer lentement quand un pied la bloqua, forçant la réouverture. Un homme, petit et replet, en costume trois pièces, entra dans l'ascenseur en s'excusant.
Les deux hommes en noir se regardèrent d'un air entendu. Ils ne devaient laisser aucun témoin. Costard trois pièces appuya sur le 25e étage et badgea. Il ne savait pas qu'il devait la vie à deux étages près.
Le contact leur avait donné les plans de l'étage ainsi que le nombre et l'emplacement des gardes.
Une fois Costard trois pièces sorti, ils dégainèrent leurs pistolets Luger P08 (ou Parabellum), munis d'un silencieux.

Dans le milieu des organisations mafieuses russes, ce pistolet avait la réputation de n'être utilisé que par Taïgenskaïa. Il représente le premier indice servant à incriminer un autre groupe plutôt que Mikhaïl Smirnov lui-même.

Taïgenskaïa travaillait pour le compte d'autres organisations et avait déjà fait éclater une guerre des gangs par le passé. D'où le choix de Mikhaïl.

L'ascenseur s'arrêta au 27e étage. Le protocole voulait que tout visiteur prévienne le service de garde au préalable. Donc par réflexe, le vigile qui surveillait l'ascenseur se mettrait à genou, en position de tir et sur la gauche, puisqu'il n'y avait pas de couloir à droite et qu'en face c'était trop dangereux.

L'homme en noir numéro 1 lança une grenade factice alors que l'homme en noir numéro 2 fit une roulade en sortant de l'ascenseur et tourna la tête vers la gauche.

Comme prévu, le vigile avait détourné le regard vers la grenade et n'eut pas le temps d'appuyer sur la gâchette : deux balles de parabellum lui avaient transpercé le cerveau.

D'après les plans, un deuxième vigile veillait sur l'entrée des bureaux des équipes sous forme d'open space, et un troisième sur le bureau particulier d'Ivanovski. Trois autres vigiles se trouvaient dans une pièce leur étant attribuée, et ne devaient intervenir qu'en cas d'alerte. Le reste des bureaux était réservé au personnel administratif. Selon leur contact, ils seraient pratiquement vides à cette heure-ci.

Tout alla effectivement très vite. Numéro 1 se dirigea tout droit vers le bureau d'Ivanovski tandis que Numéro 2 filait à gauche vers les autres bureaux. Le vigile qui gardait l'entrée des bureaux communs sursauta à la vue de l'homme en noir et essaya de sortir son arme. Trop tard ! Un double flop du Parabellum de Numéro 2 lui perfora le cœur. Sans attendre il sortit deux grenades soporifiques, des vrais celles-ci, et les balança dans l'open space. Ces grenades, n'ayant aucune existence officielle, contenaient un gaz incapacitant, le même que celui utilisé par les forces spéciales russes lors de la prise d'otage du théâtre de Moscou en 2002 par des terroristes tchétchènes. Ce gaz, à base d'opiacés, allait au mieux endormir les personnes présentes, au pire les tuer.

Les trois vigiles de réserve sortirent immédiatement de leur pièce et se ruèrent vers Numéro 2, en titubant déjà sous l'effet du gaz. L'homme en noir n'eut aucun mal à les achever, une balle chacun en pleine tête.

Dans le même temps, Numéro 1 arrivait au bout du couloir et s'arrêta avant le virage à angle droit. Le couloir continuait ensuite vers la droite en direction du bureau d'Ivanovski. Il sortit une tige télescopique munie d'un miroir à une extrémité et l'avança doucement afin de visualiser ce qu'il y avait sur sa droite. Il eut juste le temps d'apercevoir le vigile accroupi le long du mur opposé, en position de tir, avant que le miroir n'explose sous l'impact d'une balle. Tout comme Numéro 2, après avoir mis un masque à gaz, il sortit une grenade soporifique et la balança dans le couloir en direction du vigile.

Sans délai, il saisit son parabellum et fit une roulade, se retrouvant couché sur le ventre dans l'axe du vigile. Ce dernier était en train de mettre un masque à gaz d'une main tout en tenant son arme de l'autre main. Ils tirèrent en même temps. Le vigile s'écroula, une balle dans le thorax, tandis que son tir, mal ajusté, ne fit qu'effleurer l'épaule de l'homme en noir.

Il s'avança vers le bureau du grand boss. La porte n'était pas fermée à clé. Depuis le seuil, il vit un bureau vide en face de lui, sur sa gauche un bar derrière lequel une série de miroirs lui laissait voir le reste de la pièce. Vide également. Il progressa lentement, le regard à 360 degrés et inspecta minutieusement tous les recoins. Personne. Pourtant, son contact lui avait assuré qu'Ivanovski était à son bureau.

Tout à coup, il entendit un bruit sourd dans le couloir. Il se rua dehors. Une porte en trompe-l'œil intégrée dans le mur d'en face était entre-ouverte. Il donna un coup de pied dedans : des toilettes. Ivanovski était tout bêtement aux WC !

Il fila vers l'ascenseur et, à la sortie du virage, le vit en train d'appuyer sur le bouton de descente. Sans hésiter, il fit feu et le Boss s'effondra dans l'ascenseur juste avant que la porte ne se referme. Merde !

Numéro 2 arriva en même temps que lui. Ils échangèrent un regard inquiet. Si quelqu'un était présent lorsque l'ascenseur arriverait au rez-de-chaussée, l'alerte serait donnée et ils resteraient coincés au 27e étage, car même les escaliers de secours se trouveraient bloqués par le service de sécurité, très drastique à la Tour Nord.

Ils allaient devoir activer le plan B. Rapidement, ils placèrent les indices, autres que les balles des Parabellums et les grenades soporifiques, impliquant Taïgenskaïa : achever l'ensemble des victimes d'une balle dans la tête (même si elles étaient déjà mortes), et laisser sur place les bas noirs dont ils étaient censés se couvrir la tête, ainsi que leurs Parabellums (ils n'en avaient plus besoin et surtout pourraient difficilement sortir du bâtiment armés).

De retour devant l'ascenseur, ils suivirent l'écran indiquant à quel étage il se trouvait : 6, 5, 4, 3, 2, 1, 0.

Numéro 1 rappela l'ascenseur mais le voyant restait bloqué sur le 0. Quelques minutes plus tard, une sirène d'alerte se déclencha et leur confirma que le cadavre avait été découvert et l'ascenseur immobilisé. Sans attendre, ils activèrent le plan B. Ils se rendirent dans le bureau d'Ivanovski. Numéro 1 sortit de sa mallette un marteau brise vitre de fabrication spéciale capable de venir à bout des vitres renforcées, une corde fine et deux baudriers ultra légers.

Pendant que Numéro 2 brisait la vitre, Numéro 1 attacha solidement la corde au bureau massif et enfila son baudrier. Ensuite, pendant que Numéro 2 enfilait le sien, Numéro 1 se jeta en rappel par le trou béant et commença sa descente le long de la paroi vitrée de l'immeuble. Le plan B comprenait l'utilisation de bureaux vides au 24ᵉ étage de la tour, loués au dernier moment par une société fantôme afin de récupérer des badges d'accès. Des complices avaient déjà préparé le terrain en laissant une ouverture dans la baie vitrée du 24ᵉ étage ainsi que des vêtements de rechange.

Le rappel ne dura que quelques secondes mais Numéro 1 s'y reprit à deux fois avant de prendre pied à l'intérieur de l'étage. Le temps qu'il défasse son descendeur et son baudrier, Numéro 2 l'avait rejoint.

En silence, ils enfilèrent leurs vêtements de rechange, costume et chapeau bleus pour Numéro 1, marron pour Numéro 2. Peu importe qu'ils laissent des traces puisqu'elles ne seront trouvées qu'après leur départ.

Quand ils débouchèrent sur le palier du 24e étage, une file de gens était en train de descendre par les escaliers de secours, puisque l'ascenseur avait été bloqué. Ils suivirent tranquillement la foule jusqu'au rez-de-chaussée. La partie délicate allait se jouer ici. Le service de sécurité avait rapidement organisé un contrôle pour toutes les sorties, vérifiant à la fois les badges et l'arrivée de chaque personne en visualisant les images des caméras de vidéosurveillance.

Leurs complices, qui étaient entrés habillés avec leurs costumes de rechange, avaient la même taille et corpulence et portaient bien sûr leurs chapeaux. Ils étaient ressortis vêtus autrement mais avant que les contrôles ne soient mis en place.

Les contrôles prenaient un temps fou, mais ils restèrent impassibles. Tout à coup, ils entendirent un esclandre s'élevant du hall. Cela venait de l'entrée des escaliers qui montaient aux étages, la montée et la descente étant gérées par deux parcours distincts. Trois hommes discutaient avec les vigiles qui les empêchaient de passer et le ton montait. Celui qui paraissait commander était petit, brun, trapu avec la boule à zéro. Bien qu'il ne saisît qu'un mot sur deux,

Numéro 1 comprit qu'ils faisaient partie de Praveskaïa et voulaient accéder aux bureaux.

Pendant que le petit trapu parlementait, un de ses collègues était au téléphone. Brusquement, il s'approcha du vigile et lui passa l'appareil. Ce dernier écouta un instant puis son visage se figea. Il opina en acquiesçant, rendit le téléphone et, fou de rage, les laissa passer.

Une demi-heure plus tard, Numéro 1 et Numéro 2 étaient sortis de la tour. Ils montèrent dans une Lada Suv noire qui démarra illico. Numéro 1 sortit son téléphone et composa un numéro en Italie.

27

Francesco enrageait. Ils avaient perdu l'après-midi à courir de magasin en magasin avant de trouver ce qu'il voulait. Saunière l'avait tout d'abord emmené à Clermont-l'Hérault mais aucun commerçant n'avait de matériel spéléo. Puis ils étaient allés à Lodève avant de se résigner à rejoindre Montpellier. S'ils avaient choisi Montpellier dès le début ils auraient gagné plus de 2 heures mais Saunière avait voulu éviter les bouchons de la métropole languedocienne. Résultat : non seulement ils avaient perdu du temps, mais n'avaient pu échapper aux embouteillages !

Il avait acheté une corde de 30 mètres en prenant de la marge (en jetant une pierre dans le trou où était tombée Manon, il estimait la profondeur à une dizaine de mètres), 3 descendeurs, 3 bloqueurs de poitrines, 3 bloqueurs-poignée, 3 casques équipés de lampes et quelques mousquetons, mais avait fait l'impasse sur les combinaisons et les chaussures ; pas le temps.

Quand ils arrivèrent au Chant des Oiseaux, la nuit commençait à tomber et il décida d'organiser l'expédition tôt le lendemain matin :

le faire de nuit était trop risqué, car ils n'étaient pas expérimentés en spéléo.

Saunière étant reparti chez lui, Francesco prépara un sac à doc avec le matériel puis appela Tommaso et Riccardo pour leur fixer rendez-vous à 7 h à l'entrée du trou. Il raccrochait à peine que son téléphone vibra. C'était Mattéo.
— Pronto.
— Sei solo ?[14]
— Si, sono solo.
— Per informarvi che la Praveskaya sta per cambiare il suo capo e che sarete contattati dai loro uomini sul posto che si metteranno a vostra disposizione. Con questo rinforzo, è ovviamente vietato fallire.[15]
— E non lasciare testimoni. Capito ?[16]
— Capito.

Francesco coupa la communication. Il avait en effet compris que sa tête ne tenait qu'à un fil et que le sort de Manon et de Saunière était déjà scellé.

---

[14] Tu es seul ?
[15] Pour t'informer que Praveskaïa va changer de patron et que tu seras contacté par leurs hommes sur place qui se mettront à ta disposition. Avec ce renfort, l'échec est bien entendu interdit.
[16] Et ne laissez pas de témoins. Compris ?

28

Boris regarda les cadavres de ses collègues en contenant sa colère. Le mode d'exécution ainsi que les bas noirs trouvés sur place incriminaient sans ambiguïté Taïgenskaïa, aussi ne doutait-il pas du résultat des analyses balistiques : les balles provenaient à coup sûr de Parabellums.

Il avait perdu du temps avec les vigiles mais heureusement son adjoint avait pu joindre qui de droit afin d'activer le sésame pour accéder au 27e étage.

Il passa sa main gauche sur son crâne rasé. Quelque chose le chiffonnait. Il connaissait bien Taïgenskaïa pour y avoir travaillé avant de rejoindre Praveskaïa, et il ne comprenait pas leur intérêt dans ce massacre. De plus, les traces les compromettant semblaient trop évidentes.

Après avoir vu la corde qui pendait dans le vide, amarrée au bureau d'Ivanovski, ses deux adjoints étaient descendus au 24e étage. Mais Boris ne se faisait pas d'illusion, ils ne trouveraient rien de plus. L'opération avait été réalisée par des professionnels.

Il avait gardé un bon contact chez Taïgenskaïa, Fiodor, qui en plus avait pris du grade. Il l'appela. Fiodor répondit au bout de la troisième sonnerie.

— *Sdorówo*[17] Boris.
— Salut Fiodor, félicitations pour ta promotion, camarade.
— Merci Boris, c'est gentil, mais je te connais, si tu appelles c'est pour un sujet important. Que veux-tu ?
— Cette conversation n'a jamais eu lieu, d'accord ?
— OK, vas-y, accouche !
— Je suis à notre siège, Tour Nord, un vrai carnage, tout le monde est mort y compris le boss. La signature est incontestable, c'est la vôtre.
— Pourquoi veux-tu que nous fassions cela ?
— C'est aussi ce que je me disais, d'où mon appel pour en être sûr.
— Vu que cette discussion n'existe pas, je peux te dire qu'il est impossible que ce soit Taïgenskaïa. Ivanovski et mon patron étaient tombés d'accord pour une alliance en Sibérie qui s'avérait très juteuse pour les deux camps.
— Merci Fiodor, à charge de revanche. Paka[18]

Boris raccrocha. Tout comme Elena, il faisait partie de la garde rapprochée d'Ivanovski et connaissait les frictions entre ce dernier et Smirnov. Il n'aimait pas ça, cela puait le coup fourré. Les règles de succession de Praveskaïa prévoyaient un vote dans les 24 heures

---

[17] Salut
[18] Au revoir

pour confirmer le remplaçant afin qu'il n'y ait pas de désordre dans l'organisation. Et avec le temps, Smirnov avait réussi à rallier beaucoup plus que la moitié des votants. Donc dans les heures qui suivaient, il serait le nouveau boss.

Boris décida d'appeler Elena sur le champ afin de l'informer. Ils avaient en effet noué des relations proches, sans être amants pour autant, et avaient une confiance aveugle l'un envers l'autre.

29

Ils s'étaient retrouvés mardi à 7 h du matin pétantes. N'ayant pas l'habitude, ils avaient galéré avant de trouver une attache satisfaisante pour leur corde et avaient opté finalement pour un arbuste assez robuste mais à 20 mètres de l'entrée, ce qui avait consommé la longueur de marge prévue par Francesco. Sans partager ses doutes, ce dernier intima à Tommaso de passer le premier. Il commença la descente très lentement et pas très à l'aise. Francesco surveillait la lumière de sa lampe frontale et la vit disparaître dès que Tommaso franchit un coude. Après quelques minutes qui lui parurent une éternité, il entendit sa voix caverneuse :

— Sono alla fine della corda, cosa faccio ?
— Riesci a vedere il fondo ?
— Si, a circa 2 metri di distanza
— Salta allora !
— E come si fa a salire ?
— Lo vedremo.[19]

---
[19] Je suis en bout de corde, je fais quoi ?

Francesco entendit Tommaso heurter le fond puis lancer un juron. Il lui demanda si tout était OK et s'apprêta à s'élancer dans le vide.

Auparavant il donna les consignes à Riccardo qui devait rester à l'entrée du trou au cas où. Il regarda sa montre : 9 h 30 ; ils avaient perdu un temps fou, pensa-t-il avant de rejoindre son coéquipier.

*

Comme prévu, Émilie avait récupéré Quentin à 8 h 30 à la taverne. Le parking de la combe Malafosse, le point de départ de l'excursion vers la grotte, se trouvait à moins de 3 kilomètres de là. Ils avaient rendez-vous avec son amie à 8 h 45.
Sur la départementale 4, un peu avant le barrage de Bissaou, ils prirent un chemin sur la gauche en direction de la combe de Malafosse. Un panneau en interdisait l'accès. Quentin désigna l'écriteau à Émilie.
— Tu es sûre qu'on peut passer par là ?
— Oui, c'est nous qui gérons les PV's, dit-elle en souriant. Plus sérieusement, l'accès est interdit depuis peu à la suite d'un accident d'escalade l'été dernier. L'hélicoptère de secours n'a pas pu se poser pour transporter le blessé, trop de voitures étant garées sur le

---

Tu vois le fond ?
Oui, à 2 mètres environ.
Saute alors !
Et comment on remonte ?
On verra.

pseudo-parking. Mais là il n'y aura que deux voitures et on laissera l'espace suffisant pour un hélicoptère au cas où.

Elle gara sa voiture et commença à sortir les équipements. La grotte était assez facile et pouvait se faire avec juste une lampe torche. Néanmoins, elle serait un peu boueuse à cette période et Émilie avait prévu une combinaison et des bottes. Par sécurité, ils porteraient aussi un casque équipé de lampe à LED. Enfin, elle prendrait également une petite corde afin d'assurer Léo lors de la montée vers l'entrée qui devait s'escalader avec l'aide des mains.
Elle finissait d'enfiler ses bottes quand son téléphone sonna. C'était Odile. Pas bon signe.
— Oui ?
— Émilie, désolée de t'appeler au dernier moment, mais on ne peut pas venir. Hier soir, Léo avait mal à la tête, le nez bouché, toussait pas mal et avait un peu de fièvre. Du coup, ce matin à la première heure, on est allé faire un test à la pharmacie et il est positif au COVID ! Je ne t'explique pas comme il est déçu.
— T'inquiète, on remet ça quand il sera rétabli. Bon courage !

Elle raccrocha et expliqua la situation à Quentin.
— On annule ? demanda-t-il déjà en tenue spéléo.

— Non, dit-elle en souriant, on maintient ton initiation et en plus tu auras le guide pour toi tout seul !

La marche d'approche faisait moins d'un kilomètre par une sente en rive gauche d'une rivière à sec. La combe du Sergent, qui a donné son nom à la grotte, était parsemée de nombreux arbustes et buissons épineux odorants, typiques de la garrigue méditerranéenne.

Émilie, en guide appliquée, décrivait la végétation à Quentin. De nombreux pins d'Alep et quelques pins de Salzmann (variété de pin noir) façonnaient le paysage. Ils passèrent devant un arbre à glands et Quentin lui demanda si c'était bien un chêne.

— Oui, c'est un chêne Kermès. Il est réputé pour la cochenille. C'est un minuscule parasite blanc très abondant sur ces arbustes et qui, séché et broyé, permet d'obtenir une teinture rouge carmin très prisée.

— Pour faire du rouge à lèvres ? plaisanta Quentin.

— Non, mais pour teinter les tissus qui ont fait jadis la célébrité de Montpellier et la fortune des tisserands. Aujourd'hui, on s'en sert dans l'industrie alimentaire, sous le nom de colorant E120, pour certaines boissons, pâtisseries et yaourts.

Quentin se sentait bien, oubliant momentanément ses soucis. Il buvait les paroles d'Émilie et humait les plantes aromatiques tels le thym, la lavande ou l'origan qui parfument la garrigue.

— Regarde ce genévrier, dit Émilie en pointant du doigt un arbuste plein d'aiguilles à pointe fine et piquante, et des baies brun-rouge. C'est un cade, ses baies sont comestibles et il est utilisé aussi pour la fabrication d'alcool, du gin notamment.

Le chemin s'arrêtait et ils revinrent dans le lit à sec pour continuer. Cette partie était plus sportive avec des franchissements de vasques ou de gours dans la rivière.
— Tu as de la chance, dit Émilie, en plein été même ces vasques sont à sec.

Après un bon quart d'heure, ils arrivèrent enfin à l'extrémité de la combe du Sergent, devant un « mur » de 6 mètres de haut. En levant les yeux, ils virent l'entrée de la grotte éponyme.

*

Manon avait l'impression de tourner en rond. Elle avait perdu la notion du temps depuis longtemps et, dans la grotte, ne pouvait pas se baser sur les cycles solaires. Devant l'embranchement des deux galeries, elle avait opté pour celle de droite qui s'est rapidement élargie, ce qui la réconforta car à plusieurs reprises sa tête avait heurté une concrétion, comme quoi les casques étaient bien utiles !
Le sol était encombré d'un amas important de strates effondrées et, au centre de la galerie, elle distingua un groupement stalagmitique imposant. Ce dernier franchi, elle accéda à une nouvelle galerie bien moins haute mais plus large, d'abord en pente sur des coulées, puis sur des blocs effondrés qui rendirent sa progression plus difficile et plus lente.

Soudain, au détour d'un bloc, elle déboucha dans une grande salle (environ 20 mètres sur 15), flanquée en son extrémité d'une formation stalagmitique en forme de pilier.
Elle s'arrêtait régulièrement pour se reposer, éteignant sa lampe pour économiser la batterie. Au pied du pilier, elle descendit sur des coulées de roche pour atteindre une autre salle au milieu de laquelle un vaste plan d'eau faisait penser à un lac. C'était très joli, mais elle n'avait vraiment pas le cœur à ça. Elle suivait désormais une belle galerie légèrement descendante et au sol sablonneux, arriva dans une petite salle creusée dans la brèche tectonique et occupée par un important monticule de sable. Là, épuisée, elle s'allongea sur le sable, éteignit sa lampe et s'endormit.

*

Francesco et Tommaso essayaient de suivre Manon à la trace. Quand il y avait plusieurs voies possibles, ils se séparaient pour les explorer, cherchant un indice du passage de Manon. Ils tombaient souvent dans un cul-de-sac et comprirent qu'elle avait dû suivre tout simplement la galerie la plus vaste. « Et s'il y avait une autre sortie ? » pensait Francesco avec appréhension. Elle avait plus de 12 heures d'avance sur eux et plus ils s'enfonçaient dans les entrailles de la terre, plus il doutait et plus il craignait la sanction qu'il récolterait.
Tout à coup, ils entendirent des voix, étouffées par l'épaisseur des parois. Immédiatement, Francesco éteignit sa lampe et fit signe à

Tommaso de faire de même. Pas de doute, il y avait bien deux voix distinctes, une de femme et une d'homme. Tommaso chuchotait :
— Pensi che sia lei ?
— Non lo so, aspettiamo e vediamo se si avvicinano o si allontanano.[20]

Ils attendirent, immobiles et en tendant l'oreille.

*

Manon colla le dernier fragment de croix et se recula pour admirer son œuvre achevée. Malgré la tradition selon laquelle la Croix était composée de quatre types de bois : le cèdre, le cyprès, l'olivier et le palmier, celle-ci était exclusivement en pin, unique essence de tous les fragments retrouvés à ce jour.
Son regard balaya l'inscription INRI (Iesus Nazarenus Rex Iudaeorum) voulant dire « Jésus le Nazaréen roi des Juifs », qui était probablement un message ironique adressé par Ponce Pilate aux Juifs.
— Père, pardonne-leur, car ils ne savent pas ce qu'ils font.

Elle se retourna et vit le curé Saunière qui venait de proférer l'une des paroles de Jésus sur la croix.
— En vérité, je te le dis, aujourd'hui tu seras avec moi dans le paradis.

---

[20] Tu crois que c'est elle ?
Je ne sais pas, on va attendre un peu pour voir s'ils se rapprochent ou s'éloignent.

Le visage de Tommaso apparut, prononçant une des autres paroles avec hargne.
— Eloï, Eloï, lama sabbaqthani ?[21]

Ce fut au tour de Riccardo d'apparaître, proclamant cette parole supplémentaire.
Cernée, Manon voulut s'enfuir mais se prit les pieds dans une racine et s'effondra sur le sol.

*

Un lit de sable amortit sa chute et elle se réveilla toute en sueur dans une obscurité totale. Le manque de luminosité, ne serait-ce celle du radio réveil, fit monter une oppression dans sa poitrine et elle eut du mal à respirer. Où se trouvait-elle ? Était-elle devenue aveugle ?

La mémoire lui revint comme un flash : l'enlèvement, sa fuite, la grotte. Elle s'était endormie et n'ayant ni son téléphone ni sa montre, n'avait aucune idée de la durée de son sommeil. À tâtons elle trouva sa lampe et alluma. La lumière blanche révéla le banc de sable où elle avait dormi ainsi que sa bouteille d'eau. Elle but une grande gorgée mais en conserva pour la suite. Se redressant, elle continua jusqu'au point le plus bas du monticule de sable, découvrant le départ d'un boyau très étroit qu'elle suivit sur une

---

[21] Mon Dieu, mon Dieu, pourquoi m'as-tu abandonné ?

vingtaine de mètres avant qu'il ne soit obstrué par de l'eau : zut, c'était un cul-de-sac ! Il fallait qu'elle retourne sur ses pas pour prendre l'autre grande galerie, celle qui partait vers la gauche. Sa sieste lui avait fait un bien fou et elle repartit de pied ferme. Arrivée à la salle du grand pilier, elle s'immobilisa, car elle avait cru entendre des voix. Elle pensa tout d'abord à ses ravisseurs puis en tendant l'oreille identifia une voix féminine. Se pourrait-il qu'il y ait des visiteurs dans cette grotte ?
Pleine d'espoir elle poursuivit sa progression.

30

Après un dernier effort, Quentin rejoignit Émilie à l'entrée de la grotte. Le porche faisait environ quatre mètres de large et trois de haut, et donnait tout de suite l'impression de pénétrer dans une de ces vieilles cavernes sans activité et colmatée par quelques remplissages stalagmitiques séculaires.

— Ne te fie pas à l'apparence de l'entrée, lui dit Émilie, les nombreuses galeries de la grotte sont toujours en activité.

Ils mirent leur casque, allumèrent les lampes et pénétrèrent dans la première galerie.
Au bout d'une trentaine de mètres, ils arrivèrent dans une salle comportant une épaisse banquette de grèzes[22], surmontée de quelques piliers stalagmitiques.

— Elle a été baptisée « Salle des Sept-Colonnes » par Édouard-Alfred Martel, continua Émilie, qui est considéré comme le fondateur de la spéléologie moderne.

---

[22] Sable naturel grossier et caillouteux

Ils marchèrent ensuite dans une belle galerie horizontale ornée de quelques draperies et de jolis gours remplis d'eau. Puis la galerie,

toujours large mais plus basse, s'inclinait puis descendait progressivement vers un nouvel élargissement.
— C'est le point d'intersection pour aller vers ce qu'on appelle la « Petite Branche », par opposition avec celle-ci qui est la « Grande Branche », commenta Émilie. On va se contenter de parcourir cette dernière avant de rebrousser chemin.

Plus loin, ils arrivèrent devant une laisse d'eau temporaire.
— Voici le « Lac des Paresseux », dit Émilie en souriant, mais je ne connais pas l'origine de ce nom.

Tout à coup, elle s'arrêta net.
— Éteins ta lampe.
— Que se passe-t-il ? demanda Quentin en obéissant.
— J'ai cru apercevoir de la lumière et je veux vérifier.

Droit devant eux, une clarté réfléchissait sur la paroi de la grotte de manière intermittente, un peu comme si la personne n'avançait pas droit et tournait sa torche.
Soudain, ils la virent émerger d'un rocher et avancer, apparemment sans les avoir vus. Lorsqu'elle fut à quelques mètres d'eux, Émilie alluma alors sa lampe frontale puissance maximum.
Éblouie, Manon mit la main devant ses yeux et recula d'un pas, apeurée.

— Désolée de vous avoir fait peur, dit Émilie, mais j'étais étonnée de trouver quelqu'un ici.

Quelque peu rassurée en entendant une voix de femme, Manon se détendit et prit le pari de faire confiance.
— S'il vous plaît, pouvez-vous m'aider ?

Quentin se liquéfia en reconnaissant la voix de sa sœur.
— Manon, c'est toi ?

Manon orienta sa lampe sur la gauche d'Émilie en direction de la voix qui avait prononcé son nom. Malgré le casque et la semi-obscurité, elle reconnut son frère et s'élança vers lui.
— Quentin ! balbutia-t-elle en sanglotant et se jetant dans ses bras.
Émilie les observait et une émotion l'envahit. Elle enviait cet amour fraternel et regrettait parfois qu'il n'y ait pas de lien aussi intense entre elle et son frère. Sans savoir pourquoi, elle ressentit un vif désir de faire partie de leur famille, et pas uniquement parce qu'elle se sentait attirée par Quentin.

*

À quelques centaines de mètres de là, Tommaso et Francesco, en entendant leurs échanges, se regardèrent.

— Sembra che ci siano tre voci, due donne e un uomo.
— Accidenti, se è lei, significa che ha incontrato altre persone e dobbiamo muoverci in fretta ![23]

Ils s'élancèrent dans la galerie sans tarder.

*

Émilie contemplait toujours Quentin et Manon avec nostalgie quand elle entendit un bruit venant d'une des galeries. Par habitude, elle sut que c'était une ou plusieurs personnes.
— Il y a quelqu'un d'autre dans la grotte, dit-elle.
— Ce sont eux, répondit Manon affolée, ils me poursuivaient.
— Mais de qui parles-tu ? demanda Quentin
— Plus tard, intervint Émilie, il faut filer d'ici rapidement, suivez-moi.

Sans plus attendre, elle repartit par la galerie d'où ils venaient. Sans un mot, Quentin et Manon la suivirent.
Ils entendaient désormais nettement les bruits de pas venant d'une autre partie de la grotte et une poussée d'adrénaline les fit accélérer.

---

[23] Trois voix désormais on dirait, 2 femmes et 1 homme.
Mince, si c'est elle, cela signifie qu'elle a rencontré d'autres personnes, vite il y a urgence !

Mais on ne progresse pas dans une grotte comme sur un sentier. Qui plus est, Manon glissait constamment avec ses chaussures de tennis blanches et s'aidait du bras de son frère pour éviter de tomber.

*

Francesco regrettait d'avoir fait l'impasse sur des chaussures adaptées. Avec Tommaso, ils n'arrêtaient pas de déraper sur le sol humide. Pendant un temps, le bruit que faisaient leurs proies s'était tellement rapproché qu'il avait cru les rattraper rapidement. Mais ensuite, il s'était éloigné de plus en plus et Francesco comprit qu'ils étaient dans une galerie perpendiculaire à la leur. De plus, la présence des deux autres personnes signifiait qu'il existait une autre entrée dans cette grotte. Intérieurement, il pesta, car la probabilité de perdre leur otage augmentait à vue d'œil, ainsi que celle de subir une sanction.

*

Ils arrivèrent enfin à l'entrée de la grotte. La lumière vive éblouit particulièrement Manon qui était restée très longtemps dans l'obscurité.
— Je ne vois rien, leur dit-elle.

Émilie réagit immédiatement. Tirant un bout de corde de son sac, elle l'arrima à un rocher.

— L'adaptation à la lumière peut prendre quelques minutes et nous n'avons pas le temps. Quentin, en t'aidant de la corde, descends avec Manon pendant que je vous tiens la corde.

Ils commencèrent leur descente. Plusieurs fois, Quentin dut retenir Manon en appuyant de tout son poids sur la corde qu'Émilie parvint à maintenir avec l'aide du rocher. Elle entendait les bruits de pas de leurs poursuivants qui se rapprochaient de plus en plus.
Une fois Manon et Quentin arrivés en bas, elle défit rapidement la corde et dé-escalada rapidement la roche.
Manon commençait à retrouver une vision à peu près normale et ils s'élancèrent sur le chemin.
Ils entendirent les coups de feu environ une seconde avant de voir l'impact des balles sur les arbres autour d'eux. Ils se mirent vite à couvert et aperçurent deux hommes en surplomb à l'entrée de la grotte.

*

Francesco fulminait. Tout d'abord, il avait cru à sa chance quand ils avaient aperçu Manon avec deux autres personnes en tenue de spéléologue. Mais la transition entre l'obscurité de la grotte et la vive luminosité extérieure avait perturbé leur vision et ils avaient loupé leur cible.
Désormais, il voyait les trois fuyards en train de ramper à couvert pour s'éloigner de leur portée de tir.

— Copritemi mentre scendo[24], dit-il à Tommaso.

Mettant son pistolet entre ses reins dans son pantalon, il commença la dé-escalade. Le temps d'arriver en bas, quand il releva la tête, il aperçut les trois fugitifs en train de courir à 300 mètres de lui. Sans attendre, il se mit à leur poursuite en ordonnant à Tommaso de le rejoindre le plus vite possible.

*

Pendant ce temps, Émilie, Manon et Quentin avaient réussi, en rampant, à se mettre hors de portée de leurs poursuivants et couraient en direction de la voiture. Bien qu'elle n'en ait pas le droit, Émilie regrettait de ne pas avoir pris son arme de service. Les épineux de la garrigue fouettaient son visage et elle transpirait à grosses gouttes dans sa combinaison. Elle avait essayé d'appeler la cavalerie en renfort mais son téléphone ne captait pas.
Quand enfin elle aperçut sa Clio à la sortie d'un virage, l'espoir reprit le dessus. En allant ouvrir la portière, elle ne remarqua pas les deux paires d'yeux qui les observaient.

*

---

[24] Couvre-moi pendant que je descends.

Elena était furieuse et dépitée. À peine avait-elle raccroché de sa conversation avec Boris que l'ordre était tombé : Smirnov prenait la place d'Ivanovski qui avait été exécuté par une organisation mafieuse concurrente. De fait, comme dans toute grande entreprise, les changements hiérarchiques n'avaient pas traîné : les partisans de Smirnov avaient été promus. C'était le cas de Dimitri qui prenait la responsabilité de la mission à la place d'Elena. Ce qui la rendait encore plus folle, c'était de savoir, via Boris, que l'exécution d'Ivanovski avait très certainement été organisée par Smirnov.
Dimitri avait essayé de la jouer mesuré, mais elle avait bien perçu le regard victorieux qu'il lançait.
L'information était arrivée pendant qu'ils filaient Émilie et Quentin. Deux heures de planque à ressasser son amertume. De plus, ils devaient désormais s'allier à Dei Manum dans cette quête. « Alliance », c'était le terme utilisé par Dimitri mais Elena n'était pas dupe, il s'agissait plutôt de se mettre sous leurs ordres. Dimitri avait appelé un certain Francesco et lui avait laissé un message pour se tenir à sa disposition, mais ce dernier n'avait pas encore rappelé.
— Les voilà !

Elena sursauta à l'annonce de Dimitri et vit surgir Émilie suivie de Quentin et d'une jeune femme aux cheveux châtain clair. Contrairement aux autres, elle portait des vêtements civils, mais ils étaient déchirés et Elena sut tout de suite que c'était la sœur de Quentin.
Ils avaient garé leur voiture au bord de la route en face du barrage de Bissaou, à 600 mètres de là. Ils devaient se décider vite : les

intercepter ou les laisser filer. Elena savait quelle était la bonne décision, mais elle se garda de la partager avec Dimitri, après tout il était le chef de la mission à présent. Aussi, elle se contenta de se tourner vers lui en demandant candidement :
— Que fait-on ?

Elle le voyait indécis, proche de la panique. Dimitri avait le profil même de l'exécutant, pas du décideur.
— Je ne sais pas, on n'a pas eu les nouvelles consignes et ce fichu Francesco n'a pas rappelé.

Comme Elena l'avait prévu, le temps que Dimitri tergiverse, les trois fuyards étaient montés dans la voiture et démarraient en trombe.
Des coups de feu éclatèrent au moment où la voiture abordait le premier virage. Ils virent émerger deux hommes qui couraient en direction de la Clio. Grands et massifs, ils avaient des allures de mafiosi et Elena pensa instantanément à *Dei Manum*.

*

Francesco était fou de rage, ils les avaient loupés de peu. Il devait appeler Riccardo. Il sortit son téléphone et vit qu'il avait du réseau, mais à peine une barre. Une notification d'appel manqué et de message s'afficha à l'écran. Il prit connaissance du message laissé par Dimitri, puis regarda dans Google Maps où ils se trouvaient avant de contacter Riccardo et lui demander de venir les chercher le plus vite possible, sachant qu'ils continueraient à pied en direction de Saint-Guilhem-le-Désert. Ensuite il rappela Dimitri. Ce dernier était en train de le surveiller pendant qu'il téléphonait quand son propre smartphone vibra. En un clin d'œil il vit que l'appel provenait du fameux Francesco et comprit enfin que c'était lui qu'il avait sous les yeux. Il décrocha immédiatement.

— Dimitri à l'appareil.
— Francesco, dit-il avant d'entrer dans le vif du sujet sans autre préambule. Il y a urgence, pouvez-vous venir nous chercher au parking de la combe Malafosse, c'est…
Dimitri sourit et le coupa. Autant le russe parlait un français presque parfait, autant Francesco avait un fort accent italien et cherchait ses mots.
— On arrive dans 10 secondes. Et il raccrocha.

Interloqué, Francesco vit un couple, lui brun et de taille moyenne, elle blonde et élancée, surgir de derrière un arbuste et descendre tranquillement vers eux.
— On est garés à six cents mètres d'ici, puisqu'il y a urgence, vous nous expliquerez en route, dit Dimitri.

31

— Cette histoire est incroyable ! s'exclama le capitaine Garcia lorsque Émilie l'eut mis au courant des derniers évènements. Dès qu'ils avaient repris sa Clio, elle avait pu l'appeler en urgence.
— Oui, il faut absolument envoyer toutes les forces disponibles à la combe Malafosse, à l'Ermitage et à la taverne pour assurer la protection de Manon Duvivier.
— Je ne pourrai pas monter un dispositif suffisant en si peu de temps. C'est trop risqué pour vous de retourner à la taverne pour l'instant. Amène-la à la gendarmerie, je laisse deux hommes et j'envoie les autres essayer d'intercepter les ravisseurs. Cependant, il nous faudra rapidement faire des portraits robots avec l'aide de Mlle Duvivier.
— Nous arrivons dans quelques minutes.

Elle raccrocha, mit son gyrophare sur le toit de la voiture et accéléra de plus belle.
Manon leur avait fait un résumé de son enlèvement mais comme personne ne l'avait interrogée avant son évasion, elle n'avait aucune idée de la raison de son rapt.

— Je suis sûr que c'est lié à la mission sur laquelle tu travaillais, lui dit Quentin.

Soudain, Manon se redressa, mit sa main à la poche et en ressortit un morceau de papier froissé.
— Qu'est-ce que c'est ? demanda Quentin
— Peut-être un début d'explication, répondit-elle subitement excitée, c'est le résultat des premiers tests que j'ai réalisés sur le fragment de la relique à l'abbaye de Gellone. Et devine ? Il daterait du IVe siècle.
— Donc ce serait un faux.
— Oui mais rappelle-toi, selon une tradition chrétienne, c'est la mère de l'empereur Constantin Ier, l'impératrice Hélène, qui aurait découvert la Croix de Jésus lors d'un pèlerinage en Palestine en 326.
— Donc ce n'est pas la vraie croix mais peut-être un vrai fragment de celle découverte par Hélène.
— Oui, cependant cela reste hypothétique car basé sur une seule analyse. Il faut en principe en faire une seconde avec un procédé différent pour confirmer.

Émilie se gara devant la gendarmerie d'Aniane.
— Bon, je ne voudrais pas vous déranger dans vos délires de reliques, mais nous sommes arrivés. Manon, attends avant de descendre.

Elle sortit, fit signe aux deux gendarmes en faction devant la porte de venir l'aider, et escorta Manon jusqu'à l'intérieur, suivie de près par Quentin.

*

À quelques kilomètres de là, Elena, Dimitri, Francesco et Tommaso arrivaient devant la demeure du curé Saunière. Les ordres étaient clairs désormais : ne pas laisser de témoin.
Ils sonnèrent longuement mais la maison paraissait déserte. Pas un bruit ne filtrait. Ils décidèrent de se séparer en deux groupes, un pour aller voir à l'église et au gîte du Chant des Oiseaux, l'autre pour pénétrer chez le curé avec effraction.
Francesco n'était pas optimiste, connaissant Saunière, il était persuadé qu'il s'était enfui. La peur se voyait et se sentait en lui.
— On se donne une heure et on se retrouve pour faire le point. Il faut faire vite, car l'alerte a dû être donnée.

*

Ils étaient tous assis dans la petite salle de réunion de la gendarmerie, devant les restes de plateaux repas qu'ils s'étaient fait livrer, et faisaient le point de la situation. Garcia commença :
— Je n'ai malheureusement pas pu avoir le supérieur de Saunière, mais je lui ai laissé un message. On a aussi reçu la réponse du Taj concernant les photos des Ukrainiens : pas fichés. Seule note positive, les résultats de l'analyse ADN confirment que c'est bien

celui de Manon sur les menottes, mais cela ne nous sert plus à rien puisque nous l'avons retrouvée. En revanche, j'ai envoyé une équipe sur place pour faire des prélèvements supplémentaires afin d'essayer d'identifier les ravisseurs.
— On ne peut pas attendre, dit Quentin, il faut aller interroger Saunière, je reste persuadé qu'il va nous apprendre beaucoup de choses.

La vibration du téléphone de Garcia provoqua un silence. Ce dernier regarda l'écran et, levant ses yeux pétillants sur l'assemblée, dit :
— C'est l'archevêque de Montpellier ! et il décrocha.
— Bonjour Monseigneur, merci de me rappeler.
— Bonjour Capitaine, vous m'avez juste dit que c'était au sujet du père Saunière et que c'était urgent. Pouvez-vous me donner davantage d'explications ?
— Bien sûr, je préférais le faire de vive voix. Il semblerait que Saunière soit impliqué dans l'enlèvement d'une personne et nous avons désormais deux preuves irréfutables : il nous a menti au sujet de la relique de l'abbaye de Gellone, et surtout nous avons retrouvé la personne kidnappée qui confirme avoir été enlevée dans l'Abbaye même, après avoir vu le père Saunière.

L'archevêque garda un long silence, et Garcia reprit.
— Je voulais vous avertir avant de saisir le juge d'instruction pour la mise en examen.

— J'apprécie, Capitaine. Si je vous obtiens la confession du père Saunière, est-ce que vous pourrez annuler les charges contre lui ?
— Ça déprendra de son niveau d'implication.

L'archevêque hésita. Garcia sentit qu'il devait faire un geste.
— Mais je vous promets que cette affaire ne sortira jamais dans la presse, quoi qu'il arrive.

— Le père, hum, Saunière, commença l'archevêque, m'a appelé ce matin pour se mettre sous ma protection, stipulant qu'il avait par conviction religieuse aidé une organisation intégriste. Celle-ci avait réussi à le convaincre de leur bien-fondé et à obtenir son adhésion. Seulement, il s'est rendu compte récemment que leurs méthodes étaient douteuses et il craignait même pour sa vie. D'où sa demande de protection.
— C'est forcément lié à l'affaire dont je vous ai parlé.
— Il ne m'en a pas dit plus pour l'instant, l'urgence étant de le mettre à l'abri. Je comptais le questionner de vive voix dès que possible.
— Dites-moi où le trouver et j'irai l'interroger.
— Je veux assister à l'interrogatoire. Je peux être sur place dans 45 minutes.

Garcia comprit soudain.
— Donc il n'est pas à votre diocèse, Villa Maguelone. Il est encore dans la région d'Aniane, c'est ça ?

Nouvelle hésitation de l'archevêque.
— Bon, d'accord, il est à Aniane, je vous autorise à aller le voir de ma part puisqu'il y a urgence, mais je souhaiterais l'entendre en confession juste après, à mon arrivée.
— Vous avez ma parole.
— Il est chez le curé Vianey.
— Merci Monseigneur, à tout à l'heure.

Garcia raccrocha et fixa tout le monde.
— Saunière est à l'abbaye d'Aniane, chez le curé Vianey. On fonce. Je vous expliquerai en chemin. Manon, vous restez ici, le portraitiste qui maîtrise le logiciel de création des portraits robots va arriver d'une minute à l'autre. Même si la fiabilité de ces portraits est faible, il faut tenter le coup afin de nous aider à trouver vos ravisseurs.

*

Dimitri mit fin à la conversation et regarda Elena ainsi que les trois Italiens. Ils avaient fait chou blanc. Aucune trace de Saunière, qui semblait s'être volatilisé. Les Duvivier n'étaient pas repassés à la taverne, comme ils s'y attendaient. Ils étaient en train de faire le point quand Dimitri avait reçu un appel. Un membre de Praveskaïa, infiltré chez Interpol, l'avait averti que sa photo et celle d'Elena avaient été passées à l'IFRS et qu'apparemment il y avait eu une correspondance. Il n'avait pas plus de détail.

Il partagea l'information avec eux. Elena pâlit et il la questionna du regard.
— J'ai pu laisser des traces lors d'une opération en Allemagne, mais je ne suis pas sure.

Ce qu'elle ne disait pas, c'est qu'elle avait été arrêtée lors du vol de l'œuvre d'art, et que la police allemande avait relevé ses empreintes, son ADN et prit des photos. Elle avait été libérée grâce à Ivanovski qui connaissait un haut gradé allemand.

Francesco intervint.
— Ne prenons pas de risque. Vous êtes grillés, Tommaso et Riccardo peuvent se faire repérer avec le témoignage de Manon Duvivier, et même moi si Saunière se met à parler. Nous avons une planque à La Paillade, un quartier au nord de Montpellier. On va aller s'y installer et on avisera de là-bas.
— On pourra déjà suivre Quentin Duvivier s'il prend sa voiture, ajouta Dimitri, en leur parlant du traceur GPS.
— Oui mais ce n'est pas suffisant, je vais demander des hommes supplémentaires pour les surveiller de visu.

Pendant le trajet vers leur planque, Elena était pensive. Elle n'avait toujours pas digéré le « coup d'État » de Smirnov et réfléchissait à la façon de se venger. Plus elle cogitait, plus son projet prenait forme. Elle allait le faire tomber, non pas pour prendre sa place car, même si elle était ambitieuse, elle n'était pas avide de pouvoir, mais plutôt pour lui rendre la monnaie de sa pièce ; l'exécution d'Ivanovski l'ayant fortement choquée.

32

Fondée au VIIIe siècle par un Wisigoth ayant pris le nom de saint Benoît, l'abbaye bénédictine Saint-Benoît d'Aniane a le statut d'église paroissiale et a été classée monument historique en 2004.
L'ancien enclos abbatial est immense et a abrité successivement une filature de coton et un établissement pénitentiaire. C'est dans un de ces anciens bâtiments reconvertis en lieu d'habitation que résidait le curé Vianey.
Émilie et Quentin laissèrent faire Garcia.
Vianey était grand, maigre, avec un visage blafard peu souriant et une apparence austère.
— Monseigneur m'a juste prévenu de votre visite et m'a prié de vous recevoir. À sa demande, j'ai accueilli le père Saunière, mais je ne sais rien de plus.

Vrai ou faux, en tout cas Vianey voulait rester à l'écart de cette affaire.
— Je vous crois mon père. Conduisez-nous au curé Saunière s'il vous plaît.

Ils le suivirent dans un dédale de couloirs flanqués de portes fermées. Enfin, il s'arrêta devant une porte un peu plus large que les autres, tapa et après un agrément venant de l'intérieur ouvrit pour les laisser passer, puis il referma la porte et s'éclipsa.

Ils comprirent tout de suite que Saunière avait peur. Il avait des palpitations et des sueurs, et ses traits cernés montraient un réel manque de sommeil.
Garcia alla droit au but.
— Mon père, racontez-nous tout ce que vous savez sur l'enlèvement de Manon Duvivier, c'est très important.

Le curé se concentra avant de commencer à parler.
— Il y a environ un mois, Monseigneur l'archevêque a accepté une demande venant d'une société privée et visant à examiner la relique de l'abbaye de Gellone afin de l'authentifier. Je suppose qu'il est convaincu de l'origine de cette relique et qu'il voyait là un moyen de redorer le blason de son évêché. Mais il faudra lui poser la question directement.

Saunière marqua une pause. Garcia lui fit signe de continuer.
— Depuis près de deux ans, je fais partie d'une organisation appelée Dei Manum. Elle a pour vocation la défense des valeurs du Christianisme, qui est en perte de vitesse. Étant un fervent catholique, son discours m'a convaincu. Je pouvais participer au rétablissement de cette religion pour le bien de l'humanité.

Quentin le fixait attentivement. Comme toutes les religions, il y avait du bon mais aussi des dérives vers le mal, et la foi ou la naïveté de Saunière l'aurait amusé en d'autres circonstances.

— Et quelle était votre activité chez Dei Manum ? intervint Garcia.
— Comme la plupart des recrues, je devais juste leur signaler tout évènement pouvant potentiellement nuire au Christianisme.
— Et en quoi cette demande était-elle néfaste ?
— Eh bien, dans l'hypothèse où la relique est une fausse, cela discrédite les fondements de notre religion. Je l'ai donc signalé et ils ont envoyé dans un premier temps deux personnes afin d'enquêter de plus près. À leur demande, je les ai fait entrer à l'Abbaye pour l'expertise.
— Connaissez-vous le nom de la personne qui était avec Mlle Duvivier ainsi que le nom de sa société ? demanda Garcia.

Saunière hésita. Devait-il leur donner le nom de Malkine et de l'organisation russe Praveskaïa ? Non, moins il en dirait, moins il serait impliqué dans la mort de Malkine et l'enlèvement de Manon Duvivier.

— Il s'est présenté sous le nom de Martin ou quelque chose d'approchant, mais il ne m'a pas indiqué le nom de sa société et cela ne me regardait pas de toute façon.
— Et ensuite, que s'est-il passé ?

— Je pensais qu'ils allaient les interroger sur place, au lieu de quoi ils les ont kidnappés. C'est là que j'ai commencé à avoir peur et surtout à douter de leurs méthodes.
— Savez-vous où ils les ont séquestrés ?
— Oui, dans un ermitage au-dessus de Saint-Guilhem, Notre-Dame du lieu plaisant.

Garcia ne voulait rien lui révéler avant de l'avoir écouté, afin de vérifier s'il mentait ou cachait des éléments.
— Continuez, dit-il.

Saunière n'était pas dupe du jeu auquel se prêtait le capitaine et il devait se montrer prudent. Il décida de fournir un maximum d'informations sur *Dei Manum,* car cela servait son intérêt. En effet, plus les sbires du maître seraient recherchés par la police, plus ils le laisseraient tranquille.

— Après l'enlèvement, ils ont envoyé une autre personne pour les interroger. Un certain Francesco, grand, balèze, une tête de brute, une forte mâchoire, un visage anguleux avec des traits saillants et des yeux froids de tueur. Son aspect et sa voix m'ont encore plus effrayé. Je lui ai indiqué comment aller à l'ermitage. La suite, vous la connaissez, j'ai demandé la protection à Monseigneur.

Garcia jeta un regard à Émilie qui acquiesça. À priori l'histoire de Saunière se recoupait avec les éléments qu'ils avaient. Il posa donc la dernière question même si elle nécessitait de divulguer une information importante.

— Nous avons retrouvé Mlle Duvivier mais pas la personne de la société mandataire. Savez-vous ce qui lui est arrivé ?

— Non, il est peut-être toujours entre les mains de ses ravisseurs.

Garcia en doutait, mais il mit fin à l'entretien.

— Merci mon père, je vous demande rester ici pour l'instant et de vous tenir à notre disposition au cas où nous aurions d'autres questions.

33

Ils sortaient de l'abbaye d'Aniane quand le téléphone de Quentin vibra. C'était son contact d'Interpol. Il fit signe à Émilie et Garcia de continuer, décrocha et s'isola sous un cyprès millénaire. Aussitôt la voix de son collègue emplit son haut-parleur.

— Banco Quentin ! L'IFRS a fait un match avec une des deux photos : la fille. Elle s'appelle Elena Demetrova, d'origine russe, arrêtée dans une affaire de recel d'œuvres d'art en Allemagne. Elle a été relâchée mais la raison n'est pas indiquée dans le dossier.

Quentin remercia son ami et raccrocha. Ainsi, elle avait gardé son prénom mais changé de nom (il avait vérifié son inscription à la taverne) et de nationalité. Il était persuadé qu'elle et Dimitri travaillaient pour cette fameuse société qui avait embauché Manon. Devait-il en parler tout de suite à Émilie et Garcia ?
Un nouveau flash de mémoire lui revint. Il voyait Elena, entièrement nue et sexy en diable, allongée au-dessus de lui en faisant des mouvements très suggestifs. La vision s'effaça aussi soudainement qu'elle était arrivée mais, sans vraiment s'expliquer

pourquoi, il décida d'aller à la taverne tout seul et d'avoir une explication avec elle.

*

À la gendarmerie d'Aniane, Émilie réfléchissait. Avec Manon, ils avaient finalisé le portrait-robot des deux ravisseurs, aussitôt diffusé auprès de toutes les autorités, et l'équipe était en route pour établir celui du fameux Francesco avec l'aide de Saunière. Manon avait également fourni le contrat passé avec la société qui lui avait proposé la mission, mais d'après les premières recherches, il s'agissait d'une société écran débouchant sur une impasse. C'est cette même société qui avait contacté l'Archevêque de Montpellier.
Après le coup de fil qu'il avait reçu à l'abbaye d'Aniane, Quentin, tout en expliquant que c'était son ex-femme qui l'avait appelé à propos de la garde de leur fille, était reparti à la taverne de l'Escuelle pour récupérer ses affaires et celles de Manon. En face de l'argument de Garcia selon lequel ce n'était pas prudent, il avait rétorqué qu'il était assez grand pour se défendre. Émilie sentait qu'il cachait quelque chose et cela lui faisait mal qu'il ne lui fasse pas confiance. Mais est-ce que son ressenti n'était pas influencé par ses sentiments naissants ? Et lui, qu'éprouvait-il pour elle ?
N'en pouvant plus de se prendre la tête, elle décida d'avoir une discussion franche et directe avec lui. Elle sortit en trombe, monta dans sa Clio et se dirigea vers Saint-Guilhem.

*

— M. et Mme Chesnokov ont quitté la taverne ce matin.

L'aubergiste fixait Quentin d'un regard désolé, comme si c'était de sa faute.
— Entre nous, ajouta-t-il, c'était bizarre, ils avaient l'air pressés de partir, ce qui m'a étonné.

Moi, au contraire, je ne suis pas surpris, pensa Quentin qui le remercia, prit ses clés et monta dans sa chambre récupérer ses affaires. Il n'avait pas encore de plan mais ce n'était pas judicieux de rester ici.

La chambre était dans l'obscurité. Sans allumer, Quentin se dirigea vers la salle de bain pour se rafraîchir le visage quand un mouvement léger lui fit tourner la tête vers le fauteuil près de la fenêtre. Il distingua une forme humaine. Son rythme cardiaque s'accentua, car il sentait un danger. Au début de sa carrière, il n'avait jamais eu peur et c'était une de ses forces pour exercer ce métier, mais depuis qu'il avait Chloé, la crainte de la laisser orpheline de père l'avait gagné. Son pistolet, un SIG-Sauer SP2022, était sous son oreiller et il se déplaça doucement vers le lit quand la lampe près du fauteuil s'alluma.
— C'est ça que tu cherches ?

Elena le fixait, le tenant en joue avec son propre pistolet.
— Elena, mais que fais-tu avec mon arme de service ?

— Arrêtons ce petit jeu, dit-elle d'un ton sec, je sais que tu es au courant pour moi. Je ne suis pas ici pour te descendre mais pour te proposer un marché.

Quentin s'assit sur le lit.
— Je t'écoute.
— Je fais partie d'une organisation spécialisée dans le commerce d'œuvres d'art.
— Le vol tu veux dire, la coupa Quentin.
— S'il te plaît, nous n'avons pas beaucoup de temps, laisse-moi parler et tu poseras les questions ensuite.

Sur un signe de tête de sa part elle continua.
— Un de nos « projets » majeurs était d'authentifier des reliques de la sainte croix, puis de revendre les résultats des analyses au Vatican. Malheureusement, des traîtres dans notre organisation ont alerté Dei Manum, ordre catholique secret et intégriste, qui a kidnappé ta sœur et éliminé notre correspondant ici. J'ai été envoyée sur place pour savoir ce qui s'était réellement passé. Entre-temps, ces fameux traîtres ont fait assassiner mon chef et pris le pouvoir. Nos ordres sont désormais d'aider Dei Manum à retrouver et éliminer ta sœur, et certainement toi aussi. Je souhaite me venger et destituer le nouveau dirigeant.

Elle le regarda droit dans les yeux.
— J'ai longuement réfléchi. Le seul moyen pour vous tirer de cette impasse est de découvrir la vérité sur les fragments, qu'ils soient

vrais ou faux. Voici le marché que je te propose : je vous aide dans cette quête et en échange vous me donnez les résultats des analyses deux semaines avant de les rendre publics. Cela me permettra de faire tomber l'usurpateur dans mon organisation.

Elle se tut et attendit. La première question de Quentin ne tarda pas.
— À supposer que tu dises vrai, comment puis-je te faire confiance ?

Elle posa alors le pistolet de Quentin par terre et d'un coup de pied le projeta vers lui.
— Tout d'abord parce que moi je te fais confiance.
— Nous avons placé un traceur GPS sous ta voiture, il faudra t'en débarrasser, continua-t-elle.

Quentin la jaugea du regard. Instinctivement, il avait tendance à la croire.
— Comment peux-tu nous aider ?
— En vous avertissant chaque fois qu'ils auront retrouvé votre trace afin que vous puissiez leur échapper et terminer votre quête.

Elle prit son sac à main, en sortit un téléphone portable.
— Il est équipé d'une carte prépayée. Voici le numéro, apprends-le par cœur. C'est toi qui me contacteras à partir d'une carte SIM prépayée également que tu changeras à chaque fois pour être certain de ne pas te faire localiser. Tu devras m'appeler uniquement entre 22 h et 22 h 30. Si de mon côté je dois te parler en urgence, je

mettrai une annonce sur eBay, par exemple la vente d'une reproduction de la sainte Croix, sous le pseudonyme « tourmaline » – elle lui fit un clin d'œil en pensant à leur virée dans les rues de Saint-Guilhem. Tu devras consulter le site tous les jours.

Quentin connaissait cette application. eBay est une place de marché américaine mais créée en 1995 par un Français, Pierre Omidyar, et compte près de 200 millions d'utilisateurs actifs dans le monde.
— Je t'appelle, tu me donnes les informations sur nos poursuivants et c'est tout ?
— Ce qui m'intéresse c'est la fin de la quête, mais évidemment je veux bien être au courant de votre niveau d'avancement.

Quentin enregistra mentalement le numéro en utilisant la méthode des associations. Il choisit d'utiliser des noms de département français. Ensuite, il se baissa, ramassa son SIG-Sauer, dévisagea Elena, sembla peser le pour et le contre, puis le rangea dans son pantalon derrière son dos.

— C'est bon, j'accepte ta proposition.
— Tu ne le regretteras pas. Il faut que je parte, une trop longue absence risque d'être suspecte.
— Attends. Au cas où tu te ferais prendre, il faut convenir d'un code. Lorsque je t'appellerai, je commencerai par la question « ça va ? », et tu répondras, « la forme » si tout va bien, « oui ça va » si tu parles sous contrainte. Toute autre réponse voudra dire que ce n'est pas toi au bout du fil. OK ?

Elle acquiesça, se leva, se dirigea vers la porte et l'ouvrit. Une fois dans le couloir, elle se retourna vers Quentin qui l'avait suivie. Elle s'approcha jusqu'à le toucher et l'embrassa sur la bouche.

— C'est la manière russe de sceller un accord, dit-elle avec un regard sensuel.

*

En passant devant l'aubergiste à l'accueil de la taverne, Émilie lui avait dit qu'elle montait voir M. Duvivier mais en avait profité pour lui demander si les deux Ukrainiens étaient toujours là. En plus d'une réponse négative, il lui avait dit avec le sourire :
— C'est marrant, M. Duvivier m'a posé la même question !

Elle avait grimpé les escaliers deux par deux et lorsqu'elle entrouvrit la porte donnant sur l'étage, son sang se glaça : Elena et Quentin étaient en train de s'embrasser. Elle comprit aussitôt qu'Elena était sur le départ, aussi, fit-elle promptement un pas en arrière, laissant la porte se refermer. Ensuite, elle monta jusqu'à l'étage supérieur et retint sa respiration. La porte du bas s'ouvrit puis elle entendit des bruits de pas indiquant une personne qui descendait : à priori Elena.

Un mélange d'émotions l'envahit. La jalousie, la colère, l'abattement, le sentiment d'avoir été trompée. Elle n'avait jamais ressenti cela auparavant. Enfin, elle se calma. Quentin avait le droit d'entretenir une liaison avec qui il voulait et il n'avait pas de comptes à lui rendre. Elle chassa la jalousie. Mais avoir des relations intimes avec une potentielle suspecte dans l'affaire sur laquelle ils enquêtaient, là il aurait dû lui en parler. Elle retrouva son énergie. Il fallait qu'elle ait une explication avec lui, tout de suite.

*

Quentin était en train de finir de ranger sa valise lorsqu'on tapa à la porte. Ce devait être Elena qui avait oublié quelque chose. Par prudence, il garda la main sur son arme derrière le dos, et ouvrit d'un seul coup :
— Ele…

Il ne finit pas son mot. Émilie se tenait devant lui, ses yeux lançant des éclairs. S'ils avaient été des pistolets, il serait déjà mort.
— Non, moi c'est juste Émilie, pas ta maîtresse Elena !

Elle n'avait pas pu se retenir et regretta sur-le-champ ses paroles. Quentin regarda dans le couloir puis recula pour la laisser entrer.

— Entre, dit-il, je vais t'expliquer.

Il referma la porte, sortit le pistolet sa ceinture et le mit dans sa valise.

Alors il lui raconta tout. L'appel de son ami d'Interpol, la présence d'Elena dans sa chambre, sa proposition et son acceptation.

— Pourquoi n'as-tu pas partagé avec nous l'information d'Interpol ?
— Je ne sais pas vraiment, je voulais fouiller un peu plus avant d'en parler.
— Et le baiser sur le pas de la porte ?

Il la dévisagea et crut déceler de la douleur dans ses beaux yeux verts. Il comprit alors que par son attitude il avait brisé sa confiance et peut-être ses sentiments à son égard. Émilie l'attirait dès le premier jour, mais il ne pensait pas être prêt pour une nouvelle idylle. Quel idiot, pensa-t-il, les sentiments ne sont pas programmables.
Il s'approcha d'elle jusqu'à ce que leurs visages se touchent presque. Elle le fixait intensément, leurs yeux se mirant mutuellement.
— Le baiser russe, lèvres contre lèvres, est la façon russe de sceller un accord, d'après Elena. Et non, il n'y a rien entre elle et moi. Émilie, je…

Inconsciemment, leurs visages s'étaient encore rapprochés, leurs lèvres se frôlant.
Leur baiser fut à la fois doux et intense, et sembla s'éterniser, suspendant le temps.

Troisième partie
La quête

34

Vito et Lorenzo surveillaient la gendarmerie d'Aniane. À la demande de Francesco ils étaient arrivés la veille en urgence. Vito était brun et ténébreux, sans jamais un sourire. Lorenzo lui, était blond vénitien, sa région d'origine, plutôt jovial et volubile. Tous les deux s'étaient installés en France il y a cinq ans et parlaient un bon français. Ils avaient sous les yeux les photos de Manon, Quentin et Émilie, que Francesco et Dimitri avaient fournies. La voiture de Quentin était toujours garée devant l'entrée. Dimitri leur avait également donné le mot de passe de l'application smartphone leur permettant de la localiser.
Tout à coup, un groupe de gendarmes sortit, entourant deux personnes, suivis par une jeune femme brune en tenue également. Ils se dirigèrent vers la voiture de Duvivier.
Vito n'eut aucun mal à reconnaître leurs cibles. En plus, les Duvivier étaient habillés de la même manière : jean bleu, t-shirt bleu et chaussures de tennis blanches.
— Ce doit être la tenue décontractée fournie par les gendarmes, dit soudain Lorenzo en rigolant.

Ils montèrent tous les deux dans la voiture de Duvivier avec la gendarmette, tandis que le reste du groupe prenait deux voitures banalisées pour les escorter.
— Laisse de la distance pour ne pas être repéré, de toute façon on a leur trace GPS, précisa Lorenzo.

Ils prirent la départementale 32 en direction de Gignac puis l'A750 vers Montpellier. Quarante minutes plus tard ils arrivaient à l'entrée de la ville et furent immobilisés dans les bouchons. Le plan de circulation à Montpellier était très complexe et la ville était réputée pour le manque de fluidité de son trafic automobile.
Pour se rapprocher de la voiture de Quentin et essayer d'avoir un visuel, ils durent emprunter une voie de bus.
— J'espère qu'on ne va pas se faire arrêter par les flics, dit Lorenzo, ce serait le comble !

Vito, égal à lui-même et concentré sur la conduite, ne dit pas un mot. Il devrait se rabattre dès qu'il les verrait pour ne pas se faire remarquer.
Ils les repérèrent juste au moment où leur voiture tournait en direction du parking du Polygone.
Ouvert en 1975, il fut à cette époque l'un des plus grands centres commerciaux de France. Même s'il a depuis été dépassé par de nombreux autres centres, plusieurs travaux de rénovation ont permis de maintenir son standing avec 110 boutiques et 10 restaurants.

Vito jura. Il n'avait pas pu se rabattre à temps à cause des voitures qui ne voulaient pas le laisser passer et d'un bus qui avait surgi derrière lui en klaxonnant bruyamment.
— Pas grave, assura Lorenzo, on va faire le tour du quartier et on entrera dans le parking. De toute façon on pourra facilement les repérer grâce au traceur.

Le trafic était tel qu'ils mirent plus de 20 minutes pour revenir à l'entrée du parking et arriver à proximité de la voiture de Quentin, garée sagement au niveau −1 dans un emplacement VIP à côté des deux voitures de gendarmerie banalisées.
Ils trouvèrent une place un peu plus loin et attendirent.
— Qu'est-ce qu'ils vont faire ici ? se demanda Lorenzo à haute voix, du shopping ?

Environ une demi-heure plus tard, ils les virent sortir du centre, toujours escortés par les gendarmes, les bras chargés de paquets, et se diriger vers les voitures.
— J'avais raison, dit Lorenzo, ils ont dû acheter des fringues. Je suis sûr qu'ils préparent un voyage !

Ils attendirent quelques minutes et continuèrent leur filature.

*

Une bonne demi-heure après que les deux Italiens furent partis, un homme, blond à moustache, en costume marron, entouré de deux

femmes, une blonde platine en mini-jupe de cuir noir et t-shirt rouge, l'autre brune, cheveux courts et grosses lunettes, pantalon rouge et t-shirt vert, sortirent du centre et gagnèrent une Peugeot 3008 noire aux vitres teintées.
— Je ne sais pas qui a eu l'idée de ces déguisements absurdes ! pesta Émilie.

Quentin sourit, c'est vrai qu'avec sa perruque blonde et sa tenue, elle faisait un peu tapageuse.
— Ne râle pas lui dit-il, ce n'est pas tous les jours qu'on peut ressembler à Barbie et Ken !

Quant à Manon, elle se retenait de pouffer de rire. Ils avaient élaboré ce stratagème afin de semer leurs poursuivants. Sitôt dans le centre commercial, ils avaient rejoint une boutique de vêtements et avaient échangé leurs habits dans les salons d'essayage avec trois personnes leur ressemblant et pouvant, habillés pareil et dans la semi-obscurité du parking, donner le change.

Ceci faisait partie du plan qu'ils avaient mis plusieurs jours à élaborer. Première décision, agir en sous-marin et non pas officiellement. Ensuite constituer une équipe réduite : Quentin et Manon bien entendu, mais également Émilie qui avait insisté pour participer. Garcia lui avait accordé sans difficulté de prendre des congés, sans solde si nécessaire. De son côté, Quentin avait obtenu la même chose de sa direction à Lyon. Leur approche était basée sur la logique et alignée avec ce qu'Elena avait dit à Quentin : ils

devaient soit démontrer et mettre au grand jour que les fragments étaient faux (en se basant sur les plus gros), soit les authentifier et montrer à Dei Manum qu'il n'y avait plus de risque pour l'église.
Pour cela, ils allaient devoir dérober ces objets dans des lieux saints très bien gardés. Ils n'avaient aucune expérience en matière de casse et devraient se faire aider. Quentin avait son idée sur le sujet et la réponse se trouvait à Lyon, ce qui tombait bien, car c'est aussi à Lyon qu'il comptait se procurer de faux passeports afin de voyager incognito.

Leur plan s'appuyait sur l'hypothèse que le vol des fragments de relique ne serait pas signalé par l'église afin d'éviter que la presse ne s'empare du sujet vrai/faux : sujet tabou au sein du clergé.
Ils prendraient donc des photos de chaque casse, certifiant la date avec un journal du jour, afin de constituer le dossier qu'ils rendraient public à la fin.

*

Assise à l'arrière de la 3008, Émilie observait Quentin en train de conduire. Ils avaient mis un temps fou pour sortir de Montpellier et prendre l'autoroute A7, mais désormais le trafic était assez fluide.
Après le baiser échangé à la taverne, ils avaient dû partir hâtivement afin de retrouver Manon et monter l'opération pour semer leurs poursuivants. Depuis, ils n'avaient pas eu l'occasion de se retrouver seuls. Elle avait à la fois hâte et peur de cet instant. Impatiente, car ce baiser avait éveillé en elle des sensations

inédites, mais anxieuse de se lancer dans une nouvelle aventure et potentiellement de souffrir.

Quentin avait mis Radio Classique et elle se laissa bercer par du Mozart ou du Beethoven. Bientôt son inquiétude s'apaisa et elle ne réalisa qu'ils étaient arrivés à Lyon que lorsqu'ils furent à l'arrêt dans les bouchons. Elle sourit, car elle pensa aussitôt à la réputation de ces fameux restaurants de spécialités lyonnaises, appelés « bouchons », rattrapés désormais par les célèbres bouchons routiers, en particulier celui pour traverser le tunnel de Fourvière, célèbre colline surplombant le quartier du vieux Lyon et sur laquelle a été érigée une magnifique basilique.

35

Albert Cassandri quitta son travail à 17h30, monta dans sa Citroën cactus bleu émeraude et quelques minutes plus tard prenait l'A450 en direction de Lyon. Cette autoroute urbaine reliait Brignais, où était basée son entreprise, à la métropole lyonnaise via l'A7. Ironie du sort, pensa Albert en songeant à son passé, cette dernière offrait des services d'installation, de livraison et de dépannage en coffre-fort sur Lyon et la France entière.

*

Français d'origine italienne, Cassandri devint orphelin à 8 ans et, placé dans une famille d'accueil, réussit à s'enfuir pour se retrouver dans la rue, devant subvenir tout seul à ses besoins. C'est ainsi qu'il a commencé à voler. Tout d'abord de la nourriture puis progressivement des objets divers qu'il revendait afin de pouvoir payer un loyer pour avoir un toit. Il était entré dans une spirale de délinquance qui l'avait conduit à des vols de plus en plus complexes, mais bien plus juteux. Jusqu'au jour où il a réalisé son « casse du siècle ».

Plusieurs vols d'importance inhabituelle ont été dénommés « casse du siècle » dans la presse. Par exemple, l'attaque du train de la Banque de France qui a eu lieu durant la Seconde Guerre mondiale, dont l'argent était destiné à payer les dettes de la Résistance française. Il s'agit du plus gros casse mondial avec une estimation d'un butin à 432 millions d'euros. Autres exemples célèbres, l'attaque du train postal Glasgow-Londres en 1963 et plus récemment en 2013 un casse de 103 millions d'euros en montres et bijoux, principalement incrustés de diamants, volés à l'hôtel Carlton de Cannes.

Concernant Cassandri, l'idée de s'attaquer à une banque est venue des romans à suspense qu'il lisait à cette époque, et notamment « Les égouts de Los Angeles », de Michael Connelly, parut en 1992, qui décrit le cambriolage d'une banque où les casseurs s'introduisent en empruntant les égouts.

La préparation du casse avait duré plusieurs années. Vérifier et déjouer les systèmes d'alarme et de détection sismique ou acoustique, repérer et explorer les égouts afin de valider la faisabilité de creuser un tunnel jusqu'à la salle des coffres. Ensuite, pour passer à l'action, il a dû recruter une équipe dans le milieu mafieux grenoblois, région où il résidait.

Les travaux, réalisés entièrement à la main par souci de discrétion, ont duré plusieurs mois et se sont achevés en perçant le mur de la salle des coffres de plus de 2 mètres d'épaisseur.

Le casse a été planifié un week-end, ce qui laissait à l'équipe deux jours et trois nuits pour ouvrir des centaines de coffres, récupérer les lingots d'or et les billets pour un butin évalué à plus de 30 millions d'euros.

Ils avaient eu le temps de nettoyer toute trace de leur passage, si bien que la police s'était retrouvée sans aucun indice.

Mais comme le soulignait Plutarque[25], un des vices contre lequel il n'y a pas de remède est de trop parler.

Quelques mois plus tard, croyant l'affaire classée, car la presse n'en parlait plus, un des complices de Cassandri s'épancha un peu trop autour de lui et un indic de la police les alerta.

Les flics firent une descente chez lui, trouvèrent des pièces à conviction et l'écrouèrent.

Il finit par avouer et dénonça Cassandri ainsi que tous ses complices.

À cette époque, Cassandri vivait à côté de Lyon avec sa femme et sa fille. C'est Quentin qui fut chargé de l'appréhender. Lorsqu'il se présenta chez lui un mercredi soir, il comprit dans son regard qu'il savait pourquoi il venait, et il comprit également au regard de sa femme qu'elle était au courant.

Cassandri le fit entrer dans une petite pièce lui servant de bureau et ils s'assirent en face à face. Il alla droit au but, proposant d'avouer le casse, de restituer sa part du butin et demandant à Quentin comme seule contrepartie de laisser sa famille en dehors de ça.

Quentin promit.

---

[25] Sur le bavardage.

Selon l'article 311-9 du Code pénal, le vol en bande organisée est puni de quinze ans de réclusion criminelle et de 150 000 euros d'amende. Vu ses activités, Cassandri s'était marié sous le régime de la séparation de biens afin de protéger sa femme et ses futurs enfants.

Quentin demanda des circonstances atténuantes pour Cassandri et témoigna en faveur de sa femme, indiquant qu'elle n'était au courant de rien.

Cassandri écopa finalement de 12 ans et sortit au bout de 10 pour bonne conduite. Sa femme était allée le voir au début mais rapidement il lui avait demandé de ne plus venir, de refaire sa vie et de s'occuper de leur fille. Elle avait donc cessé d'aller à la prison mais n'avait pas refait sa vie, préférant se consacrer à sa fille. Lorsque Cassandri sortit de prison, ils décidèrent d'un commun accord de vivre séparé, et qu'il verrait sa fille un week-end sur deux.

Il avait également demandé à voir Quentin au début de sa peine. Quand ils furent à nouveau en face l'un de l'autre, mais cette fois séparés par une vitre dans la salle des visites, il le remercia pour ce qu'il avait fait et lui dit qu'il avait une dette envers lui : Quentin pourrait lui demander ce qu'il voulait lorsqu'il sortirait de prison.

*

Cela faisait près de deux ans que Cassandri était sorti de prison et il vivait dans un appartement à Villeurbanne, grande banlieue lyonnaise.

Quand on sonna à sa porte et qu'il découvrit Quentin flanqué de deux jeunes femmes, il sut que l'heure de payer sa dette était arrivée.

36

Assis autour de la petite table de salon, ils racontèrent à Cassandri dans le détail ce qui s'était passé et leur projet. Ce dernier leur avait servi du thé ou café avec des petits gâteaux.
— Tu te rends compte dans quoi tu t'engages, dit-il à s'adressant à Quentin. Chaque cambriolage peut prendre des semaines entre la préparation et la réalisation.
— Nous devons le faire plus rapidement. Tout d'abord parce qu'on se met en congés de nos boulots respectifs, mais surtout à cause des ennemis à nos trousses. Plus ça traîne, plus ils pourront s'organiser pour nous attraper.
— Cela signifie une prise de risques maximum de se faire arrêter par la police.
— Je sais, mais je veux que tu organises les casses, pas que tu y participes. En cas de coup dur, on va morfler, cependant on aura des arguments à défendre, toi, en tant qu'ancien taulard, non.
— Combien de temps ?
— Je dirais deux semaines environ pour l'ensemble
— Dans ce cas, j'ai déjà le scénario : on entre par la grande porte, on force la grille qui protège la relique, on la vole et on ressort par

la petite porte, dit Cassandri en rigolant. Plus sérieusement, dit-il, laisse-moi réfléchir deux ou trois jours. Comme souvent, plus on passe du temps à la préparation d'une opération, plus cette dernière est exécutée rapidement et sans trop d'encombres.

— De toute façon, on a aussi des choses à faire. Il faut par exemple que je m'occupe de nous procurer de faux passeports à chacun afin de voyager le plus incognito possible. D'ailleurs, tant que nous n'avons pas d'autres papiers d'identité, hors de question pour nous d'aller à l'hôtel, et encore moins chez Manon ou chez moi. Pourrais-tu nous héberger quelque part ? demanda Quentin en constatant que l'appartement de Cassandri devait être un deux pièces.

— Ici si vous voulez. Je peux dormir chez une copine en attendant. Les filles peuvent prendre la chambre et toi dormir sur le canapé du salon.

— On peut utiliser ton PC pour commencer à se renseigner sur les lieux à cambrioler ?

*

Assises côte à côte devant l'ordinateur de la salle à manger, Émilie et Manon entamaient leurs recherches sur les sites en Belgique, première étape de leur quête. Cassandri était parti chez son amie. Demain il poserait ses congés. Quentin était sorti rencontrer son contact pour les faux papiers.

Elle se disait qu'elle aurait préféré dormir avec Quentin et laisser le canapé à Manon, mais elle se faisait des films et cela n'aurait jamais lieu.

Ils avaient choisi de démarrer en Belgique afin de réduire les risques de se faire repérer. En effet, Dei Manum et Praveskaïa allaient certainement surveiller les aéroports français. Ils iraient donc en voiture à leur première destination et prendraient ensuite l'avion pour les prochaines.

Elles trouvèrent des informations sur l'église Sainte-Croix d'Ixelles, située à quatre kilomètres du centre de Bruxelles. Les sites mentionnaient la relique de la sainte Croix ainsi qu'une description sommaire des bâtiments et un plan de l'ensemble. Elles stockèrent les données dans le dossier électronique qu'ils avaient créé sur le Cloud afin de pouvoir y accéder de n'importe où à partir d'un ordinateur ou d'un smartphone. De toute façon, Cassandri leur avait annoncé qu'il faudrait un repérage visuel sur place avant toute opération.
C'est quand elles commencèrent à collecter des informations sur Notre Dame de Paris et la Basilique Saint-Pierre de Rome qu'elles réalisèrent l'ampleur et la difficulté de leur tâche.

*

— Il n'en est pas question ! hurla Léa au téléphone, tu n'as qu'à te débrouiller.

Quentin s'en doutait. Lorsqu'il lui avait demandé d'échanger leur semaine de garde pour Chloé, son ex-femme avait refusé. Il allait donc tenter le plan B.
— Bon, d'accord, tu as raison, je vais demander à mon père de la garder.

Il n'aimait pas utiliser ce genre de subterfuge mais n'avait pas tellement le choix. Léa considérait de manière péremptoire que le père de Quentin n'était pas capable de s'occuper d'un enfant. Tout d'abord parce que c'était un homme, et seule une femme sait prendre en charge un gamin, et bien sûr, car il n'avait pas su élever correctement son fils.
Il y eut un moment de silence à l'autre bout du fil.
— Tu plaisantes ?
— Non, je suis très sérieux.
— Ton père est inapte à garder Chloé.
— De toute façon, c'est ma semaine, donc je décide ce que je veux, j'ai confiance en lui et assume mes responsabilités.

Quentin adorait son père mais savait pertinemment que Léa avait raison. Il devinait la fumée qui devait sortir au-dessus de sa tête tandis qu'elle fulminait.
— Tu es inconscient. La sécurité de ma fille est ma priorité, donc je vais la prendre, mais je garde la semaine d'après comme prévu. Tant pis pour toi si tu ne la vois pas pendant 3 semaines ! conclut-elle en raccrochant aussi sec.

Quentin était triste à la pensée de ne pas être avec sa fille pendant encore 15 jours mais finalement cela l'arrangeait, car il ne savait pas vraiment combien de temps allait durer leur quête.

Il mit son smartphone dans la poche arrière de son jean et traversa la place Bellecour.
Cette immense espace de plus de 6 hectares est la plus grande place piétonne d'Europe. En grande partie recouverte de sable de couleur ocre appelé gore, elle est entourée de rangées de tilleuls et de marronniers. Quentin adorait s'y promener et se promettait de la faire découvrir un jour à Émilie.
Il passa devant la statue équestre de Louis XIV représenté en empereur romain, regarda dans un coin une autre statue figurant le Petit Prince et Antoine de Saint-Exupéry, puis quittant la place, s'engouffra dans la rue Émile Zola.
Il tourna ensuite rue des Archers et s'arrêta devant le numéro 5. De là, il apercevait le théâtre des Célestins, superbe bâtiment construit « à l'italienne » et récemment rénové, qui a commémoré plus de deux siècles d'art dramatique.
Il sonna en face du nom : Ribes. Avec ce patronyme, il était prédestiné à être faussaire. Tout comme Cassandri, il s'était fait choper, avait effectué sa peine de prison et s'était rangé depuis. Lui aussi avait une dette envers Quentin. Ce dernier avait tout un réseau d'anciens malfrats reconvertis lui permettant d'avancer souvent, certes en dehors des règles, mais plus rapidement sur certaines affaires. Et en ce moment, il en profitait personnellement.

Ribes vivait seul et lui ouvrit la porte. De taille moyenne, un physique passe partout, il savait facilement passer inaperçu. Son appartement était petit mais fonctionnel et agréable. Ils s'assirent dans des fauteuils qui avaient dû connaître des jours meilleurs. Ribes alla préparer des cafés et dès son retour, Quentin alla droit au but et lui expliqua son besoin de plusieurs jeux de faux passeports pour 4 personnes, sans le mettre cependant au courant de leur quête.
— Je veux bien t'aider, évidemment, dit Ribes, mais je n'ai plus d'équipement pour faire ça.
— Je sais et j'ai la solution. On a coincé un faussaire il y a 15 jours et son atelier est encore sous scellé, mais je connais le moyen d'y accéder. Ce n'est pas très loin d'ici, à Vénissieux.

Ribes lui lança un regard qui en disait long. En effet, Vénissieux est une banlieue lyonnaise tristement célèbre pour son rôle précurseur dans l'histoire des banlieues françaises avec des premières émeutes urbaines dans le quartier des Minguettes au début des années 1980.
— Ne t'inquiète pas, lui dit Quentin, le quartier s'est assagi et puis de toute façon on sera tous ensemble.

37

Ils étaient partis tôt le samedi matin en direction de la frontière belge. L'église Sainte-Croix d'Ixelles se trouvait à plus de 700 kilomètres de Lyon, soit environ 7 heures de route sans les pauses.
Cassandri avait étudié les documents recueillis par Manon et Émilie et paraissait sceptique : le premier scénario qui lui était venu à l'esprit était tout simplement d'entrer dans l'église, de prendre la relique pendant qu'un acolyte faisait le guet, et ressortir. « On devra donc statuer sur place », avait-il conclu.
Ribes leur avait fourni trois jeux de passeports à chacun, mais afin de ne pas éveiller de soupçon vis-à-vis de leurs éventuels poursuivants, Émilie et Quentin voyageraient en tant que mari et femme tandis que Manon et Albert comme père et fille.

*

Tout en conduisant, Quentin se remémorait la discussion de la veille au soir avec Elena. Rien de nouveau à part que Francesco et Dimitri commençaient à s'impatienter. Ils trouvaient suspect le manque d'activité de la part de Quentin et Manon et travaillaient sur un plan afin de pouvoir les kidnapper. De ce fait, leur supercherie risquait d'être découverte rapidement. Et dès qu'ils auraient les deux organisations à leurs trousses, le cambriolage des lieux saints deviendrait plus compliqué.

*

Ils arrivèrent à Ixelles à 16 h 30 et décidèrent d'aller immédiatement repérer les lieux.
L'église Sainte-Croix se trouvait au bord du grand étang d'Ixelles, sur la place du même nom. Construite au milieu du XIXe siècle, elle est de style Art déco pour sa partie extérieure.
Ils eurent la chance de trouver une place avenue des Éperons d'or, tout près de l'église.
En se dirigeant vers l'entrée, ils levèrent les yeux vers l'imposant clocher-tour sur leur droite. Une inscription sur la porte indiquait que l'église fermait à 19 h 30.
À l'intérieur, le style était néo-gothique mais l'art déco demeurait, notamment pour les confessionnaux et les autels latéraux du déambulatoire. Ils passèrent devant l'orgue imposant de style postromantique et s'approchèrent de l'autel en marbre rouge situé dans le déambulatoire. La relique de la Vraie Croix était arrimée à l'autel dans son reliquaire. Ce dernier était en fait une immense croix staurothèque qui semblait pouvoir être déplacée.
Quentin pensa qu'elle était utilisée lors de défilés de fêtes religieuses, et notamment celle de l'Invention de la sainte Croix

(c'est-à-dire la découverte de la sainte Croix par Sainte-Hélène – mère de l'empereur Constantin) qui a lieu le 14 septembre.
Albert s'approcha de Quentin et murmura :
— Je n'ai pas vu de système d'alarme ni de caméra, et détacher le reliquaire sera facile. C'est presque trop beau pour être vrai.
— Peut-être que ce fragment a moins de valeurs que les autres, ou bien nous sommes les seuls à nous y intéresser, répondit Quentin.

Par acquit de conscience, ils refirent le tour de l'église afin de l'inspecter avec plus de soin mais ne trouvèrent aucun système de sécurité, hormis bien entendu la serrure de la porte principale.
Ils ressortirent de l'église, traversèrent la place Sainte-Croix, puis l'avenue des Éperons d'or et s'assirent sur un bac au bord de l'étang d'Ixelles.
Quentin regarda Albert.
— Que proposes-tu ?
— Vu que vous êtes pressés, je pense qu'il faut agir cette nuit. Il suffit d'être deux, un pour faire le guet pendant que je récupère la relique. Je n'ai besoin que de mon rossignol pour ouvrir la porte et de ma mini disqueuse sans fil pour détacher le fragment de son reliquaire.

Quentin sourit intérieurement à l'évocation du rossignol. Son nom provient d'Antoine Rossignol, cryptologue du XVIIe siècle et non pas de l'oiseau.
— Non, il faudra être trois, intervint Manon, pour les photos. Donc je viens.

En effet, le plan prévoyait de prendre des photos prouvant qu'ils avaient bien dérobé les vraies reliques et Albert ne devait pas apparaître sur les photos.

— Ça me convient. Je suis volontaire pour faire le guet. On vise quelle heure ?

— 2 h du matin est l'idéal si on veut être tranquilles. La plupart des gens sont couchés et ceux qui sortent en boite de nuit ne sont pas encore rentrés.

— Alors, ne traînons pas, intima Manon. J'ai réservé une chambre d'hôtes juste en face, de l'autre côté de l'étang.

Elle montrait du doigt un bel immeuble à deux étages, datant de 1900.

Albert suivit son regard et dit :

— Il vaut mieux laisser la voiture ici et y aller à pied. Comme ça, je laisse mes outils dans le coffre et les remettrai ainsi que la relique après notre petite excursion nocturne.

Le tour de l'étang leur prit moins de 10 minutes. Il faisait beau et Émilie apprécia de se dégourdir les jambes après les 7 heures passées assise dans la voiture. Son esprit vagabonda et elle se voyait déambuler dans les rues de Venise le long de l'eau, avec Quentin. Dans son rêve éveillé, elle se retournait vers lui pour le regarder. Elle se sentait plonger dans le bleu de ses yeux quand d'un seul coup son visage fut remplacé par celui d'un homme au regard terrifié et couvert de sang. Ses traits étaient tellement

déformés qu'elle mit du temps à reconnaître son chef, le capitaine Garcia. Soudain, on lui attrapa fermement le bras et un cri explosa :
— Émilie, mais qu'est-ce qui t'arrive ?

Le visage de Quentin était à nouveau devant elle, le vrai cette fois, et affichait une inquiétude profonde. Elle regarda autour d'elle et vit qu'elle était sur le talus en pente à un mètre de l'étang. Elle comprit qu'en rêvassant, elle avait dévié sa route et faillit tomber dans l'eau.
— Désolée, j'ai eu un flash. Je ne sais pas s'il est prémonitoire, mais j'ai peur que Garcia ne soit en danger. Il faut que je l'appelle.

Quentin la remonta du talus et elle se retrouva presque dans ses bras.
— Tu sais bien qu'on ne peut pas l'appeler directement, il est certainement sous écoute. On va utiliser une autre méthode, laisse-moi réfléchir jusqu'à la maison d'hôtes.

*

De près, la maison d'hôte était splendide. Style maison de maître du début du XXe siècle, elle avait été aménagée avec goût et donnait envie d'y séjourner. La plupart des chambres disposaient d'un balcon. Manon avait réservé deux chambres au même étage, une pour elle et Émilie, l'autre pour Albert et Quentin.
Ils sortirent dîner tôt dans un petit restaurant place Flagey, à deux pas de leur logement.
Émilie alla droit au but.

— Alors, as-tu trouvé une idée pour contacter Garcia ?
— Oui. Si je pars de l'hypothèse que nos ennemis peuvent capter toute communication directe avec lui, la seule solution reste la communication indirecte.
— C'est-à-dire ?
— Pense à une personne que tu connais suffisamment bien pour lui demander d'aller porter un message à Garcia oralement et de récupérer sa réponse.
— OK, cette personne ne sera pas surveillée par nos ennemis qui ne pourront intercepter les messages. Et s'ils utilisent des micros pour mettre Garcia sous écoute ?
— Bonne question ! C'est là qu'il faut utiliser un message codé.
— Pourquoi ne pas simplement l'appeler ou lui envoyer un e-mail avec le message codé ?
— Toute information arrivant par ces canaux de communication sera interceptée et décodée, alors qu'une conversation sur des sujets anodins passera inaperçue.
— Admettons que je trouve la personne, comment Garcia connaîtra-t-il le code ?
— Il faudra lui indiquer dans le message. Toi seule peux trouver la solution. Un code que Garcia connaît et pourra deviner à travers quelques mots au début du message.
— Il me faudra du temps pour trouver !
— Tu as toute la nuit, pendant qu'Albert et moi irons nous promener, conclut-il en souriant.

*

Deux heures du matin, place Sainte-Croix.
Quentin était assis en bas des marches d'accès à l'église pendant qu'Albert commençait de crocheter la serrure. Il avait mis des vêtements fripés, fumait une cigarette roulée et avait une bouteille de gnôle à moitié entamée à ses pieds. C'était la couverture qu'il avait imaginée pour justifier sa présence à cette heure indue.
Sur sa droite se dressait un grand bâtiment art déco avec un panneau central où était inscrit « Flagey ». C'était une salle de concerts, projections de films et festivals. Sur sa droite en rez-de-chaussée, il y avait un restaurant avec une belle terrasse empiétant sur la place.
Il songea à leur situation. Pas très confortable. Comment allaient-ils s'en sortir ? Puis son esprit vagabonda vers Émilie et il repensa à leur premier, et dernier, baiser. S'ils s'en sortaient, que deviendrait leur histoire ? L'image d'Elena vint se superposer au-dessus de celle d'Émilie et il se sentit mal à l'aise. Pourquoi était-il obsédé par son image et quelle était la signification des flashs où il la voyait nue au-dessus de lui ?
— C'est comme ça que tu fais le guet ! dit Albert en lui donnant une tape sur l'épaule.

Quentin sursauta et se sentit aussitôt coupable. Il fallait qu'il se ressaisisse. Il se tourna vers Albert. Ce dernier lui montrait le sac qu'il portait en bandoulière.
— L'objet est dans la boite, dit-il en lui faisant un clin d'œil, et j'ai pris les photos.

Ils allèrent déposer les outils et la relique dans leur voiture et rentrèrent silencieusement se coucher.

*

Deux bonnes heures avant le départ de leur vol vers Larnaca, à Chypre, ils étaient déjà à l'aéroport international de Bruxelles.
Avec sa touche typiquement belge, l'aéroport se compare à une Belgique miniature. Les magasins, bars et restaurants proposent avant tout des produits et spécialités belges. La décoration s'inspire du passé artistique belge, et notamment de la bande dessinée, secteur où la Belgique est leader. Ils passèrent donc devant une réplique de la fusée de Tintin Objectif Lune, et devant l'avion des Schtroumpfs, près des portes d'embarquement B.

Au comptoir d'enregistrement, Quentin tendit son faux passeport au nom de Kevin Martin. L'employée le dévisagea en examinant la photo du passeport. Bien que ce soit la procédure habituelle, le fait d'être en fraude lui provoqua une coulée de sueur froide. Elle lui rendit le document avec sa carte d'embarquement et il respira mieux.

Le matin, pendant le petit-déjeuner, Émilie avait dévoilé son idée de code pour Garcia et identifié le messager. Ensuite, pendant qu'elle mettait son plan en œuvre, Manon et Quentin s'étaient occupés de la relique.

Par son métier, Manon s'était liée d'amitié avec la responsable d'un laboratoire d'analyse en archéométrie, situé près de Bordeaux. Il utilisait la méthode de datation Carbone 14 comme l'avait fait Manon à Saint-Guilhem-le-Désert, mais était équipé de machines beaucoup plus puissantes et sophistiquées : spectromètre de masse couplé à un accélérateur de particules.

Manon l'avait appelée pour lui expliquer la situation et lui demander son aide : analyser les reliques au fur et à mesure qu'ils les lui enverraient, et les stocker en lieu sûr dans son laboratoire. Elle avait accepté sans hésiter. De toute façon, pour officialiser les rapports d'analyses, Manon avait passé une commande formelle au laboratoire.

Le fragment prélevé dans l'église d'Ixelles était en partance pour Bordeaux tandis qu'eux se dirigeaient vers Chypre.

38

— Je commence à trouver le temps long, dit la femme aux cheveux châtain clair mi-longs.

— Arrête de te plaindre, on est payés à se prélasser à l'hôtel, et même très bien payés, répondit l'homme aux cheveux courts châtain foncé.

— Toi tu t'en fiches, tu es célibataire, mais moi je préférerais passer mes soirées avec ma famille.

— C'est juste l'histoire de quelques jours.

— Qui peuvent durer des semaines !

Dimitri regarda Francesco.

— Ce n'est pas la voix de Quentin Duvivier, je ne connais pas celle de sa sœur mais si ce n'est pas lui, ce n'est pas elle non plus.

— Tu as raison, répondit Francesco, et puis pourquoi les Duvivier seraient payés ?

Dimitri et Francesco s'étaient vite rendu compte qu'ils ne pourraient pas approcher facilement Manon et Quentin,

apparemment calfeutrés soit dans le commissariat, soit dans leur hôtel et sous la garde de plusieurs gendarmes.
Ils avaient donc imaginé un autre plan. Une des employées de l'hôtel où logeaient les Duvivier, Odile Magnin, vivait seule avec son fils Léo. Ils n'avaient pas eu de difficultés pour enlever Léo. Odile Magnin n'avait pas hésité longtemps avant d'accepter de leur rendre un « petit » service : poser des micros dans la chambre des Duvivier.

Francesco était furax.
— On s'est bien fait avoir. On fait quoi maintenant ?

Dimitri réfléchit un instant.
— Et si on avait une petite discussion avec le capitaine Garcia ? Je parie qu'il est au courant de leurs projets.
— Bonne idée. Il doit être prudent en effet, les écoutes sur le micro-espion que nous avions installé sur le chargeur du portable de Garcia n'ont rien donné.

Dans une autre pièce de la maison où ils étaient installés, Vito et Lorenzo se relayaient pour écouter les conversations de Garcia. Ils avaient réussi à échanger son chargeur de téléphone par un modèle identique contenant le micro espion équipé d'une carte nano SIM 4G.

*

Le téléphone sonna sur le bureau de Garcia. C'était la réception.
— Capitaine, il y a un certain Mathieu Fabre qui demande à vous voir. Il dit que c'est important.
— Garcia connaissait bien Mathieu, l'apiculteur qui faisait de la spéléologie avec Emilie. Cette dernière le lui avait présenté lorsqu'elle avait su qu'il était amateur de miel.
— Fais-le entrer s'il te plaît.

Mathieu portait une sorte de treillis kaki et une veste beige. Il avait un sac en bandoulière qui paraissait lourd.
— Bonjour Mathieu, quel bon vent t'amène ?
— Bonjour capitaine, je suis venu vous apporter votre commande de miel que m'a transmis La Taupe.

Il lui fit un clin d'œil tout en lui tendant un papier rempli de chiffres.
— Elle m'a demandé également si vous aviez lu le livre qu'elle vous a prêté.

Garcia pensa aussitôt au livre « Édouard-Alfred Martel, explorateur du monde souterrain ». Elle lui avait offert afin de lui faire découvrir sa propre passion à travers la vie exceptionnelle de cet aventurier des abîmes, fondateur de la spéléologie moderne.
Le papier que lui avait donné Mathieu ressemblait fortement à un message codé et lui rappela une formation qu'il avait suivie avec Émilie sur le sujet.

Il n'avait pas passé de commande de miel, Mathieu lui avait fait un clin d'œil, donné un message apparemment codé et appelé Émilie par son surnom, « La Taupe ». Tous ces éléments mirent ses sens en alerte.

Pendant que Mathieu déballait le contenu de son sac et déposait des pots de miel sur son bureau, il mit le papier dans sa poche. Il essaierait de le déchiffrer plus tard.
— C'est du miel de printemps, lui expliqua Mathieu, à partir du butinage de prunelliers, aubépines, pissenlits, crucifères et fruitiers.

Garcia regarda la couleur jaune très pâle du miel, avec une cristallisation très fine et très crémeuse. C'était un de ses préférés ; il avait une saveur discrète et fruitée.
— Merci Mathieu, combien je te dois ?

Pendant qu'il le payait, ils discutèrent de tout et de rien pour donner le change, puis Mathieu partit.
Aussitôt, il ressortit le papier afin de l'inspecter plus en détail. Il était constitué d'une série de deux nombres séparés par un slash. Il y avait un tiret entre chacun des deux nombres.
Le fait qu'Émilie ait fait référence à son livre n'était pas un hasard. La technique utilisée qu'il avait étudiée en formation lui revint en mémoire. Il s'agissait de celle dite du « livre ». Elle était simple mais efficace. Il fallait d'abord trouver un livre que votre destinataire connaisse. Ensuite, chercher les mots qui vont composer votre message. Pour que cela fonctionne, il était

indispensable de prendre des mots sur différentes pages. Le code secret est constitué de chiffres : le premier donne le numéro de la page et le second l'emplacement du mot.

Bingo ! Garcia se leva et se dirigea vers le petit meuble où il rangeait tous ses livres. Il ne trouvait pas le livre et commençait à s'énerver. Sans lui, impossible de décoder le message.
Tout à coup, il se rappela l'avoir emporté chez lui pour finir de la lire au calme. Si Émilie lui envoyait un message aussi secret, c'était qu'il devait y avoir urgence. Sa décision était prise, il sortit de son bureau en courant, avertit la réceptionniste qu'il restait joignable sur son portable, monta dans sa voiture et démarra en trombe.

39

— Quel est le motif de votre voyage, Mr Martin ? demanda le préposé au contrôle de l'immigration, en anglais mais avec un fort accent grec.
— Loisirs, avec ma femme, un ami et sa fille, dit-il en faisant un signe de tête derrière lui où attendaient Émilie, Manon et Albert.

Quentin parlait parfaitement anglais, ayant passé un an aux États-Unis grâce au programme Erasmus lors de son master en droit. Manon était également bilingue étant donné son métier, Albert ne le parlait quasiment pas. Quant à Émilie, il ignorait si elle maitrisait cette langue mais allait bientôt le découvrir.
À Bruxelles, leurs passeports avaient été regardés très sommairement. À Larnaca, ce serait le premier vrai test. Le préposé le dévisageait et regardait alternativement sa photo sur le passeport. On aurait dit un scanner en train de tourner en boucle à la suite d'une panne.
Enfin, il lui rendit ses papiers et appela Émilie. Quentin resta près du guichet afin de l'écouter parler anglais. Il sourit, elle se

débrouillait plutôt bien mais conservait un bon accent du Midi de la France !

Après avoir récupéré leurs bagages, ils se dirigèrent vers les comptoirs de location de voiture, puis rejoignirent leur véhicule dans l'immense parking aérien de l'aéroport. Une forte chaleur leur tomba sur les épaules comme une chape de plomb. Autour de l'aéroport, la végétation était aride et au loin ils apercevaient les premiers contreforts des montagnes. C'est au sein de ces dernières que se trouvait le monastère de Stavrovouni. Le point culminant de l'île, le mont Olympe, situé dans le massif du Troodos, atteignait presque les 2000 mètres d'altitude et on pouvait y skier l'hiver. Il se trouvait plus à l'ouest et à l'intérieur des terres.

— J'ai réservé à l'hôtel Cosmopolis, annonça Manon sitôt dans la voiture. Il est à une demi-heure de l'aéroport mais ensuite il nous faudra à peine un quart d'heure pour monter jusqu'au monastère.

Ils gardèrent le silence pendant le court trajet qui les menait jusqu'à l'hôtel. Au début, ils traversèrent des plaines plantées d'oliviers, figuiers, palmiers, eucalyptus et surtout de caroubiers. Puis ils arrivèrent dans la montagne avec un sol rocailleux semé de quelques arbres et arbustes représentatifs de l'île : cèdres, cyprès, genévriers, aulnes, chênes dorés.

L'hôtel était assez classe et disposait d'un bâtiment principal où se trouvaient l'accueil et le restaurant, et de plusieurs maisonnettes à un étage pour les logements. L'ensemble était bâti autour d'une grande piscine.

Manon avait réservé une suite avec deux chambres et surtout une grande pièce commune où ils pourraient travailler ensemble. Aussitôt qu'ils furent installés, elle commença à faire le point des informations qu'elle avait collectées.

— Tout d'abord, il faut savoir que ce monastère orthodoxe est l'un des lieux les plus sacrés de Chypre. Une trentaine de moines y vivent en permanence, leurs journées sont rythmées par les prières et marquées par l'ascèse. Ce qui signifie qu'il sera difficile d'y entrer par effraction. De plus, il est construit sur un éperon rocheux, et la route qui y mène serpente dans une zone militaire où même s'arrêter pour prendre des photos est interdit. On peut donc supposer qu'elle sera surveillée et rendra délicate toute tentative de fuite.

— Tu veux dire que c'est mission impossible ? demanda Quentin.

— Difficile mais pas impossible. Il y a une option.

Manon marqua une pause et regarda ses trois compagnons. Ils étaient rivés à ses lèvres, attendant la suite, et elle savoura cet instant.

— Les pèlerins sont parfois invités à passer la nuit sur place et à partager un repas avec les moines, lâcha-t-elle en attendant leur réaction.

Émilie intervint la première.

— J'en suis ! Dis-nous comment nous faire passer pour des pèlerins.
— Pas question, répondit Quentin, c'est trop dangereux. J'irai avec Albert.
— Parce que les hommes sont plus forts que les femmes, c'est ça ?

Manon sentit la tension monter.
— Stop ! De toute façon l'entrée du monastère est interdite aux femmes, la question est réglée.

Le silence se fit. Ils attendirent la suite.
— Quentin, rappelle-toi, c'est moi qui suis allée récupérer les faux passeports auprès de Ribes. Eh bien, j'en ai profité pour lui demander un petit supplément, qu'il m'a d'ailleurs fourni gratuitement : de faux « crédencials » et « compostelas ».

— C'est quoi ces machins ? lui demanda Albert.
— Cela permet de montrer que vous êtes de fervents pèlerins et faciliter, enfin je l'espère, l'accès à certains sites religieux, comme ce monastère.
— Le « crédential », continua-t-elle, est un document qui permet de voyager tout en authentifiant la condition de pèlerin. La « compostela », quant à elle, est un certificat officiel de l'Église délivré par le Bureau des Pèlerins de la cathédrale de Compostelle depuis le XIVe siècle, et est très réputé dans le christianisme.
— C'est quoi le plan précis ? questionna Quentin.

— Demain matin, avec Émilie, on va faire du shopping pour vous acheter des habits qui fassent plus « pèlerin ». Pendant ce temps, vous allez au monastère faire du repérage, en prenant soin de vous grimer afin de ne pas vous faire reconnaître lorsque vous irez en tant que pèlerins.Il reste un petit problème à résoudre, poursuit-elle en souriant, les appareils photo et les téléphones sont interdits dans le monastère et on est fouillé à l'entrée. Il faut donc réfléchir à un moyen pour prendre les fameuses photos qui nous serviront de preuve.
— Vu ton sourire, je pense que tu as trouvé une solution, dit Quentin.

Elle sortit de son sac une paire de lunettes noires.
— L'un de vous devra ajouter cet accessoire à sa tenue de pèlerin. Ce sont des lunettes caméra espion qui font vidéo, son et photo. Je les ai trouvées sur Internet !

*

La route menant au monastère était en effet sinueuse, offrant des vues panoramiques sur les collines environnantes. La végétation de type méridional était sèche avec de petits arbustes, quelques oliveraies et vignobles.
— Parait-il que les moines là-haut ne cuisinent qu'à l'huile d'olive, ne boivent que du vin, et ils vivent longtemps, souligna Albert pendant que Quentin se concentrait sur la route.
— Tu dis ça parce que cela t'arrange ! le chambra Quentin.

Au détour d'un virage, ils le virent enfin. Aussi impressionnant soit-il, posé sur son éperon rocheux, il ne possédait guère d'intérêt architectural, avec des bâtiments construits depuis sa renaissance en 1889. En revanche, le panorama était à couper le souffle : ils profitaient d'une vue à 360° sur Larnaca, la mer, le lac salé au sud, le massif du Troodos au nord-ouest et la plaine de la Mésorée à l'est.
Ils furent effectivement fouillés à l'entrée. Dans le monastère, l'ambiance était assez austère et les visiteurs devaient avoir une tenue appropriée.
Le monastère était dédié à la vraie croix[26], et constituait un lieu de recueil et de prières. Les visiteurs avaient accès à de nombreuses pièces communes. Les moines qu'ils croisèrent étaient silencieux. Ils trouvèrent enfin la petite église abritant les reliques.

Selon la tradition religieuse, le monastère a été fondé par sainte Hélène, mère de l'empereur Constantin Ier le Grand, qui le dota d'un fragment de la Sainte-Croix.
Les murs, l'église, l'iconostase et les cellules des moines ont été presque entièrement détruits pendant un grand incendie en 1888. La seule relique qui a été conservée est une croix en argent dans laquelle un morceau de la sainte croix est inséré.

Debout devant la grande croix d'argent, Quentin et Albert se jetèrent un regard entendu. Cette salle semblait être un lieu de

---

[26] Stavrovouni signifie « Montagne de la (vraie) croix » en grec

recueillement important et plusieurs moines étaient assis dans un coin. La tâche s'avérait délicate.

40

— Il est parti aussitôt après avoir reçu ce Mathieu Fabre et j'ai pensé que cela pourrait vous intéresser, dit Vito en entrant dans la pièce où étaient installés Francesco et Dimitri.

S'il arrive à réfléchir, alors on est sauvés, pensa Dimitri ironiquement.
— Tu as eu le bon réflexe, fais-nous écouter.

Ils l'écoutèrent plusieurs fois. La mention du surnom « La Taupe » et le départ précipité de Garcia étaient en effet suspects.
Dimitri regarda Francesco.
— On active notre plan maintenant. Et tant pis pour la prise de risques, on va directement chez Garcia, on improvisera en route !

*

Garcia se gara en vrac devant la porte de son garage et se rua à l'intérieur de sa maison. Sa femme était au travail et devait rentrer tard, car elle avait ensuite une séance au club de gym. Elle y allait trois fois par semaine et le résultat était au rendez-vous : à presque 53 ans, elle avait encore un corps parfait.

Leur fille avait quitté la maison à la fin de ses études et travaillait à Paris. Il serait donc tranquille pour décoder le message d'Émilie.

Il s'approcha de sa bibliothèque pour récupérer « Édouard-Alfred Martel, explorateur du monde souterrain ». À côté du livre de Martel, il y avait « Pierre Aigouy ou la vie aventureuse d'un enfant maudit [27] ». Ce livre avait une place particulière dans son cœur, car il racontait l'histoire du beau-fils d'un de ses ancêtres, Guillaume Pioch, tisserand à Aniane.

Il prit le livre de Martel, alla se préparer un café dans la cuisine et revint s'installer sur son canapé en étalant devant lui le message et le livre.

Il se releva pour prendre une feuille et un stylo afin de rédiger le message une fois décodé.

*

La voiture noire aux vitres teintées passa une première fois devant le domicile de Garcia. La présence de sa voiture leur confirma qu'il était bien chez lui. Ils avaient eu le temps de préparer leur plan d'action pendant le trajet depuis Montpellier. L'enquête préalable leur avait donné l'adresse du capitaine mais également le fait que sa femme allait rentrer tard, ce qui leur laissait le champ libre.

---

[27] De Jean-Michel Rouand, collection « Autres-Talents » aux éditions du groupe CCEE

Ils se garèrent une rue plus loin. Vito et Lorenzo sortirent de la voiture, le premier se dirigeant vers l'arrière de la maison pendant que le second allait directement vers la porte d'entrée.

Vito dut escalader un premier muret puis passer au-dessus d'une clôture, et pesta en se déchirant le pantalon. Son rôle était de s'introduire par la porte de derrière, à priori celle de la cuisine, pendant que Lorenzo occupait Garcia à la porte d'entrée.

*

Il avait déjà décodé le début du message : Mauvais pressentiment, protège-toi ainsi que… Il semblait qu'Émilie s'inquiète pour lui. Était-ce fondé ? Lisant les chiffres suivants, il continua et une demi-heure plus tard, il avait terminé lorsqu'on sonna à la porte.

En temps normal, il serait allé ouvrir directement comme d'habitude, mais après avoir lu le message, il était devenu méfiant. Il se glissa dans le hall d'entrée pour récupérer son SP2022, puis, ramenant la main qui tenait le pistolet dans son dos, il s'approcha de la porte et regarda à travers l'œil de bœuf.

Un homme se tenait sur le seuil. Il avait une sacoche à la main et affichait un sourire de vendeur de porte à porte.

Garcia entrouvrit la porte mais laissa la chaînette, l'empêchant de s'ouvrir complètement.

— C'est à quel sujet ?

— Bonjour Monsieur, je repassais comme convenu avec votre épouse pour vous apporter le devis qu'elle m'a demandé.

— Un devis pour quoi ?

L'homme parut gêné.
— Elle ne vous a pas mis au courant ?
— Sinon je ne demanderais pas !

Garcia était énervé, à la fois de cette interruption et parce que sa femme ne lui avait rien dit.
— Il s'agit du remplacement de votre chaudière par une pompe à chaleur.
— Mais nous avons le chauffage électrique !

Au moment où il lâcha cette exclamation, il comprit que c'était un traquenard. Un bruit dans la cuisine lui fit tourner la tête, et c'est à cet instant que l'homme devant la maison défonça sa porte d'un violent coup de pied. Il essaya de lever son arme mais l'autre fut plus rapide et la lui arracha d'une frappe précise de la main droite. Garcia se rua sur lui et ils s'engagèrent dans un corps à corps énergique.
Garcia était quelqu'un de costaud et avait pratiqué le judo dans sa jeunesse. Il avait de bons restes et ne tarda pas à faire chuter son adversaire. Ensuite, il le plaqua au sol et l'immobilisa. Du regard, il cherchait son pistolet lorsqu'un coup sur la tête le fit tomber dans les vapes.

*

Une bassine d'eau jetée en plein visage le réveilla. Une douleur lancinante lui traversait le crâne et il avait du sang séché sur la tempe ainsi que sur la joue droite.

— Voilà le bel au bois dormant qui revient à lui.

Garcia ouvrit péniblement un œil, puis l'autre. D'abord floues, les images devinrent progressivement plus nettes. Trois visages patibulaires le fixaient sans aménité.

Francesco était assis en face de lui, Vito et Lorenzo se tenaient debout, en retrait. Dimitri était resté dans la voiture, car il voulait rester à l'écart.

Garcia était attaché, nu, sur une chaise en plein milieu de son salon. On lui avait fixé une électrode sur une oreille et une autre sur les parties génitales ; le tout étant relié à un générateur électrique. Il connaissait cette technique que les militaires appelaient Gégène et qu'ils utilisaient pour torturer via un courant électrique.

— Je vais te poser des questions ; tu ne réponds pas, c'est 70 volts, tu réponds de travers, c'est 90 volts. Puis on augmente l'intensité à chaque question. Compris ?

Garcia opina. Il transpirait à grosses gouttes et commençait à avoir peur.

— Où sont les Duvivier ?
— Je ne sais pas.

Francesco tourna le bouton du générateur sur 90 volts et Garcia eut un haut-le-corps et ne put s'empêcher de hurler.

— Où sont les Duvivier ?
— Partis, mais je vous assure que je ne sais pas où ils sont en ce moment.

Francesco tendit sa main vers le bouton mais arrêta son geste. Il avait l'habitude des interrogatoires et il sentait que Garcia disait vrai. Il changea d'axe d'approche.

— Quel est leur plan ?

Au regard de Garcia, il sut qu'il avait vu juste.

41

Quentin et Albert se regardèrent dans le miroir de leur appartement. Ils étaient vêtus d'habits sobres et fonctionnels, la tunique et le surcot du Moyen Âge ou bien la pèlerine n'étaient plus d'actualité de nos jours.

Par contre, Manon et Émilie leur avaient dégoté des accessoires importants pour asseoir leur crédibilité : un bourdon (bâton du pèlerin), une besace ainsi qu'un chapelet et une Bible. Et bien sûr leurs certificats (« crédencials » et « compostelas »).

C'est Albert qui portait les lunettes qui leur permettraient de faire des photos et des vidéos, puisqu'il était convenu qu'il ne devait figurer sur aucune image.

Quentin regarda sa sœur et Émilie, et vit qu'elles se retenaient à grand peine de se tordre de rire.

— Bon, les filles, récapitulons le plan : nous montons au monastère où nous sommes censés être accueillis, à la suite de la demande en bonne et due forme que Manon leur a transmise. On opère vers 2 h du matin, heure où les moines devraient être dans leur plus profond sommeil entre Complies et Laudes[28]. D'après Albert, pas besoin

---

[28] Respectivement, prières du soir après le coucher de soleil et à l'aube

d'outil particulier pour récupérer la relique qui a été insérée dans la grande croix d'argent. On prend les photos, puis on file. On ne pourra pas passer par la porte d'entrée qui est verrouillée et, toujours d'après Albert, difficile à forcer sans éveiller les soupçons. On va donc passer par une fenêtre en arcade qui part d'une galerie circulaire non vitrée, et qui donne sur la falaise côté sud.

— Et comment ferez-vous pour dé-escalader la falaise ? intervint Émilie.
— Nous utiliserons les cordes soutenant d'épais rideaux que nous avons repérées lors de notre visite de ce matin. Puis on redescend par la route et c'est là que vous intervenez, Manon et toi. Vous devrez nous récupérer dans le quatrième virage : c'est le seul endroit non couvert par les caméras de surveillance du camp militaire et non visible depuis le monastère.
— Oui mais notre voiture sera visible sur les images des caméras et ils nous retrouveront rapidement.
— On va mettre de fausses plaques d'immatriculation. Le temps qu'ils cherchent toutes les voitures du même modèle, on aura déjà repris l'avion !

*

Monastère de Stavrovouni, 2 heures du matin.

Un silence oppressant régnait dans la grande bâtisse qui leur servait de dortoir. Il y avait d'autres pèlerins et ils devraient être très

discrets. La veille au soir, après avoir grimpé pendant plus d'une heure, ils n'avaient eu aucune difficulté pour entrer, c'était la bonne nouvelle. Ensuite, ils avaient dû participer à Complies, mais avaient échappé de peu aux Vêpres, avant de dîner dans un grand réfectoire commun. La nourriture était de bonne qualité, elle provenait du jardin du monastère, mais elle était très mal cuisinée et ils avaient dû se faire violence pour la manger en entier, par signe de politesse envers leurs hôtes.
Albert se leva le premier, enfila prestement ses habits et quitta le dortoir sur la pointe des pieds. Quentin attendit quelques minutes afin de s'assurer que personne n'avait été réveillé, puis s'habilla et quitta la pièce à son tour. Il devait surveiller et alerter Albert en cas de présence.
Quand il arriva devant l'iconostase séparant la nef du sanctuaire, il trouva Albert en train d'examiner de plus près la croix d'argent. Plus bas dans la montagne se trouvait une dépendance de Stavrovouni, le monastère de Sainte-Barbe, où les moines se consacrent à la réalisation d'icônes. Quentin avait devant lui un bon aperçu de leur ouvrage et c'était tout simplement magnifique. Les icônes étaient classées par thèmes ou registres : en bas les grandes icônes, puis les fêtes religieuses, la déisis représentant le Christ en gloire, les prophètes et enfin les patriarches.
— Zut ! jura Albert.

Quentin s'approcha de lui.
— Que se passe-t-il ? chuchota-t-il.
— Il y a trop de reliques, c'est bizarre.

— Attends, si je me souviens ben, dans les documents qu'a collectés Manon, il est question également de reliques de la croix du bon Larron.

Albert le regarda, étonné.
— C'est qui ce larron ?
— Selon les évangiles synoptiques[29], il s'agit d'un bandit crucifié avec son comparse, le mauvais Larron, de part et d'autre de Jésus-Christ sur la croix. Pour la chrétienté, il représente le premier saint pénitent.
— On fait quoi alors ?
— Prends tout, on fera le tri avec Manon.

Tout à coup, ils entendirent des bruissements qui ressemblaient à des bruits de pas. Aussitôt, Quentin se précipita en direction des salles d'où ils provenaient.
— Dépêche-toi de récupérer les reliques, je vais voir ce que c'est, dit-il à Albert en s'élançant.

*

En arrivant dans le grand réfectoire, Quentin vit une longue file de moines venant dans sa direction en psalmodiant. Il essaya de demander – il utilisait l'anglais – au premier de la file de quoi il retournait, mais le moine continua sa route comme s'il n'existait pas.

---
[29] Les évangiles synoptiques sont ceux selon Matthieu, Marc et Luc.

Puis il comprit. Contrairement aux informations fournies par Manon, ce monastère pratiquait encore les Vigiles, l'office de la nuit.

La file se dirigeait vers la chapelle où était Albert, et Quentin se doutait qu'ils allaient finir l'office dans le sanctuaire.

En urgence, il remonta la file.

Quand il rejoignit Albert, celui-ci était encore en train d'extraire les reliques de la croix d'argent.

— Tu as bientôt fini ? Une vingtaine de moines sera là dans quelques minutes.

— Je fais de mon mieux. Essaie de les ralentir !

Quentin réfléchit un instant. Il avait prévu de récupérer les cordes des lourdes tentures se trouvant dans une des salles précédentes.

— Albert, file-moi ton briquet, j'ai une idée.

Il fila dans la salle en question et, une fois près d'une tenture, y mit le feu à l'aide du briquet. Il récupéra les cordes des autres tentures avant de les enflammer également. Le bruit de la liturgie était désormais très proche, et au moment où Quentin allait repartir, la procession entra dans la salle. Les fidèles arrêtèrent leur chant et regardèrent, stupéfaits, les tentures en flamme.

Aussitôt, le premier de la file, chauve avec un gros nez, qui devait être une sorte de leader, donna des ordres dans une langue que Quentin ne connaissait pas, mais il comprit qu'il leur demandait d'aller chercher de quoi éteindre le feu.

Sans perdre de temps, il courut rejoindre Albert. Quand il arriva, ce dernier lui tendit les reliques.
— Que veux-tu que j'en fasse ? Il y a urgence !
— Tu oublies les photos.

Dans la précipitation, Quentin les avait oubliées. Il prit les fragments, puis Albert le photographia avec ses lunettes spéciales. Il entendit des cris et se retourna. Une dizaine de fidèles, dirigés par le chauve au gros nez, se précipitait vers eux.
Contournant l'iconostase, ils se hâtèrent vers la galerie circulaire. Il noua rapidement les cordes entre elles, puis enroula une extrémité autour du parapet et jeta l'autre dans le vide. Leurs poursuivants arrivaient dans la galerie.
— On va descendre en même temps, dit Quentin, passe en premier.

Albert passa par-dessus le parapet et saisit la corde. Quentin le suivit aussitôt. Les fidèles arrivèrent alors qu'ils n'étaient qu'au quart de la descente de 20 mètres. Ils essayèrent de détacher la corde mais, avec le poids des deux hommes, ils n'y arrivaient pas. Tout à coup, l'un d'eux se pencha, un couteau à la main et commença à trancher la corde.
Albert et Quentin étaient à trois ou quatre mètres du sol lorsque la corde céda, et ils chutèrent dans le vide.

*

À des kilomètres de là, près d'Aniane, Francesco et Dimitri étaient en train de finaliser leur plan d'action. Garcia n'avait pas tenu longtemps avant de leur divulguer ce qu'il savait, c'est-à-dire pas beaucoup mais suffisamment pour organiser la traque de Manon et son frère. Pour ne pas attirer l'attention, ils l'avaient laissé en vie, lui détaillant les habitudes de sa fille à Paris et de sa femme. S'il parlait auprès de sa hiérarchie ou tentait d'avertir les fugitifs, il savait ce qui attendait ses proches. Francesco, qui avait l'habitude de ce genre de situation, était serein : Garcia allait se tenir à carreau.

— On ne pourra pas surveiller tous les sites hébergeant un fragment de la croix. Si j'étais eux, je miserais sur les plus gros et/ou les plus connus. De toute façon, récupérer l'ensemble des reliques leur prendrait des années.

— D'accord avec toi, dit Dimitri. On arrive à quoi comme liste ?

Francesco posa une feuille de papier avec la liste de quinze sites, déplia une grande carte mondiale, et commença à marquer les endroits un par un. Bruxelles, Gand, Liège, Rome, Venise, Paris, Nancy, Reims, Chypre, Mont Athos en Grèce, Istanbul, Santander, Vienne, Ulm, Hildesheim.

— On va surveiller les aéroports et les sites eux-mêmes. Ce n'est plus qu'une question de temps, mais on va les attraper.

Ils ne remarquèrent pas que la porte de leur bureau était entrebâillée…

*

Elena retourna subrepticement dans sa chambre puis bouquina en attendant l'appel de Quentin. À 23 h 00, elle sut qu'il n'appellerait plus. Elle se connecta donc sur eBay et posta l'annonce après avoir créé le pseudonyme « tourmaline » comme convenu. Il y avait vraiment urgence et elle espéra qu'il la rappelle rapidement.

*

Les cris s'étaient amplifiés puis un lourd silence leur succéda. Quentin leva la tête vers le parapet désert et comprit que les moines allaient sortir du bâtiment pour les poursuivre.
Il avait amorti sa chute en faisait un roulé-boulé. En dehors d'ecchymoses à l'épaule, il avait pu se relever sans problème. En revanche, Albert boitait salement, il avait dû se faire une entorse à la cheville droite. Il regarda Quentin, mi-grimaçant, mi-souriant, en brandissant son sac à dos.
— J'ai réussi à préserver les reliques !
— C'est bien mais ne traînons pas, je pense que ces fichus moines ne vont pas tarder.

Ils s'élancèrent dans la pente pour rejoindre la route en contrebas. Albert serait tombé plusieurs fois sans l'aide de Quentin. Arrivés au premier lacet, ils aperçurent les moines qui descendaient à leur rencontre. Certains brandissaient des couteaux et tous hurlaient des mots incompréhensibles.

Albert tendit le sac à Quentin.

— Prends-le et file rejoindre la voiture, je sais que je ne pourrai pas les semer.

— Non, continue, je vais les ralentir, répondit Quentin, et sans attendre sa réponse, il fit demi-tour en direction de leurs poursuivants.

Résigné, Albert repartit en essayant d'aller le plus vite possible, se mordant les lèvres pour supporter sa douleur.

*

Le premier coup de couteau lui passa à un centimètre de la tempe, à l'endroit de sa cicatrice.

Il assomma son assaillant d'un coup de poing et s'immobilisa : quatre moines l'encerclaient, dont deux tenant un couteau. Cinq autres moines commencèrent à effectuer un arc de cercle afin de le contourner, certainement afin de pourchasser Albert.

Il bougea en direction d'un des moines autour de lui, puis changea subitement de direction et se jeta sur un autre qui n'était pas armé. Devant l'effet de surprise, ce dernier n'eut pas le temps d'esquiver l'attaque de Quentin et reçut un swing qui le laissa KO. Quentin voulait barrer la route aux autres moines. Se rappelant les gestes de ses matchs de foot, il tacla le premier de la file. S'ensuivit une sorte de carambolage où les moines qui suivaient le premier chutèrent sur les corps emmêlés de leur confrère et de Quentin.

Les quatre autres moines avaient rejoint ceux tombés au sol et Quentin était maintenant à un contre neuf. *Drôle de façon de mourir*, pensa-t-il avec ironie.

Les coups pleuvaient mais dans la mêlée, les moines hésitaient à se servir de leurs couteaux. L'un d'eux, plus hardi que les autres, profita d'un instant d'inattention de Quentin pour lever son arme, prêt à lui enfoncer dans le cœur.

Tout à coup, une lumière vive aveugla l'agresseur, suivie de peu par le rugissement d'un moteur.

Une Ford Focus blanche fonçait vers le groupe, ce qui figea tous les antagonistes. Chaque seconde semblait durer une éternité. Puis quand la voiture ne fut qu'à une trentaine de mètres, tous les moines s'éparpillèrent afin de l'éviter.

La Ford freina alors sèchement et, dans un grand bruit de crissement de pneus ainsi qu'une forte odeur de gomme brûlée, s'arrêta à dix centimètres de Quentin.

La portière arrière droite s'ouvrit et il entendit la voix d'Émilie :
— Bon, tu montes ou bien tu comptes dormir là !

42

Le visage tuméfié et des courbatures sur tout le corps, Quentin regardait la ville de Thessalonique à travers le hublot du Boeing 737 qui les transportait depuis Larnaca. Albert dormait depuis le décollage, à côté de lui et les filles discutaient deux rangées plus loin. Bien que le plan initial ne prévoyait pas qu'Albert participe aux casses, ils s'étaient vite rendu compte qu'ils avaient besoin de lui. Il n'avait d'ailleurs pas rechigné et Quentin lui en était reconnaissant.
Par manque de temps, Manon avait envoyé l'ensemble des fragments récoltés par Albert au laboratoire près de Bordeaux, « *mon amie saura analyser l'ensemble* », leur avait-elle affirmé.
Leur prochaine étape était le monastère de Xeropotamou, un des vingt monastères orthodoxes du mont Athos. Quentin savait que cette volerie serait plus ardue que les précédentes. Tout d'abord, le monastère de Xeropotamou se trouvait au milieu d'une montagne — la montagne sacrée — située sur une péninsule se jetant dans la mer Égée et accessible uniquement par les eaux. Ensuite, il fallait un laissez-passer appelé « Diamonitirion » pour accéder à la montagne et à ses monastères. On ne pouvait l'obtenir sans envoyer

une lettre de motivation en grec pour convaincre les autorités de notre bienveillance et de notre intérêt pour le Mont Athos. Les délais pouvaient être très longs et seulement une dizaine d'hommes non-orthodoxes était acceptée chaque jour. Là encore, Manon avait fait jouer ses relations, nouées dans le cadre de son travail, afin d'obtenir ce fameux sésame.
Comme à Stavrovouni, l'accès était interdit aux femmes, au grand dam de Manon et Émilie.
L'avion commençait sa descente vers l'aéroport de Thessalonique. Cette ville portuaire, deuxième plus importante de Grèce, se situe dans le golfe Thermaïque, sur la mer Égée. Quentin se mit à regretter de ne pas avoir le temps de la visiter, découvrant les traces héritées de la Rome antique mais aussi de l'empire byzantin et de l'empire ottoman.
Au moment où les roues du Boeing touchèrent le sol, il se rendit compte qu'il n'avait pas pu appeler Elena depuis deux jours. Il devrait déjà vérifier les annonces eBay une fois dans l'aéroport.

*

L'aéroport international de Thessalonique Makédonia était bondé. Ils avaient mis deux heures pour récupérer leurs bagages et passer la douane. Pendant que ses compagnons allaient faire les papiers pour la voiture de location, Quentin se dirigea vers la boutique « Connect Phone » afin d'acheter une carte SIM prépayée.
Il venait juste de consulter eBay lorsque ses camarades le rejoignirent.

— Tu en fais une drôle de tête. Mauvaises nouvelles ? lui demanda Émilie.
— Elena a posté un message indiquant que je dois la contacter d'urgence.
— Zut, et en plus, je n'ai pas de signe de vie de Garcia. Je suis inquiète. Tu crois que cela a un rapport ?
— Je ne sais pas. Ce qui m'embête, c'est que je risque de la mettre en danger si je l'appelle en dehors de l'horaire convenu.
— Je crois que nous n'avons pas le choix. Tu l'appelleras dans la voiture.

Alors qu'ils sortaient de l'aéroport, ils ne virent pas l'homme en noir qui les observait depuis un moment, assis dans un bar, et qui se leva pour les suivre.

*

Assise à l'arrière de la voiture de location, Émilie déplorait également de ne pas pouvoir se balader dans Salonique. Elle avait lu une brochure dans l'avion indiquant que Mustafa Kemal Atatürk — fondateur de la Turquie moderne — était né ici en 1881. Parmi ses réformes, elle avait noté qu'il avait interdit la polygamie et fait que les hommes et les femmes deviennent égaux en droits, notamment avec l'obtention du droit de vote pour ces dernières. Il a même interdit le port du Hijab pour les fonctionnaires. Depuis, les temps ont changé, se dit-elle en pensant au nouveau président Erdoğan.

La voix de Quentin la ramena à la réalité.
— Elena, ça va ?
— La forme.

Quentin respira, elle avait utilisé le code pour dire qu'elle pouvait parler sans contrainte.
— Je viens juste de voir ton annonce. Que se passe-t-il ?

Elena lui rapporta la conversation qu'elle avait surprise entre Dimitri et Francesco, Quentin lui fit un résumé de leur état d'avancement. Ils décidèrent de ne pas se rappeler avant le lendemain soir.

— Alors ? demanda Émilie une fois qu'il eut raccroché.
— Ils ont choppé Garcia, l'ont fait parler sous torture et menacent sa famille s'il essaie de parler. Voilà pourquoi tu n'avais pas de nouvelles de lui. Garcia ne connaissait pas le détail de notre quête, juste le principe. Du coup, ils vont faire surveiller tous les principaux sites et leurs aéroports. Avez-vous remarqué quelqu'un de suspect tout à l'heure ?

Ils secouèrent la tête en signe de négation.
— Bon, à partir de maintenant, on redouble de vigilance. Il va peut-être falloir revoir nos plans après ce casse, mais déjà qu'il s'avérait difficile, on vient de s'ajouter une autre contrainte.

*

L'homme en noir sortit de la nationale 16A à Poligiros. Son acolyte venait de le rattraper et continuait la filature. À Poligiros, il changerait de voiture afin de reprendre le relais plus tard.

Il s'arrêta sur le bas-côté et composa un numéro sur son portable. Francesco décrocha tout de suite.

— C'est Léonidas. D'après les photos, vos deux cibles sont arrivées à Thessalonique ce matin. Mais ils étaient accompagnés par un autre couple : un homme, la cinquantaine, et une femme, la trentaine. On est en train de les filer sur la route en direction du Mont Athos. Quelles sont les instructions ?
— Une minute, je te reprends.

Francesco était avec Dimitri et avait mis le haut-parleur.
— Qu'en penses-tu ? lui demanda-t-il.
— D'après nos informations, les femmes sont interdites sur la montagne sacrée. Je suis aussi persuadé que le deuxième homme est là pour aider Duvivier à dérober les reliques. Donc je propose de les laisser aller au monastère. Pendant ce temps, on capture les deux femmes, ce qui devrait être plus facile que quatre personnes, et on attend leur retour. Au pire, si Duvivier s'échappe, on aura une monnaie d'échange.
— OK, cela va nous laisser le temps de tout préparer.

Et il reprit Léonidas pour lui donner les consignes.

43

Manon avait loué des chambres dans un hôtel bungalow sur la côte à cinq minutes en voiture du centre d'Ouranoupoli, où se trouvait l'embarcadère de départ vers le Mont Athos.
L'établissement était situé dans la zone du Mont Athos, classée au patrimoine mondial de l'UNESCO pour sa nature exceptionnelle et son héritage culturel regroupant plusieurs monastères.

À l'accueil, le préposé leur indiqua en s'excusant qu'il n'avait pas pu leur réserver les deux chambres côte à côte, à cause d'une erreur de planification. De plus, contrairement à leur demande, une seule des deux chambres était équipée de lits simples, l'autre possédant un grand lit. Il proposait en compensation de leur offrir l'ensemble des boissons pendant la durée de leur séjour.

Ils récupérèrent les clés et sortirent sur la terrasse. Sur leur droite, une piscine avec un pool house, en face d'eux, la mer Égée. L'endroit était paradisiaque. Les bungalows étaient en fait des villas individuelles, donnant sur le jardin ou la mer. En regardant les numéros sur les clés, Manon constata que leurs logements étaient

complètement à l'opposé l'un de l'autre. Elle se tourna vers ses amis :
— Nos fausses identités indiquent mari et femme pour Quentin et Émilie, père et fille pour Albert et moi. Nous ne pourrons pas, comme à Bruxelles et à Chypre, mettre Albert avec Quentin et Émilie avec moi. Est-ce que cela pose un problème à l'un de vous ?

D'un signe de tête, ils répondirent tous négativement.
— OK, donc allons emménager. Bien entendu, la chambre avec deux lits simples revient au père et sa fille, dit-elle en tendant un jeu de clés à Quentin. Rendez-vous au bar dans une demi-heure pour faire le point.

*

Quentin ouvrit la porte de leur bungalow et laissa entrer Émilie. Un lit king size trônait au milieu de la chambre et faisait face à une grande baie vitrée donnant sur une terrasse avec vue sur la mer. Dans un coin, un vieux canapé non convertible agrémentait l'espace télé.
— Je te laisse le lit, dit Quentin, je prendrai le canapé.
— Non, prends le lit, d'abord parce que vu ta taille, tu ne rentreras pas dans le canapé, et puis il vaut mieux que ce soit toi qui passes une bonne nuit pour être en forme sur le Mont Athos pendant qu'avec Manon on se dorera la pilule, répond-elle en souriant.
— On en reparlera tout à l'heure.

Il alla ouvrir la baie vitrée et sortit sur la terrasse. Émilie le rejoignit. L'air était doux et la vue magnifique. Elle pensa brusquement qu'ils pourraient être tout simplement en voyage touristique, juste pour prendre du bon temps. Quentin semblait songeur.
— À quoi penses-tu ?
— À ce que m'a dit Elena. Ces gens sont dangereux et je suis inquiet pour Manon, pour toi et même pour Albert.
— Ici on devait être tranquilles, nous n'avons vu personne nous prendre en filature.

Ils ne virent pas le reflet du soleil sur les jumelles de Léonidas, caché dans un bosquet à deux cents mètres de là.

*

Attablés sur la terrasse du restaurant de l'hôtel, à l'écart des autres clients, ils finalisaient les préparatifs tout en dînant. Comme d'habitude, c'est Manon qui, ayant coordonné l'ensemble de la préparation, prenait la parole.
— Vous partirez demain en début d'après-midi du port d'Ouranoupoli. J'ai réservé un bateau privé plutôt que le ferry. Il est plus cher, mais il fera la navette jusqu'à Dafni en 45 minutes au lieu de 2 h. Et surtout, moyennant un large supplément, il vous attendra à un endroit convenu pour le retour. Comme ça, vous pourrez partir dès que vous aurez fini. Et si, comme à Chypre, vous êtes poursuivis, cela facilitera votre fuite.

Elle s'interrompit pour savoir s'il y avait des questions, puis devant le silence collégial, continua.

— À l'aller, le bateau vous déposera au même endroit que le ferry. De là, vous prendrez un premier bus vers Keyries, puis un deuxième vers le monastère. À Xeropotamou, l'office du soir commence vers 17 h et dure environ une heure, celui du matin débute vers 5 h et dure entre quatre et cinq heures. Il est suivi du repas. Votre créneau idéal se situe donc entre 21 h environ et 3 h du matin. La relique de la Sainte-Croix se trouve sur l'autel dans la sacristie. C'est le plus gros morceau qui existe au monde (31 cm de long, 16 cm de large et 25 cm d'épaisseur). De ce fait, la porte de la sacristie est fermée en dehors des périodes de prière. Il faudra donc vous faire enfermer dedans, récupérer la relique, puis sortir de cette pièce et enfin du monastère.

Manon fixa Albert, semblant lui demander d'intervenir.
— Je pense que je n'aurai aucun problème pour forcer la porte de la sacristie. En revanche, je ne sais pas comment on va pouvoir se faire enfermer incognito.
— J'ai pu récupérer des photos. En étudiant dans tous les sens, je ne vois qu'une solution : laisser les autres pèlerins sortir puis s'accroupir derrière l'autel. Le moine qui ferme la porte ne doit pas faire le tour de la pièce systématiquement.
— Et s'il le fait ce jour-là ?

— Vous serez assis en position de recueillement et raconterez que cet emplacement vous permet une meilleure connexion avec le seigneur. Et vous retenterez votre chance la fois d'après.
— Ça paraît trop simple, intervint Quentin.
— C'est souvent les choses simples qui fonctionnent le mieux, conclut Manon avec un sourire.

*

Manon était allée se coucher tôt, fatiguée. Albert avait préféré rester au bar regarder un match de foot, Olympiakos contre AEK Athènes, tout en buvant des bières. Émilie et Quentin s'étaient donc retrouvés seuls pour une balade sur la plage.
Les vagues venaient leur lécher agréablement les pieds. L'eau était chaude et la lune éclairait le sable immaculé. Quentin était absorbé dans ses pensées.
— Tu penses à quoi ? demanda Émilie

Il ne répondit pas tout de suite et elle se méprit sur son silence.
— Si c'est à cause de ce baiser à l'hôtel de Saint-Guilhem…

Il ne lui laissa pas terminer sa phrase.
— Non, je pense aux tueurs qui sont à nos trousses et je suis inquiet. Quant au baiser, c'était la chose la plus agréable qui m'est arrivée depuis fort longtemps.

Elle s'arrêta et se tourna vers lui. Il la fixait de ses yeux bleus. Il n'y avait plus la dureté de l'acier mais seulement une intensité à la fois douce et douloureuse.

La corne d'un bateau retentit au loin, elle approcha son visage du sien. Ses yeux verts brillaient sous le reflet de la pleine lune. Elle se mit sur la pointe des pieds et lui passa les bras autour du cou.

Leur baiser dura une éternité. Le temps parut se suspendre. Il n'y avait plus qu'eux, la fraîcheur de l'eau sur leurs pieds et la douceur de leur baiser.

Elle l'entraîna alors sur la plage, derrière des rochers. Ils se déshabillèrent, haletants, jetèrent leurs habits sur le sable et s'allongèrent.

Ils firent l'amour avec une sensualité sauvage, comme si leur vie en dépendait. C'était fort, intense.

Enfin, leurs corps se détachèrent et ils restèrent allongés sur le dos, côte à côte, en regardant les étoiles dans le ciel dégagé.

44

Le bruit du moteur puis des portes qui claquent réveilla Émilie. Elle s'assit sur son lit, sens à l'affut. Elle posa la main sur sa droite mais l'autre côté du lit était vide. C'est vrai, pensa-t-elle, Quentin est au monastère. Elle entendit des bruits de pas au-dehors. Se levant promptement, elle se dirigea vers la fenêtre et écarta le rideau. Son sang se glaça : un groupe de six hommes, vêtus de noir et encagoulés, venait de faire irruption dans le jardin de l'hôtel.
Arrivés devant la réception, ils se séparèrent en binômes : un alla en direction du bungalow de Manon, le deuxième restait en faction devant l'entrée tandis que le dernier venait vers son bungalow.
Elle jura, enfila en vitesse un jean et un t-shirt, puis commençait à mettre ses sandales lorsque quelqu'un appuya sur la poignée de la porte. Trop tard !
Elle se précipita sur le balcon. Le jour n'était pas encore levé et il faisait frais. Pas le temps d'aller chercher un pull. Elle enjamba le parapet à l'instant où les hommes en noir enfonçaient la porte.
Le choc fut si violent qu'elle se tordit la cheville en se réceptionnant sur le sol sablonneux trois mètres plus bas. Ravalant sa douleur, elle se releva et fonça en boitillant vers la plage. Elle se

sentait nue sans son arme de service, mais elle n'avait bien sûr pas pu lui faire passer la douane.

Tout à coup, elle entendit un cri sur sa droite et tourna la tête. Avec horreur, elle vit deux hommes en noir emmener Manon en direction d'un gros van noir garé devant l'hôtel. Elle hurlait et se débattait jusqu'à ce qu'un des deux hommes ne l'assomme d'un coup de gourdin sur le crâne.

Malheureusement, seule et sans arme, elle ne pouvait lui venir en aide. Elle continua et atteignit la plage où elle était la veille au soir avec Quentin. Ils avaient en effet découvert une caverne derrière les rochers qui avaient servi de décor à leurs ébats. Elle espérait pouvoir s'y cacher.

Juste avant de se glisser derrière les fameux rochers, elle regarda derrière elle pour vérifier que ses poursuivants ne la voyaient pas. Puis, elle se faufila vers la caverne et s'accroupit dans le fond, dos contre la paroi. Ce qu'elle ne savait pas, c'était que les hommes en noir avaient débouché sur la plage deux secondes avant que les rochers ne la cachent, et qu'ils se dirigeaient vers sa planque.

Elle se mit à grelotter puis pensa à utiliser la technique de respiration abdominale pour se décontracter.

Son corps commençait enfin à se relâcher quand elle entendit des voix dont le bruit se rapprochait. La lueur d'une lampe torche dans la semi-obscurité de l'aube balaya le sable à ses pieds.

Hypnotisée, elle suivit le balancier du halo blanchâtre lorsqu'une lumière plus puissante l'aveugla. Elle ouvrit la bouche lorsque le coup de feu qui l'atteignit en plein cœur transforma son cri en une grimace muette.

*

Quentin se réveilla en sueur et regarda autour de lui. Albert ronflait paisiblement sur le lit d'à côté tandis qu'un concert irrégulier de ronflements de tonalités différentes s'élevait dans le dortoir. Il mit un moment à réaliser qu'il était au monastère de Xeropotamou. Il avait fait un cauchemar. Comme prévu, la veille en fin d'après-midi, le bateau puis le bus les avaient conduits à destination. Par contre, le moine qui fermait la porte de la sacristie était arrivé plus tôt que prévu et s'était posté telle une sentinelle à l'entrée. Impossible pour eux de se cacher derrière l'autel, ils avaient dû passer une nuit complète dans le dortoir avant de tenter à nouveau leur chance le lendemain.

Ce cauchemar était-il prémonitoire ? Il sentit croître son inquiétude, partagé entre sa mission et l'envie de rentrer immédiatement à l'hôtel vérifier si Émilie et Manon étaient saines et sauves. La journée promettait d'être longue.

Soudain, le tintinnabulement des cloches du monastère le tira de ses sombres pensées. Il devait être 5 h et l'office du matin allait commencer.

Déjà, les autres pèlerins commençaient à se lever et s'habiller.

Quentin dut secouer Albert qui dormait profondément. Il n'osa pas lui parler de son cauchemar, pas besoin de l'alarmer pour rien, il devait rester concentré.

Ils suivirent la file des pèlerins et commencèrent leur fastidieuse journée. Celle d'un moine est divisée en trois parts égales entre la prière, le travail et le repos. Pour celle des visiteurs comme eux, le travail reste facultatif, mais ils avaient prévu d'aider les moines pour montrer leur ferveur et surtout éviter de tourner en rond en attendant le soir.

*

Léonidas avait regardé Quentin et Albert quitter le port à bord du bateau. Des renforts étaient arrivés entre-temps, et ils étaient prêts à passer à l'action. Les consignes de Francesco étaient claires : ils devaient kidnapper au moins une des deux filles, celle avec les cheveux châtain clair, et si possible l'autre. En cas de problème, ils ne devaient pas laisser de témoin.
Un peu avant 5 h du matin, leur van noir s'arrêta silencieusement devant l'hôtel. Six hommes en sortirent et se dirigèrent vers la réception. Tous étaient vêtus de noir, portaient une cagoule et étaient munis d'un pistolet avec silencieux. Léonidas fit le signe du départ, puis ils se séparèrent en trois groupes : les deux premiers se dirigeant vers les bungalows de chacune des filles, le dernier restant en faction devant l'entrée. L'assaut était lancé !

*

Quentin et Albert couraient sur la petite route descendant vers la côte. Cette fois, ils avaient pu se cacher derrière l'autel et récupérer la relique. Le savoir-faire d'Albert avait fait le reste et ils s'étaient retrouvés dehors, cette fois-ci, sans moines à leurs trousses.

Néanmoins, ils ne traînèrent pas et avancèrent d'une bonne foulée malgré l'obscurité.

Quentin pila tellement subitement qu'Albert faillit lui rentrer dedans.

— Que se passe-t-il ? demanda ce dernier.

Quentin désigna un chemin caillouteux sur sa droite qui descendait en pente raide.

— C'est le raccourci, dit-il, d'après la carte, nous gagnons plus de six cents mètres sur les 2,3 km jusqu'à la plage.

— Oui, mais on ne pourra pas courir, là-dedans, c'est casse-gueule !

— Cela nous permettra de reprendre notre souffle.

— Et de bousiller nos genoux !

Sans plus attendre, Quentin prit le chemin, suivi d'Albert. Par prudence, ils avaient convenu un point de rendez-vous avec le pilote du bateau, se situant sur une plage à plus d'un kilomètre du port. Anticipant le fait qu'ils ne pourraient peut-être pas opérer la première nuit, le pilote devait les attendre entre 1 h et 4 h du matin pendant trois jours maximum. La somme d'argent promise semblait suffisante pour le motiver à respecter ses engagements.

Après une petite demi-heure de trajet, ils débouchèrent sur la plage. Celle-ci était déserte et silencieuse.

Quentin parcourut la plage en fixant le large dans l'espoir d'apercevoir le bateau.

— Zut, il nous a posé un lapin, le bougre, chuchota Albert à ses côtés.

Les téléphones étant interdits dans le monastère, ils n'avaient aucun moyen de le contacter.
— Que fait-on ? demanda Albert
— Le plan B est d'aller prendre le ferry au port. Mais c'est risqué, car ils vont remarquer l'absence de la relique et lancer le branle-bas de combat. De toute façon, je propose d'attendre encore un peu ici puisque le premier ferry ne part qu'à 10 h.

Ils s'assirent sur des rochers en bordure de la plage et attendirent. Un bateau de croisière passait au loin. Il se dirigeait certainement vers les Cyclades. Quentin enviait les passagers, tranquillement endormis dans leurs cabines luxueuses. Il s'imaginait être avec Émilie dans une de ces cabines, direction Paros ou Santorin. Les images de son cauchemar ravivèrent son inquiétude.
Soudain, un bruit de moteur l'arracha à ses pensées. Il venait de la droite de la plage. Un petit bateau dépassa la pointe de rochers à l'autre extrémité de la plage et se dirigea vers eux.
Quentin scruta son arrivée avec appréhension jusqu'au moment où il reconnut leur pilote. Avec soulagement, ils vinrent à sa rencontre. Ce dernier leur expliqua qu'il avait dû trouver un refuge pour se cacher, car il avait aperçu un bateau de la garde côtière hellénique. En effet, il était interdit de stationner aux abords du Mont Athos.
En s'éloignant de la plage, Quentin, l'estomac encore noué, avait hâte de retrouver Émilie et Manon.

*

Quentin grimpa les dernières marches à grandes enjambées. Le pilote avait accepté de les déposer sur la plage devant leur hôtel au lieu de les ramener au port d'Ouranoupoli.
À cette heure matinale, le calme dominait et la réception était encore fermée. Sans parler de son cauchemar, Quentin proposa à Albert que chacun aille vérifier dans son bungalow que tout allait bien et de revenir se faire un feed-back.
Ils allaient se séparer lorsqu'une voix les apostropha en grec.
— Σταματήστε εκεί. Τα χαρτιά σας παρακαλώ ![30]

Un policier surgit de l'ombre de la véranda, main sur son arme de service. Un second le suivit mais resta en retrait pour les surveiller.
Quentin leur répondit en anglais, supposant qu'ils ne parlaient pas français.
— Nous sommes clients de l'hôtel et regagnons nos bungalows. Que se passe-t-il ?
— Vos papiers d'abord s'il vous plaît.

Il sortit une feuille de sa poche et vérifia que leurs noms étaient bien inscrits. Puis, il leur rendit les pièces d'identité.

— Le patron de l'hôtel nous a appelés la nuit dernière, car un groupe d'hommes armés a fait irruption dans le domaine et causé de nombreux dégâts.
— Y a-t-il eu des victimes ? questionna Quentin avec appréhension.

---
[30] Halte là. Vos papiers s'il vous plaît !

— Non, d'après le patron de l'hôtel, seulement des dégâts matériels.

Ils filèrent quand même vers leurs bungalows. Quand il arriva devant celui qu'il partageait avec Émilie, Quentin essaya d'ouvrir la porte : fermée. Il tapa doucement puis beaucoup plus fort. Aucun signe de vie. Il aurait pu entrer par effraction mais les flics grecs l'observaient et ce n'était pas une bonne idée. Il devrait attendre l'ouverture de la réception. Il regarda sa montre : 7 h 20. La réception ouvrait à 7 h 30.
Il rejoignit Albert, qui n'avait pas eu de réponse non plus. Quentin était certain maintenant qu'il s'était passé quelque chose. Son cauchemar était bien prémonitoire. Il voyait déjà Émilie étendue, morte, dans la caverne de plage, et Manon, apeurée, au fond d'un cachot.

La porte de l'accueil s'ouvrit enfin. Quentin se précipita vers la préposée.
— Bonjour, pourriez-vous ouvrir les bungalows 32 et 14 ? Ma compagne et la fille de mon ami sont censées y être mais ne répondent pas.

La préposée le regarda bizarrement. Elle parut gênée.
— Elles ont déménagé dans le bungalow 26 à la suite de l'incident d'avant-hier soir. Les bungalows 32 et 14 n'étaient plus en état.

Quentin et Albert se dévisagèrent, perplexes. Ils se rendirent vers le bungalow 26 et tapèrent à la porte.
Tout d'abord, aucun bruit, puis un bruissement de pas sur le plancher. Le rideau de la fenêtre bougea légèrement, puis nouveau bruissement et enfin la porte s'ouvrit. Manon se jeta dans les bras de son frère.
— Enfin, vous voilà, sains et saufs !

Émilie était restée sur le seuil et dévisageait Quentin. Il perçut un soulagement dans son regard ainsi qu'une forte envie de venir également se blottir dans ses bras.
Cependant, afin de ne pas perturber leur mission, ils avaient décidé de taire leur idylle naissante.
— Que s'est-il passé ?
— Entrez vous asseoir, on a tous des choses à se raconter je crois.

Après que Quentin et Albert eurent relaté leur périple au Mont Athos, Manon et Émilie leur résumèrent la nuit où le commando avait envahi l'hôtel.
Le soir après dîner, ne pouvant trouver le sommeil, elles étaient allées prendre un verre au bar de l'hôtel qui restait ouvert jusqu'à minuit. Elles avaient croisé un couple de touristes belges et fini la soirée ensemble. Au moment de se quitter, le mari avait reçu un appel téléphonique, puis annoncé une urgence qui le poussait à partir le soir même au lieu du lendemain. La réception étant fermée, le couple demanda à Manon et Émilie si elles voulaient bien rendre

les clés de leur bungalow de leur part, sachant qu'ils avaient déjà tout payé.

Manon et Émilie avaient eu la même idée. L'inquiétude créée par l'annonce d'Elena n'avait fait que s'accentuer. Et depuis le départ de Quentin et d'Albert, les deux jeunes femmes étaient encore moins rassurées.

Partant du principe qu'elles étaient peut-être surveillées, elles agirent discrètement. Tout d'abord, chacune rejoignit son bungalow, puis le quitta en douce pour rejoindre celui du couple qui leur avait laissé leur clé. C'était le bungalow 26.

Ensuite, elles avaient vécu le raid dans un stress inimaginable, et s'attendaient à ce que les assaillants visitent tous les bungalows, mais les sirènes de la police, alertée par le patron de l'hôtel, les avaient fait fuir. Étant donné qu'ils n'ont eu le temps de visiter que leurs deux anciens bungalows, elles avaient joué les innocentes auprès de la police, indiquant être de simples touristes.

Par précaution, elles n'étaient pas sorties du bungalow, se faisant même livrer les repas.

— La journée a été aussi longue que la vôtre au monastère ! conclut Manon.

45

Léonidas avait dû changer de poste d'observation, l'ancien étant trop exposé et risquant d'être repéré facilement par la police. Il avait échangé ses jumelles par un télescope. Il avait donc vu Quentin et Albert arriver à l'hôtel, parler aux flics, aller à la réception et se diriger vers un bungalow dans lequel ils étaient entrés.

Quelqu'un leur avait ouvert la porte, il en était sûr, mais il n'avait pas pu apercevoir la personne. Cependant, il pensait que c'était une des deux femmes. Elles étaient donc bien ici, ragea-t-il en pensant au fiasco de la nuit passée et la découverte des bungalows vides. Il s'était fait rouler et n'aimait pas ça du tout.

Hier soir il avait appelé Francesco pour lui faire son rapport et s'était pris une chasse au téléphone. La consigne était d'attendre le retour du Mont Athos des deux hommes, puis de les kidnapper dès qu'ils quitteraient l'hôtel. D'après Francesco, il était improbable qu'ils demandent protection à la police alors qu'ils venaient de dérober des reliques sacrées.

Léonidas avait mobilisé six hommes de plus afin de pouvoir s'occuper des quatre cibles.

Un bateau à moteur passa au large en direction du Mont Athos.

La porte du bungalow s'ouvrit soudain. Il se concentra, l'œil rivé au télescope. Il vit Quentin et Albert sortir, suivis des deux femmes. Ils étaient en short et baskets, sortirent de l'hôtel et prirent le sentier sur leur gauche.

Léonidas savait que ce chemin s'arrêtait environ un kilomètre et demi plus loin, bloqué par une barrière. Celle-ci marquait la limite de la frontière entre la Grèce et l'état monastique de la sainte montagne (Mont Athos). Il ne pouvait pas organiser une action en si peu de temps mais ce n'était pas grave, il attendrait qu'ils reviennent vers Ouranoupoli pour passer à l'action.

Il les observa cependant avec son télescope. Le sentier traversait un bosquet d'arbustes et il les perdit de vue. Il dirigea son objectif un peu plus loin, lorsque le sentier redevenait à découvert.

Au bout d'un quart d'heure, ils n'étaient toujours pas sortis du bosquet. Bizarre. Peut-être avaient-ils fait une pause à l'ombre ou rejoint la plage pour se baigner. Il fallait attendre.

Un bateau passa à nouveau, cette fois en direction d'Ouranoupoli. On aurait dit le même que tout à l'heure, sauf que le pilote avait une casquette cette fois.

Les minutes s'écoulaient lentement. Léonidas était surpris que leurs cibles ne soient pas pressées de repartir, puisqu'à priori ils avaient dû récupérer ce qu'ils étaient venus chercher au monastère.

Cela faisait maintenant deux heures qu'il attendait.

Un taxi arriva à l'hôtel. Léonidas braqua son objectif sur lui. Le chauffeur sortit et se dirigea vers la réception. Puis, il ressortit accompagné de deux employés de l'hôtel trimbalant des valises qu'ils changèrent dans le taxi. Ensuite, il remonta dans sa voiture et repartit.

Un flash explosa dans le cerveau de Léonidas. Le bateau, il se souvenait maintenant, était le même que celui qui avait débarqué Quentin et Albert. Puis ce taxi qui repart vide de passagers mais avec plein de valises. Il s'était fait avoir encore une fois ! Ils étaient partis sur le bateau et se faisaient livrer leurs bagages par taxi. Il appela la voiture numéro 2, une Mercedes noire, en faction entre l'hôtel et Ouranoupoli, et ordonna de filer le taxi. Il laissa une personne en observation – on ne sait jamais – et monta dans la voiture numéro 1, une BMW bleue, avec le reste de ses hommes, pour rejoindre la voiture 2.

*

Le taxi s'arrêta devant l'hôtel Archodariki, au centre d'Ouranoupoli. Le chauffeur pénétra dans le grand hall d'entrée. Aussitôt, Quentin surgit d'un couloir menant à des chambres et lui fit signe de venir.

Une fois dans une chambre, en échange d'une bonne somme d'argent, il échangea ses vêtements avec lui. Il avait demandé au préposé de l'hôtel Skites de sélectionner un chauffeur ayant la même corpulence que lui et de lui demander de porter une casquette.

Habillé comme le chauffeur, la casquette bien enfoncée sur sa tête, il sortit de l'hôtel, monta dans le taxi et démarra rapidement. En

regardant dans le rétroviseur, il vit une Mercedes noire s'arrêter et des hommes en sortir pour se précipiter dans l'hôtel.
Il vit également une BMW bleue continuer sa filature.
Il roula pendant cinq minutes puis accéléra et entra dans un parking couvert. Sans perdre de temps, il se gara à côté d'un Yaris Cross Hybride auprès duquel attendaient Manon, Émilie et Albert. Ils transvasèrent leurs valises dans le Yaris, s'allongèrent à l'arrière pour ne pas être vus, sauf Albert qui prit le volant. Il avait mis une perruque, une moustache noire et ressemblait à un Grec.
Leurs poursuivants pénétraient à peine dans le parking, à pied, en ayant laissé un comparse dans la BMW.
Ils firent tranquillement encore deux kilomètres avant de changer à nouveau de voiture — la première avait de fortes chances d'avoir été identifiée à la sortie du parking — et prirent la direction de Skopje, capitale de la Macédoine.
— Deux fois le coup du parking, ils ne vont pas aimer ça ! s'exclama Albert.

Quentin respirait. Ils avaient mis la matinée à élaborer leur plan, mais ils n'avaient pas perdu leur temps.
Prochaine et dernière destination avant l'Italie : Paris. Étant donné qu'ils avaient été repérés, ils avaient changé leur plan initial. Pas de vol direct depuis Thessalonique. Ils passeraient par le Luxembourg via la Macédoine.

46

Paris, deux jours plus tard.

*

Le capitaine Jules Guyot sortit du musée après une journée assez chargée. En effet, il était en train de terminer la formation des nouveaux venus sur le plan de sauvegarde des œuvres du musée du Louvre. Cette formation consistait tout d'abord à les sensibiliser sur la valeur des œuvres, et d'autre part, à faire une répétition grandeur nature sur quelques-unes d'entre elles. Celle-ci consistait à mettre les œuvres en sécurité. Elle devait avoir lieu dans deux jours et il était à la bourre.
Il dirigeait depuis deux ans le Service Prévention Sécurité Incendie (SPSI) de l'Établissement Public Musée du Louvre. Le SPSI faisait partie de la 43e compagnie de sapeurs-pompiers qui a pour mission d'assurer la sécurité des personnes et des biens 24 h/24 sur le site du musée du Louvre.
Certes, ce métier était stressant et contraignant, mais il l'adorait, et il avait le privilège rare de résider dans un logement de fonction

quai de la Corse, sur l'île de la Cité, à dix minutes à pied du Louvre.

Ce n'était qu'un petit studio au dernier étage d'un bel immeuble chic, mais il donnait sur la Seine avec le théâtre de la ville – autrefois nommé théâtre Sarah-Bernhardt – en face.

Les quais étaient très animés l'été. Le beau temps incitait la multitude de touristes à flâner au bord de la Seine.

Il avait failli ne pas remarquer l'homme accoudé au parapet le long du fleuve, mais ce dernier tourna la tête dans sa direction et, instinctivement, il leva les yeux vers lui.

Ce regard bleu acier, cette cicatrice sur la tempe. Il s'approcha de l'homme et ils se donnèrent une accolade.

— Quentin ! s'exclama-t-il, quel bonheur de te voir. Mais pourquoi tu n'as pas appelé ?

— Allons prendre un verre, je vais t'expliquer.

*

Ils trouvèrent une table en terrasse au bistrot Marguerite de l'autre côté du fleuve. Il était typique du quartier latin avec ses chaises en bois et treillis et sa décoration aux couleurs chaudes jaune et écru.

Ils commandèrent une bouteille de Terra Wasconia Grand Cru, bière artisanale du sud-ouest, avec un léger goût d'armagnac et une belle robe ambrée. Après s'être donné de leurs nouvelles, Quentin entra dans le vif du sujet.

Quentin savait qu'il pouvait lui faire confiance. Ils s'étaient connus à Lyon. Le fils de Jules était dans la même classe que Chloé et ils avaient commencé à discuter devant l'école en attendant leurs enfants. Le courant était vite passé et ils avaient décidé, lorsqu'ils en auraient l'occasion, de se retrouver plus tôt afin de discuter plus longuement devant une bière en attendant la sortie des classes.
Un jour, à la sortie de l'école, le fils de Jules, en voyant son père sur le trottoir d'en face, se précipita vers lui, traversant la rue sans regarder.
Une voiture électrique surgit, silencieuse, au même instant. Le conducteur, sans aller très vite, n'eut pas le temps de freiner, car il ne s'attendait certainement pas à voir un gamin débouler comme ça. Ce moment hantera longtemps ses nuits. Quand il vit le garçon devant son pare-chocs, l'impact semblait inévitable. Mais, comme dans un film, une forme flotta dans les airs, plaqua l'enfant tel un rugbyman, et le fit disparaître de ses yeux. Il s'arrêta enfin, sortit du véhicule et se hâta vers l'homme étendu au bord de la chaussée, près du gamin.
À part quelques égratignures, ils paraissaient indemnes. La première chose qu'il remarqua lorsqu'ils se relevèrent fut la cicatrice sur la tempe droite de l'homme.

*

Quentin lui résuma la situation.
Un groupe mafieux russe avait embauché Manon pour authentifier des reliques de la Sainte-Croix. L'objectif de cette organisation,

appelée Praveskaïa, était de démontrer qu'elles étaient fausses afin de faire chanter le Vatican et récolter beaucoup d'argent.

Seulement, un certain Smirnov, bras droit du chef de Praveskaïa, Ivanovski, y vit une opportunité pour renverser son chef et prendre le pouvoir. Il fit une alliance avec Dei Manum – organisation secrète n'hésitant pas à employer des méthodes violentes afin de protéger la religion catholique – et, en échange d'argent et d'aide pour renverser son chef, leur divulgua le projet de Praveskaïa.

Dei Manum décida, dans un premier temps, d'enlever Manon et la questionner avant de la supprimer. Pour les contrer, Quentin et sa sœur ont alors décidé d'analyser les principales reliques et de se servir des résultats comme monnaie d'échange avec Dei Manum ; soit elles étaient authentiques et Manon ne représentait plus un danger, soit elles étaient fausses et ils proposeraient leur silence contre la vie sauve de Manon.

*

Alors, Quentin expliqua à Jules ce qu'il attendait de lui. Ce dernier semblait lutter dans un combat intérieur. Il leva enfin les yeux vers Quentin.

— Je sais que j'ai une dette envers toi, une grosse dette même, mais là, tu me demandes de voler une relique dans des locaux dont j'assure la sécurité ?

— Jules, je ne solliciterais pas ton aide si la vie de Manon n'était pas en jeu. En plus, je ne te demande pas de la voler, mais de nous aider à entrer. C'est nous qui la prendrons et la remettrons en place trois jours plus tard après l'avoir fait analyser.

Jules restait pensif.
— Même si je vous aide, toutes les entrées doivent être surveillées par les organisations dont tu m'as parlé, et qui paraissent être puissantes.

Quentin sourit. Il connaissait bien son ami et savait qu'il allait accepter. Il voulait juste se rassurer encore un peu.
— C'est pour cela que ce ne sera ni Manon ni moi qui allons entrer dérober la relique…

47

Francesco écouta longuement le récit de Léonidas puis raccrocha. Il faudra qu'il pense à se débarrasser de cet incompétent. Mais pour le moment, il y avait plus urgent à gérer. Les Duvivier étaient toujours dans la nature.

N'ayant plus d'intérêt à rester à Montpellier, il était revenu dans les pouilles afin de diriger les opérations. Dimitri et Elena l'avaient accompagné. Autant il était confiant avec Dimitri, autant il ne sentait pas Elena. Il faudra qu'il la surveille de près.

Ils s'étaient installés dans une villa de la banlieue de Bari, à moins d'une heure de route de Matera. Francesco préférait ne pas introduire Dimitri et Elena directement au siège de *Dei Manum*.

Il avait décidé de renforcer les contrôles en commençant par les sites principaux, incluant Paris même s'il ne pensait pas que cela serait une cible pour les fugitifs. En effet, la relique avait été transférée au musée du Louvre dont le service de sécurité était dix fois plus important que celui de Notre Dame. Il rappela directement ses contacts sur chaque site, y compris Flavio, basé à Paris.

*

Installé dans une des cabines de la Grande Roue de Paris, à l'entrée du jardin des tuileries, Flavio observait la foule qui piétinait la cour Napoléon autour de la Pyramide du Louvre. Il avait bien sûr placé des observateurs à toutes les entrées du musée du Louvre, mais celles-ci étaient nombreuses. L'accès principal se faisant par la cour Napoléon, il avait choisi ce poste d'observation qui lui permettait de voir le visage des passants de façon précise avec des jumelles puissantes. La Grande Roue ouvrait de 11 h à minuit ou 1 h du matin selon les jours et il avait dû soudoyer un des employés afin de rester la nuit, lui ou un remplaçant, pour surveiller en 24 × 7.
Il était en contact permanent avec ses observateurs. L'un d'eux était justement en train de l'appeler.
— Aigle 2 à Aigle royal, il y a un groupe de sapeurs-pompiers qui se dirige vers une entrée non autorisée au public, six hommes et deux femmes, côté sud de la Pyramide. Je n'ai identifié aucune de nos cibles mais demande contrôle.

Flavio orienta ses jumelles vers l'endroit indiqué et repéra rapidement le groupe de pompiers. Il zooma au maximum pour observer les visages. Aucun des hommes ne correspondait ni à Quentin ni à son complice. Il se focalisa sur les deux femmes. La première était petite, brune et potelée, donc ce n'était ni Duvivier ni la gendarmette. L'autre était de taille moyenne, blonde avec des grosses lunettes, un ventre rebondi et marchait en boitant. Même constatation. Il reprit son téléphone.

— Aigle royal à Aigle 2, contrôle terminé et RAS confirmé.

*

Émilie suivait Jules et le groupe de sapeurs-pompiers. Arrivés à un embranchement, ce dernier s'arrêta et donna les directions à prendre pour chaque personne du groupe. Celle qu'il donna à Émilie menait à la salle où était entreposé le trésor de Notre Dame. Il lui avait confié les clés avant d'entrer dans le musée.
En voyant son reflet dans une vitre, elle eut un sourire. Elle ne se reconnaissait pas. La transformation était impressionnante. Elle s'était teint les cheveux, avait mis des lunettes et du rembourrage sous ses habits pour simuler un bon embonpoint, et affichait une claudication.
C'est finalement elle qui avait été retenue pour dérober la relique. En effet, Jules leur avait dit qu'il prenait parfois des gendarmes volontaires pour les aider lors des exercices, et cela avait été relativement facile pour lui de justifier son accès.

Arrivée devant la porte de la fameuse salle, elle vérifia que personne ne la voyait, ouvrit la porte et la referma à clé après être entrée.
En se retournant, ce qu'elle découvrit lui coupa le souffle. La salle était remplie d'objets et de vêtements sacerdotaux nécessaires à la célébration du culte, des reliques et des reliquaires, des livres manuscrits ainsi que d'autres objets précieux offerts par piété. C'était un vrai trésor d'Ali Baba !

Jules lui avait expliqué où chercher la relique et elle ne tarda pas à la trouver à côté d'un *Saint Clou* et de la *Couronne d'épines*, qui faisait partie de ce qui restait des *Reliques de la Passion* acquises par Saint-Louis au XIIIe siècle.

Le rembourrage sur son ventre était constitué d'un petit sac à dos rempli de molleton dont elle ôta une partie afin d'y placer la relique. Un sac à dos visible aurait pu attirer l'attention des sbires de *Dei Manum*.

Lorsqu'elle sortit du musée avec son trophée, elle fut à la fois soulagée et satisfaite d'avoir réussi sa mission.

Quatrième partie
La vraie croix

48

Ils durent patienter trois jours avant de remettre la relique, comme promis, à sa place.

Ils en avaient profité pour finaliser leur plan. Vu le danger encouru, ils décidèrent de récupérer une dernière relique en pensant que cela serait suffisant.

Initialement, ils avaient ciblé Rome avant de réaliser la difficulté de la tâche dans le contexte actuel, poursuivis de près par leurs ennemis. Ils s'étaient donc rabattus sur Venise.

La relique se trouvait dans la Scuola Grande di San Giovanni Evangelista.

Une « Scuola[31] » est une institution de la république de Venise consacrée aux corporations d'arts, de métiers et à la dévotion des patrons de ceux-ci. C'est une confrérie religieuse composée de laïcs par corporation.

Au cours du XVe siècle, la Scuola avait accru son importance dans Venise grâce à la donation d'une relique de la Sainte-Croix en 1369 par Philippe de Mézières, Grand Chancelier du royaume de Chypre.

---
[31] École en italien

Contrairement aux autres reliques qui étaient conservées dans une église ou un monastère, celle-ci était exposée dans la partie musée de cette école, ouverte au public, mais seulement quelques jours par mois.

Elle était gardée dans un précieux reliquaire gothique, fait de cristal de roche et d'argent doré, entreposé dans la salle de l'oratoire de la Croix.

Même si ce site était moins bien protégé que la basilique Saint-Pierre de Rome, l'accès allait être plus délicat que les autres fois. En effet, quand le musée était fermé, un système d'alarme sophistiqué était en place et plusieurs gardiens assuraient des tours de ronde réguliers. Même si les caméras de surveillance étaient actives en permanence, Albert pensait qu'il serait plus facile d'y entrer pendant les visites.

Mais comment entrer incognito et dérober la relique en présence des nombreux visiteurs ? Il devait encore peaufiner les détails et avait pour cela besoin d'être sur place.

Après avoir replacé la relique dans le musée du Louvre, ils purent enfin partir pour leur nouvelle destination avec de nouveaux passeports.

*

Bari, le jour précédent.

Depuis qu'il doutait d'Elena, Francesco avait observé attentivement ses faits et gestes à Montpellier et remarqué qu'elle se retirait dans sa chambre toujours avant 22 h. Suspicieux, il avait fait installer un micro espion dans la chambre attribuée à Elena dans la maison de Bari. Le premier soir il ne s'était rien passé, mais ce soir, assis devant l'ordinateur relié au micro espion, un casque audio sur les oreilles, il l'entendit parler.
— C'est moi.

Apparemment, elle était au téléphone. Elle chuchotait et Francesco dut augmenter le volume au maximum afin de capter ce qu'elle disait.
— On --- à Bari. Oui, dans – Pouilles, à priori ---- -- siège -- --- Manum.
— *-silence-* (son interlocuteur doit parler)
— Vous en êtes où, de -- ---- ?
— *-silence-* (son interlocuteur doit parler)
— Dans deux -- ---- jours, OK.

Et elle raccrocha.
Francesco jura intérieurement. Il était à peu près certain de savoir qui était son interlocuteur, et ceci expliquait pourquoi leurs proies avaient toujours un coup d'avance. Mais pour en être certain, il fallait faire parler Elena, et ça c'était son domaine de compétence, pensa-t-il avec un rictus cruel.

*

Venise, deux jours plus tard.

Ils avaient choisi un logement dans le quartier de San Polo, à quelques pas de la Scuola et du pont du Rialto. La *Ca' San Polo* était meublée dans un style vénitien : couleurs chaudes, haut plafond avec poutres apparentes et grandes fenêtres. « Ca' » signifie Casa (maison en italien). À Venise, le terme n'est pas seulement utilisé pour les maisons d'hôtes, mais également pour un véritable palais, dont l'un des plus connus s'appelle Ca' d'Oro et abrite un musée.
Afin de dérouler son plan, Albert avait besoin de matériel et était parti faire ses emplettes. Manon avait décidé de l'accompagner.
Du coup, Quentin et Émilie s'étaient retrouvés à déambuler dans les ruelles de Venise.
La ville, fondée au Ve siècle, s'étend sur 118 îlots et est construite au milieu d'une lagune, dans le but initial de se protéger des invasions. Elle doit sa richesse à sa puissance maritime datant du Xe siècle.
Allant d'une ruelle à une autre via un pont traversant un canal, Émilie se sentit rapidement détendue et heureuse, Quentin à ses côtés. Instinctivement, elle lui prit la main, appréhendant qu'il ne retire la sienne. Au contraire, il se tourna vers elle, lui sourit, et accentua la pression sur sa main.

Ils atteignirent rapidement le pont du Rialto. Ce pont, un des symboles de Venise, fut pendant longtemps le seul à relier les quartiers séparés par le Grand Canal. Reconstruit plusieurs fois, la version actuelle date quand même de la fin du XVIe siècle.

Ils s'engagèrent sur un des trois passages piétonniers et flânèrent le long des rangées de boutiques de souvenirs.

En sortant du pont, ils passèrent devant un Hard Rock café, puis continuèrent machinalement *Calle dei Stagneri o de la Fava*.

C'était une impasse qui débouchait sur un canal et était destinée à ceux qui souhaitaient faire un tour de bateau. Le quai était vide mais soudain une gondole passa devant eux, un couple enlacé à l'intérieur. Emilie se tourna vers Quentin, se mit sur la pointe des pieds et, le tenant par les épaules, avança son visage vers le sien.

Leur baiser parut encore meilleur que la première fois et sembla intemporel. Il ne fut interrompu que par l'arrivée d'une famille de touriste en quête de promenade en bateau.

— Si on poussait jusqu'à la place San Marco, dit Quentin pour se donner une contenance, nous aurions même le temps de prendre un verre avant de rejoindre Manon et Albert à 18 h.

En souriant, Émilie acquiesça, puis main dans la main, ils firent demi-tour dans l'impasse.

49

Le cri strident que poussa Elena aurait pu réveiller un mort. Le nouveau choc avait été si violent que son corps était parti en arrière. Seulement, elle était attachée sur un fauteuil fixé au sol et ses liens l'avaient retenue, cisaillant fortement ses poignées.

Francesco l'observa. Elle était complètement nue afin de la mettre dans des conditions d'humiliation. Son corps était superbe, mais il ne provoquait aucune pulsion chez lui, seule la torture lui procurait du plaisir.

La veille, il avait parlé à Dimitri du coup de fil suspect d'Elena. Ce dernier, pas surpris qu'elle les trahisse, avait immédiatement validé le plan d'action proposé par Francesco. Ses yeux brillaient étrangement et Francesco devina qu'il y avait une forte rivalité entre Elena et lui, voire de la haine.

Aussitôt, ils avaient déboulé dans la chambre d'Elena pour la maîtriser, puis avaient tout fouillé. Ils avaient trouvé le téléphone avec la carte prépayée. Uniquement des appels entrants provenant chaque fois de numéros différents. C'était une pro. Mais cela suffisait néanmoins à l'incriminer.

Francesco et Dimitri avaient tout d'abord essayé de l'interroger de manière « classique » en lui posant tout un tas de questions.
Elena était restée muette.

Ils l'avaient ensuite enfermée dans une pièce du sous-sol et laissée mariner un moment.

Comme à son habitude, Francesco voulait commencer sa phase « tortures » en utilisant son sérum de vérité. Mais Dimitri l'en avait dissuadé, arguant qu'Elena avait suivi chez Praveskaïa un entraînement spécial et qu'il y avait 90 % de probabilité d'échec, donc une perte de temps.
Bien qu'il suspectât que Dimitri se réjouissait à l'idée de savoir Elena torturée, il abonda dans son sens. Puisque cela avait été efficace avec Garcia, il choisit de commencer avec les brûlures électriques.

Le dernier hurlement d'Elena correspondait à 90 volts sur non-réponse de sa part. Une pause était nécessaire sinon il risquait de la perdre. Il sortit afin de faire son rapport à sa hiérarchie.

*

Venise est un extraordinaire chef-d'œuvre architectural, tant pour ses bâtiments que pour leur contenu. Même le plus petit des monuments renferme des œuvres des plus grands artistes du monde, tels Titien, le Tintoret ou Véronèse.

Émilie et Quentin s'étaient arrêtés sur le pont *della Paglia* afin d'admirer celui des Soupirs. Bâti en 1602 pour relier le palais des Doges avec la nouvelle prison, son nom viendrait des soupirs exprimés par les prisonniers conduits devant les juges.
Toujours main dans la main, ils poursuivirent vers la place *Saint-Marc* en longeant le *Palais des Doges*. Chef-d'œuvre de l'art Gothique, complété par ajouts de style Renaissance, ce palais était la résidence du chef d'État de la République de Venise, appelé *Doge*.
La place *Saint-Marc* était magnifique avec ses arcades abritant des cafés et des boutiques.
Sur un coup de tête, ils s'installèrent à la terrasse du *Caffè Florian*, et commandèrent à boire. Un orchestre symphonique jouait dans un coin. Le temps se figea, ils n'étaient plus en cavale afin de sauver leur vie, ils n'étaient plus flic ou gendarme, mais simplement un couple en vacances dans un cadre idyllique.

Soudain, la vibration du téléphone de Quentin mit fin à leur rêverie. Numéro inconnu. Il montra l'écran à Émilie et lui fit signe qu'il allait prendre l'appel.
— Oui.
— D'accord, je te rappelle tout de suite.

Émilie le dévisageait.
— Alors ?
— C'était mon pote d'Interpol. Je lui ai demandé des renseignements sur *Dei Manum*. Par sécurité, je vais le rappeler sur

mon téléphone à carte SIM prépayée, dit-il en composant le numéro.

— Je t'écoute, dit Quentin dès que son ami eut décroché.

Tout d'abord, il lui confirma ce que lui avait dit Elena.
— Leur siège est à Matera dans la région des Pouilles, au sud de l'Italie. Ils l'ont installé dans un château qui domine la ville : Monteverno. Leur leader s'appelle Gianfranco Giordano et est dans le viseur d'Interpol depuis longtemps. Activités mafieuses et criminelles en tout genre. Mais nous n'avons jamais réussi à le coincer. Si tu arrives à trouver quelque chose sur lui, je suis preneur.

Mû par son instinct, il demanda :
— As-tu l'adresse personnelle de Giordano ?
— Non, mais je peux chercher. Je te fais signe dès que je l'ai.

Ils raccrochèrent. Emilie l'observait. Il la dévisagea. Ils se sourirent.
Quentin regarda sa montre et se leva.
— Fini les vacances, nous devons y aller pour rejoindre Manon et Albert à l'Hôtel.

*

Quand ils arrivèrent à la *Ca' San Polo*, Manon était seule.

— Qu'as-tu fait d'Albert ? questionna Quentin.
— Nous avons acheté tout le matériel dont il avait besoin, notamment un ordinateur portable. Ensuite, il a installé des logiciels dessus, puis il est parti afin de préparer son plan. Je n'en sais pas plus, mais il ne devrait pas tarder.

Ils s'installèrent sur la petite terrasse attenante à la chambre. Elle était en teck et offrait une vue magnifique sur les toits de Venise.
Une demi-heure plus tard, Albert arriva. Il avait l'air content de lui.
— Raconte, lui dirent-ils collégialement.
— J'ai réussi à hacker le système de vidéosurveillance de la Scuola.
— Tu peux donc désactiver les caméras pendant qu'on dérobera la relique ? intervint Manon
— Je pourrais, mais ce n'est pas un bon plan. À la moindre perte d'image, les sociétés de télésurveillance interviennent immédiatement.
— Alors pourquoi ne pas remplacer les images temps réel par d'autres de la pièce vide ?
— Bonne idée, mais cette astuce a été tellement utilisée, ou du moins imaginée dans la plupart des films, que désormais il y a un contrôle. Chaque caméra est doublée et les images d'une même pièce sont capturées à un intervalle qui varie en permanence.

— Alors c'est mission impossible.
— Non, mais il va falloir jouer serré. Je peux prendre la main sur le système avec mon smartphone. Au moment d'entrer dans la salle avec toi…

Manon l'interrompit.
— Stop ! C'est moi qui irai avec toi, pas Quentin.

Albert chercha Quentin du regard. Ce dernier intervint.
— Non Manon, c'est trop dangereux et…
— Et j'en ai marre d'être seulement actrice, c'est ma vie qui est en jeu et je veux participer, c'est non négociable !

Il vit dans le regard de sa sœur que tenter de la convaincre était peine perdue.
— D'accord. Albert, tu peux poursuivre.

— Bon, je disais, au moment d'entrer dans la salle avec Quen…, heu, avec Manon, je remplacerai l'image de la caméra 1 par une image de la salle vide et je désactiverai la caméra 2. Puis, une minute plus tard, je ferai l'inverse. Cela nous laisse deux minutes pour prendre la relique, c'est chaud mais faisable. La faible durée de désactivation ne va pas alerter les gardes, en tout cas pas en deçà des deux minutes.

Il y eut un silence. Tout le monde cogitait, essayant de trouver une faille dans le plan d'Albert. Ce dernier patienta un instant afin d'augmenter son effet théâtral et lâcha :

— Il y a cependant un petit problème. Le système a également été piraté par quelqu'un d'autre, et je suspecte nos adversaires.

50

Elena entrouvrit un œil. La salle était vide. Elle avait mal partout et était épuisée comme après avoir couru deux marathons d'affilée. Elle avait cru mourir à plusieurs reprises, voyant défiler des pans entiers de sa vie. Fait étrange, son étreinte avec Quentin figurait parmi les passages.

Elle n'était pas dupe. Même si elle avait révélé ce qu'ils voulaient savoir lors de l'entretien initial, ils l'auraient soupçonnée de mentir et fini par la torturer. Elle avait donc accepté le supplice afin d'être crédible.

Pensant que Francesco utiliserait un sérum de vérité, elle avait découvert avec angoisse qu'il commencerait par la torture électrique. Autant simuler avec le sérum, elle savait faire, autant elle découvrait cette torture. Il fallait qu'elle tienne jusqu'à sa limite afin de rendre ses révélations plus fiables.

Son plan était bien sûr d'avouer avoir trahi, mais en disant que c'était pour l'argent et non pas pour soutenir les anti-Smirnov, et notamment Boris.

Ils voudraient aussi savoir où étaient Quentin et sa sœur, mais comme elle ne le savait pas, elle ne risquait pas de le dévoiler.

Si sa tactique fonctionnait, au pire ils la laisseraient en prison en essayant de se servir d'elle, au mieux ils lui offriraient du fric pour la retourner.

Le problème, pensa-t-elle au moment où la clé tournait dans la serrure de la porte de sa cellule, c'est qu'elle ne connaissait absolument pas son seuil maximum de souffrance.

*

Quentin connaissait bien Albert. Il n'afficherait pas cet air s'il n'avait pas une solution à proposer.

— Je suppose que tu vas nous dire comment contrer ces autres pirates.

— Tout d'abord, je vais vérifier qui ils sont, ensuite seulement, je pourrai les mettre hors circuit.

— Explique-nous comment tu vas t'y prendre.

— Le mieux est de vous le montrer en direct !

Albert se leva, rentra dans la chambre et ressortit avec son ordinateur portable à la main.

Ils s'installèrent derrière lui. Il lança un logiciel, puis, après plusieurs manipulations, une vidéo s'afficha à l'écran.

On y voyait le portique d'entrée de la Scuola avec des statues en prières sur les côtés et au centre, un aigle, signe de San Giovani Evangelista.

Au-dessous de l'aigle figurait l'inscription « divo ioanni apostolo et evangelistae protectori et sanctissimae crvci [32] », confirmant que la construction avait été effectuée en l'honneur de San Giovanni Evangelista (Saint-Jean l'Évangéliste).

De nombreux visiteurs entraient ou sortaient en passant sous le portique. Un couple, ayant approximativement la même taille et corpulence que Quentin et Manon, apparut dans le champ de la caméra.
Aussitôt, Albert pianota des instructions dans une fenêtre différente de celle où était diffusée la vidéo.
Le couple admirait le portique, puis il passa dessous avant de se retourner pour voir l'autre côté.
Albert zooma sciemment sur leurs visages et, à la stupeur de tous, ils virent Quentin et Manon qui contemplaient l'arrière du portique.
— Mais, comment as-tu... commença Émilie.
— Attends, la coupa Albert, je vous expliquerai après.

Au bout de quelques minutes, le couple se retourna et partit en direction de l'entrée du bâtiment.
Tout à coup, quatre hommes habillés en noir surgirent et se précipitèrent vers le couple.

---
[32] Au divin Jean, apôtre et protecteur des évangélistes et de la très sainte Église

Deux autres restèrent en retrait, comme pour leur couper toute retraite. Ils immobilisèrent l'homme et la femme, puis semblèrent perplexes. L'un d'entre eux sortit son téléphone portable et passa un coup de fil, tout en regarda droit dans la caméra, comme si son interlocuteur pouvait le voir.
Ensuite, il opina plusieurs fois de la tête puis ordonna à ses comparses de relâcher le couple, et ils repartirent.
Le couple semblait à la fois choqué et furax. Alors qu'ils regardaient leurs agresseurs s'en aller, Albert zooma encore une fois sur leurs visages après avoir pianoté des instructions sur son clavier. Ce n'était plus Quentin ni Manon qu'ils voyaient sur l'écran mais deux inconnus.

*

Paolo était sceptique. Il était persuadé d'avoir reconnu deux des cibles, la fille et son frère. Il avait vu son groupe de quatre personnes intervenir sur le couple qu'il n'avait pas lâché des yeux. Finalement, ce n'était pas eux.
En revoyant leurs visages, il s'était aperçu que les deux touristes ne ressemblaient en rien aux Duvivier.
Est-ce que cette hallucination était due à la pression autour de cette mission, à la fatigue ou bien un mélange des deux ?
Il décida de ne rien dire à Francesco, car il risquait de passer pour un taré.

Il allait néanmoins devoir être vigilant, car un pressentiment le tenaillait. Il appela un de ses hommes afin qu'il le remplace pour la nuit et alla prendre un repos réparateur.

*

Si Elena ne connaissait pas ses limites à la douleur, Francesco, lui, savait les détecter. Cela lui venait de plusieurs années d'expérience. Forcément, avant d'arriver à maîtriser parfaitement le sujet, il avait tué bon nombre de personnes, mais il se disait qu'on ne fait pas d'omelette sans casser des œufs !
Il était à 110 volts et sentait qu'elle allait craquer. Malgré lui, il l'admirait. Elle avait une force de caractère qu'il lui enviait. Lui-même aurait certainement baissé les bras bien avant.
Ne souhaitant pas la perdre si près du but, il arrêta la séance. Une nuit de repos, et demain matin elle avouerait.
Lorsqu'il verrouilla la porte, Elena était encore inconsciente.

*

— Comment tu as fait ? s'écria Manon.
— J'ai tout simplement utilisé un logiciel d'Intelligence Artificielle pour échanger les visages.
— Genre Deepswap ?
— En quelque sorte, mais j'utilise un logiciel beaucoup plus puissant qui n'est pas accessible dans le domaine public.
— Impressionnant !

Quentin intervint.

— Du coup, tu as fait sortir le loup du bois. Ils surveillaient bien ce site. Je suppose que tu comptes utiliser ton logiciel d'IA[33] pour nous faire entrer incognito ?

— Tout à fait. Je vais vous montrer son fonctionnement afin que vous puissiez l'utiliser puisque je serai avec Manon à l'intérieur de la Scuola.

— Parfait, on passe à l'action demain matin.

---

[33] Intelligence Artificielle

51

La veille au soir, Elena avait cru mourir. Juste avant de s'évanouir, elle avait pensé « *je connais maintenant mes limites, mais cela ne me servira plus à rien* ».
Pourtant, ce matin, elle était bien vivante. Dans un état second mais encore là. Son corps était un magma de douleur et de courbatures. Elle n'avait presque plus d'énergie et n'aurait pas besoin de simuler son épuisement.
Francesco ouvrit la porte et vint s'asseoir en face d'elle. Elena souleva légèrement ses paupières et le regarda. Elle comprit alors qu'il savait qu'elle était à bout et, avec soulagement, commença à lui raconter la version qu'elle avait préparée.

*

L'homme en noir bailla et scruta l'arrivée d'un nouveau couple sous le portique de la Scuola. C'était un sexagénaire aux cheveux grisonnant, accompagné d'une jeune femme rousse qui devait être sa fille, vu leur attitude mutuelle. Rien à voir avec les cibles.

Il continua à avoir un œil sur l'écran affichant l'ensemble des caméras, pendant que l'autre œil fixait son smartphone sur lequel il jouait à Street Fighter.

*

Ils passèrent sous l'aigle de Saint-Jean au sommet de l'arche et arrivèrent dans une cour qui permettait l'accès à la Scuola et à l'église. Laissant l'église sur leur gauche, ils pénétrèrent dans le grand bâtiment de la Scuola datant du XIVe siècle.
Vu la vitesse à laquelle Dei Manum avait réagi à leur leurre la veille, le fait d'entrer dans la Scuola permit à Albert et Manon de valider le bon fonctionnement du logiciel d'échange de visage. Comme pour leurs passeports, ils avaient choisi de prendre les traits d'un père et de sa fille.
Ils traversèrent plusieurs salles au rez-de-chaussée, et notamment celle des Colonnes. D'aspect médiéval, son plafond de poutres soutenu par cinq colonnes, dont les chapiteaux sont ornés de bas-reliefs, était magnifique.
Jouant les touristes, ils prenaient leur temps et contemplaient les expositions.
Ils se dirigèrent enfin vers l'escalier menant à l'étage, où était présentée la relique de la croix.
L'escalier était une œuvre d'art ayant la particularité de révéler ses marches élargies au fur et à mesure de la montée, ce qui lui donnait une impression de grandeur.

Manon eut une montée d'adrénaline liée au stress de l'action et surtout de la proximité de leur objectif.

Arrivés à l'étage, ils parvinrent à la salle capitulaire, la plus importante de la confrérie, destinée à accueillir les assemblées générales des membres. Manon foula le magnifique dallage de marbres blanc, rouge et noir, formant des motifs géométriques.
Elle admira les peintures, dont le thème principal était la vie de Saint-Jean. Au-dessus, des fenêtres ovales permettaient d'obtenir une excellente luminosité dans la salle.

*

Comme tous les jours de l'ouverture du musée de la Scuola, le père Camillo faisait le tour des salles d'exposition. Il aimait bien étudier l'expression des touristes pour voir ce qui les intéressait le plus. En outre, il en profitait pour vérifier que tout était en ordre.
À l'instar de nombreux religieux en Italie, il était secrètement membre du réseau *Dei Manum.* Il croyait fermement que cette organisation pouvait sauver ce qui restait de la grande puissance Catholique. Il faisait partie des convaincus de la propagande efficace de cette secte.
Il venait de pénétrer dans la salle capitulaire et se dirigeait vers l'autel de la confrérie, situé à son extrémité. Deux visiteurs se tenaient devant l'autel en marbre et orné d'une statue de Saint-Jean, écrivant l'évangile. Ils semblaient examiner, au plafond, les peintures sur l'apocalypse de Saint-Jean.

Il eut un mouvement de stupeur lorsqu'il aperçut distinctement leurs visages. Pas de doute, il s'agissait de deux des personnes recherchées activement par l'organisation dont il avait reçu la fiche signalétique avec les photos. Il ne connaissait pas la raison pour laquelle *Dei Manum* voulait à tout prix les intercepter mais le communiqué indiquait que c'était vital et cela suffisait à Camillo pour collaborer pleinement.

Sans courir afin de ne pas attirer l'attention, il se hâta cependant vers le rez-de-chaussée, puis se précipita dans son logement de fonction afin de téléphoner au numéro inscrit dans la consigne qu'il avait reçue.

*

Francesco discutait avec Dimitri des aveux d'Elena et de ce qu'ils allaient faire d'elle. Cette dernière avait été déplacée dans une vraie chambre et, après une collation, s'était endormie.

— On peut se débarrasser d'elle, arguait Dimitri, elle ne sert plus à rien.

Francesco sourit intérieurement. Pourquoi cette proposition ne le surprenait-il pas ?

— On pourrait l'utiliser lors du prochain appel de Duvivier. Pour lui soutirer l'endroit où ils se trouvent par exemple.

— Elle risque de le prévenir.

— Dans ce cas, on se débarrassera d'elle. Mais je pense qu'elle reste un atout dans notre manche et qu'on doit la garder sous le coude.

Dimitri opina à contrecœur. Un coup frappé contre la porte détourna leur attention.
Après un « Oui » de Francesco, Lorenzo entra. Il semblait fébrile.
— Chef, on vient d'avoir un appel de notre membre à Venise. Il a vu deux de nos cibles, à priori la fille Duvivier et l'autre homme. Ils sont dans la place, et s'apprêtent certainement à dérober la relique.

Francesco échangea un regard triomphal avec Dimitri et saisit immédiatement son téléphone.
Paolo décrocha à la deuxième sonnerie.
— Ils sont rentrés dans la Scuola.
— Ce n'est pas possible, on les aurait vus.
— On a un témoin oculaire. On reparlera de votre manque de vigilance plus tard. Pour l'instant, l'urgence est de les intercepter. Foncez et attendez qu'ils soient à l'extérieur pour intervenir.

Il raccrocha et se tourna vers Dimitri.
— Cette fois, on les tient !

*

Manon et Albert lorgnaient à tour de rôle vers la salle de l'oratoire de la Croix. Leur plan était chronométré. Ils avaient prévu d'opérer

juste avant la fermeture afin qu'il n'y ait plus personne dans la salle contenant la relique. Ensuite, ils auraient une poignée de minutes pour agir sur les caméras et dérober l'objet.
Deux personnes s'attardaient encore dans la dernière salle et Manon sentit qu'ils n'auraient pas le temps. Mue par une pulsion, elle entra dans la salle de l'oratoire et s'approcha des personnes.
— Excusez-moi, dit-elle dans un parfait anglais, j'ai entendu une annonce indiquant que le musée était en train de fermer.

Aussitôt, les deux visiteurs se hâtèrent vers la sortie. Manon les suivit afin de laisser la salle vide avant l'intervention d'Albert. Ce dernier s'approcha de Manon pour la féliciter.
— Bien joué Manon !
— Merci mais dépêche-toi.

Albert sortit son smartphone comme s'il voulait consulter un message et activa son programme. Ensuite il se dirigea vers le reliquaire de cristal de roche de la Sainte-Croix et se mit à l'œuvre pendant que Manon faisait le guet au cas où.

*

Manon et Albert disparurent d'un seul coup. Ils étaient dans la salle capitulaire et lorsqu'ils passèrent dans celle de l'oratoire, celle-ci resta vide. Émilie et Quentin, derrière leurs écrans, étaient bluffés bien qu'ils soient au courant de la combine. Ils étaient partis sur l'hypothèse que les gardes de sécurité de la Scuola étaient focalisés sur une salle et non pas sur une personne en particulier et ne s'apercevraient de rien.

Quentin regarda sa montre. Dans moins de cinq minutes, Manon et Albert devraient réapparaître dans la salle capitulaire.

Ces cinq minutes parurent une éternité. D'autant plus qu'ils voyaient l'ensemble des caméras sur plusieurs fenêtres différentes de leur ordinateur, et que le musée s'apprêtait à fermer. Seulement quatre ou cinq personnes étaient encore dans la cour extérieure et le garde en charge de la fermeture avait commencé à effectuer le tour des salles afin de vérifier s'il restait des visiteurs. Il se dirigea ensuite vers les escaliers menant à l'étage. Toujours pas de signe de Manon et d'Albert. En montant les marches, il parlait dans un talkie-walkie, certainement à son collègue qui surveillait les caméras de vidéosurveillance. Ce dernier devait lui dire qu'il ne voyait personne. Quelle allait être sa réaction lorsqu'il tomberait sur Manon et Albert ?

Le garde entra dans la salle capitulaire en même temps que Manon et Albert. Il sembla abasourdi en les voyant. Quentin les vit échanger quelques mots, le garde leur disant certainement qu'ils devaient sortir tout de suite, car le musée allait fermer. Une fois Manon et Albert hors de la salle, le garde reprit son talkie-walkie et discuta un moment. Quentin se doutait qu'il échangeait avec son collègue afin de comprendre pourquoi ce dernier ne les avait pas vus sur la vidéo. Il suivit Manon et Albert, salle par salle, jusqu'à la sortie. À chaque pas, il angoissait de voir les gardes de la Scuola les arrêter, les fouiller et appeler la police locale.

Alors qu'ils atteignaient la sortie sans s'être fait appréhender, il commençait tout juste à respirer quand soudain, six hommes en noir (les mêmes que la veille semblait-il) surgirent sur l'écran de la caméra donnant sur le portique d'entrée puis sur la cour. Deux d'entre eux restèrent en retrait tandis que les quatre autres se postaient, deux par deux, de chaque côté de la porte d'entrée.
— Comment ont-ils su ? s'exclama Émilie.
— Pas le temps de chercher pour l'instant, il faut intervenir d'urgence, répondit Quentin.

Et ils se précipitèrent hors de l'hôtel.

*

Quand les hommes en noir investirent la cour, les trois visiteurs qui traînaient là, apeurés, filèrent sans demander leur compte.
Paolo, le leader du groupe, ne craignait pas qu'ils appellent la police, car leur intervention serait déjà finie lorsque les carabinieri arriveraient.
D'un signe, il positionna ses hommes ; deux à l'entrée du portique, deux d'un côté de la porte d'entrée, et le dernier de l'autre côté avec lui.
Ils n'eurent pas longtemps à attendre. Deux minutes plus tard, Manon et Albert émergèrent dans la cour.
Albert était en train de parler au téléphone avec Quentin et dit à son amie, en lui indiquant la direction du portique :
— Vite, file par là !

Sans attendre, il sprinta dans la direction opposée, vers l'église San Giovanni Evangelista.

Surpris, le temps que les hommes en noir réagirent, Albert avait déjà atteint la porte de l'église et Manon l'arche du portique.

Albert se rua vers l'autel, ouvrant les portes des confessionnaux sur son passage.

Manon n'avait pas vu les deux hommes en noir restés de l'autre côté du portique et ceux-ci la saisirent rapidement. Elle se débattit avec fureur, faisant trébucher l'un d'eux et se libérant de la poigne de l'autre. Elle s'apprêtait à se remettre à courir lorsque Paolo appliqua un tissu chloroformé sous son nez. Elle s'évanouit.

Aussitôt, un de ses hommes la hissa sur ses épaules pendant qu'un autre allait surveiller la *Calle de l'Ogio o del Cafetier*. Il aperçut Quentin et Émilie en train de courir au bout de la rue et avertit son chef. Paolo fit signe à un de ses hommes d'aller chercher ceux qui poursuivaient Albert dans l'église afin d'effectuer un repli. La fille leur suffisait, il ne voulait pas prendre de risque.

*

Quentin dévalait la *Calle de l'Ogio o del Cafetier,* suivi de près par Émilie. Il aperçut un homme en noir près de l'entrée de la Scuola, pistolet à la main. Derrière lui, le reste du groupe s'engouffrait dans la rue en direction du canal.

Quentin voulut accélérer mais un coup de feu résonna et un éclat de mur vola à dix centimètres de sa tête. Il se jeta derrière le porche d'une porte, rejoint par Émilie.
Ils n'avaient pas pu faire entrer leurs armes et ne pouvaient riposter. Il jeta un coup d'œil et eut juste le temps de voir le groupe au fond de la rue avant qu'une nouvelle balle ne vienne arracher un morceau de mur près de son visage.
Soudain, Émilie partit en sens inverse et cria.
— Je vais essayer de passer par une rue parallèle.

Le tireur, voyant qu'elle repartait, ne tira pas, préférant économiser ses balles. Elle s'engouffra dans la *Calle Del Tabacco*, et traversa la place *San Stin*.
Quentin entendit des bruits de pas précipités et risqua un œil.
L'homme en noir détalait, certainement parce que ses complices étaient à l'abri.
Quentin le poursuivit. Il sprinta comme un dératé en pensant qu'il était en train de battre son record de vitesse aux 100 mètres !
Il vit l'homme en noir atteindre le canal *Rio Marin* et sauter sur un bateau à moteur en train de l'attendre.
Lorsqu'il arriva au bord du canal, le bateau était déjà loin, avec à son bord le groupe des hommes en noir et certainement Manon.
Il entendit encore des bruits de pas de course, se retourna et vit Émilie venir vers lui en courant.
— Trop tard, dit-il.

Puis soudain, il réalisa.

— Albert, il n'était pas avec eux. Il faut le retrouver.

Ils foncèrent vers la Scuola.

52

Albert avait entendu ses poursuivants entrer dans l'église, puis parcourir l'allée centrale, certainement en scrutant chaque rangée. Ils avaient ensuite ouvert les confessionnaux pour les fouiller. Il transpirait à grosses gouttes lorsqu'ils s'approchèrent de l'autel. À nouveau le bruit de porte, des voix en italien, des bruits de pas s'éloignant, puis encore la porte, et enfin le silence.
Il osait à peine bouger mais s'autorisa un regard vers sa montre. Combien de temps devait-il attendre ?
Une demi-heure passa et il commençait à mieux respirer quand la porte s'ouvrit à nouveau. Deux personnes remontaient l'allée et s'arrêtèrent de l'autre côté de l'autel.
— Ce n'est pas le bon endroit pour prier !

Il sursauta, son cœur monta au moins à 180 pulsations. Il regarda au-dessus de lui et découvrit le visage de Quentin, couché sur l'autel, qui le regardait.
— Tu m'as fait peur, dit-il en se relevant. Et Manon…

Voyant la tête que faisait Quentin, il ne termina pas sa question.

*

Francesco raccrocha, satisfait, et se tourna vers Dimitri.
— On a la fille !
— Ils n'oseront jamais divulguer leurs résultats. On a notre assurance.
— Certes, mais le Grand Maître ne veut prendre aucun risque. Il veut récupérer les reliques, détruire les preuves d'analyse et éliminer tout témoin.

Il resta pensif un instant puis reprit.
— J'ai peut-être une idée. Si on se servait d'Elena pour les attirer dans un piège ?
— Comment ?

Et il expliqua en détail ce qu'il avait en tête.

*

Quentin s'arrêta sur une aire d'autoroute vers Ancône pour faire une pause. Sachant que le siège de *Dei Manum* se trouvait dans les Pouilles et qu'Elena était également là-bas, ils étaient partis dès qu'ils avaient retrouvé Albert et après avoir posté la relique vers Bordeaux.
Ils avaient discuté pendant la première partie du voyage d'un plan sans rien trouver d'idéal.

Tout d'abord, ils s'étaient dit que Manon serait peut-être séquestrée au même endroit qu'Elena. Mais cette dernière avait décrit une maison qui était plutôt une planque qu'un lieu fortement gardé.
Ensuite, ils s'étaient intéressés à la forteresse, siège de *Dei Manum*, mais là, à l'inverse, le lieu semblait imprenable.
Ils avaient finalement décidé d'aller surveiller la maison de Bari, et de suivre la personne dont le curé Saunière avait parlé. Un certain Francesco, facilement reconnaissable d'après la description du Curé. Ils espéraient qu'il les mènerait à la cache de Manon.
Quand Elena lui avait dit qu'elle était dans les Pouilles, Quentin avait par réflexe professionnel enregistré les coordonnées GPS en utilisant la localisation de son téléphone qu'elle n'avait pas bloqué. Ils filaient donc directement à cette adresse.

L'aire de *Sarni Esino Est* était presque déserte. Ils firent le plein d'essence et allèrent se restaurer dans un self-service.
Quand ils repartirent, Quentin laissa le volant à Émilie. L'ambiance était tendue dans la voiture. Manon manquait à tout le monde.
Ils contournaient *Pescara* lorsque Quentin, regardant sa montre, s'aperçut qu'il était 22 heures passées.
— Je vais appeler Elena, peut-être aura-t-elle des informations sur le rapt de Manon.

Émilie coupa la radio tandis qu'il sortit son téléphone à carte prépayée et composa le numéro habituel. Elena décrocha tout de suite. Quentin posa la question convenue.
— Ça va ?

— Oui ça va.

Quentin se figea, d'après leur code, cette réponse signifiait qu'elle parlait sous contrainte et donc qu'elle aussi était leur captive.
— As-tu des nouvelles ?

Un blanc.
— Oui. Vous êtes où ?
— À Venise, répondit-il après un bref instant de réflexion.
De toute façon, leurs adversaires le savaient puisqu'ils avaient kidnappé Manon.
— Ils ont pris Manon. As-tu des informations à ce sujet ? poursuivit Quentin.

Nouveau blanc. Elena était assise dans une salle de la planque de Bari, entourée de Dimitri et Francesco. Selon les questions de Quentin, Francesco écrivait une réponse appropriée sur papier.
— Oui, justement, dit-elle, j'ai pu écouter une conversation sur le sujet. Elle a été emmenée dans une maison près du siège de Mateta. Je t'envoie l'adresse par SMS.
— Sais-tu s'il y a beaucoup de gardiens ?
— À priori, seulement deux. Ils sont sûrs d'eux, de toute façon.
— Parfait, merci. On va prendre la route demain matin à la première heure, on y sera en fin d'après-midi et on interviendra dans la soirée.

Il raccrocha et se tourna vers ses compagnons.

— J'ai l'adresse où se trouve Manon.
— Super ! s'exclama Émilie.
— C'est un piège.

Et il leur raconta comment il le savait et surtout le nouveau plan qu'il avait imaginé.

*

Pendant ce temps, à Bari.
— Parfait, dit Francesco à Elena.

Il appela un garde pour la raccompagner dans sa chambre.
— Je suis encore séquestrée ? Pourtant j'ai prouvé ma bonne foi.
— En échange de liberté et d'argent. Mais tu n'es pas encore suffisamment fiable.

Quand elle fut sortie avec le garde, Dimitri demanda :
— On n'a plus besoin d'elle maintenant, non ?
— Ne sois pas pressé. Je te promets qu'elle sera éliminée, mais je reste persuadé qu'on aura encore besoin d'elle. En attendant, nous allons finaliser le guet-apens dans notre cache de Matera. Nous mettrons comme évoqué deux gardes, bien visibles, mais à l'intérieur de la maison, il y aura six hommes cachés, et encore six autres prêts à intervenir de l'extérieur. Et bien sûr, Manon Duvivier ne sera pas séquestrée ici.
— Tu veux que je vienne avec toi ? demanda Dimitri.

— Non, reste ici pour aider à garder Elena.

*

Au cours du trajet, ils avaient réservé un hôtel à Bari dans le quartier de *Japigia,* situé dans la partie ouest de la ville et considéré comme dangereux en raison de son fort taux de criminalité. Mais c'était là qu'était séquestrée Elena.
Le plan de Quentin était de commencer la surveillance de la planque très tôt le lendemain matin afin de déterminer le nombre de personnes qui resteraient lorsque les autres iraient leur tendre le piège à Matera.
L'hôtel était propre et fonctionnel. Ils avaient pris trois chambres cette fois. Après avoir avalé rapidement un sandwich, ils allèrent se coucher afin d'être opérationnels à 7 h.
Dès qu'il eut refermé la porte de sa chambre, le téléphone de Quentin vibra. Un SMS.
C'était son pote d'Interpol qui lui demandait de le rappeler.
Reprenant son portable à carte prépayée, il l'appela immédiatement.
— Tu ne dors jamais, toi, dit son ami comme entrée en matière.
— Pour toi, je suis toujours disponible, répondit-il en souriant.
— J'ai l'adresse que tu m'as demandée. As-tu de quoi noter ?

Il allait raccrocher, lorsqu'une nouvelle idée commença à germer dans sa tête.
— Vous avez dû mettre son téléphone sur écoute non ?
— Oui, pourquoi ?

— Pourrais-tu m'envoyer un des enregistrements, même court, ainsi que des photos ?
— Tu l'auras par e-mail sécurisé dans l'heure qui suit. Ton ardoise commence à être salée !

*

Ils étaient partis à l'aube et avaient acheté des croissants et du café dans une petite boulangerie sur la route. Ensuite, ils avaient eu de la chance ; un nouvel immeuble était en cours de construction juste en face de la planque de *Dei Manum*, et étant donné que c'était le week-end, il n'y avait pas d'ouvriers.
Ils s'installèrent au premier étage pour avoir la meilleure vue sur la maison.
Pendant qu'Émilie commençait à surveiller à l'aide des jumelles achetées à Venise avant leur départ, Quentin leur expliqua son nouveau plan.
Émilie et lui allaient s'occuper de libérer Elena pendant qu'Albert irait préparer leur prochaine étape. Pour cela, il devait louer une voiture et utiliser le même matériel qu'à Venise, qu'il avait conservé. De plus, il lui avait fait suivre l'e-mail de son pote d'Interpol.

Une fois Albert parti, Émilie, voyant les traits tendus et fatigués de Quentin, lui demanda doucement :
— Comment vas-tu ?

Ses yeux habituellement bleu acier avaient perdu de leur éclat. Il esquissa néanmoins un sourire.
— Comme quelqu'un qui a perdu deux fois sa sœur.

Il lui prit la main.
— Heureusement que tu es là. Merci d'être venue.
— Au début, je pensais le faire pour aider Manon, mais maintenant je crois que c'était surtout pour être avec toi.

Il se pencha vers elle et l'embrassa tendrement.
Elle le repoussa délicatement et pointa la maison du doigt.
— Ça bouge !

Elle prit les jumelles et vit deux gardes qui venaient de sortir et étaient en train de se griller une clope sur le pas de la porte.
— Fausse alerte.

Et la longue attente commença.

53

À part les sorties cigarettes, il ne se passa rien jusqu'à midi. Un van noir se gara sur le trottoir devant la maison, et six hommes en sortirent pour disparaître rapidement dans les entrailles de la planque.
— Ils doivent préparer leur plan et rassemblent les équipes, dit Quentin.

Émilie se mit debout et s'étira.
— Je vais aller chercher des pizzas si ça te va, répondit-elle.
— Et n'oublie pas les jouets dont on a parlé !

Elle avait également acheté deux bières en plus des pizzas. Les « jouets » dont parlait Quentin étaient en fait des pistolets factices. N'ayant pas pu transporter leurs armes ni eu le temps d'en chercher sur le Dark Web[34], ils allaient la jouer au bluff.

---

[34] Web clandestin qui permet notamment le commerce de produits illicites comme les armes.

*

À 14 h 30, la porte s'ouvrit et une dizaine d'hommes de main sortirent, suivis de deux autres aux allures de chef.
Quentin reconnut tout de suite Dimitri pour l'avoir côtoyé à Saint-Guilhem-le-Désert.
L'autre était grand, balèze avec une forte mâchoire sur un visage anguleux : Francesco.
Ce dernier se dirigea vers un 4×4 noir garé à 100 mètres de la maison, suivi de 4 hommes. Les autres montèrent dans le van.
Dimitri était resté sur le seuil de la porte, entouré de deux gardes.

— C'est parti, dit Quentin, ils vont installer leur piège à Matera.
— Et on dirait qu'ils ne laissent que trois personnes en comptant Dimitri.
— On attend un peu et on passe à l'action.

*

Francesco tenait le grand maître au courant de la situation heure par heure, le sujet était trop important.
Depuis qu'ils avaient Manon Duvivier comme otage, il respirait un peu, étant persuadé que jamais son frère ne la sacrifierait juste pour torpiller l'église.
Mais Giordano ne voulait prendre aucun risque et préférait capturer les quatre complices.

Il avait conservé le téléphone à carte prépayée d'Elena au cas où Quentin chercherait à la joindre d'urgence. Bien sûr il ne pourrait pas répondre mais avait prévu de proposer un échange de SMS.
Ils seraient à Matera vers 15 h 30 et avaient largement le temps de tout préparer.
S'il réussissait cette mission, sa carrière au sein de Dei Manum allait s'envoler !

*

Lorenzo et Vito jouaient aux cartes dans une pièce pendant que Dimitri regardait un match de tennis dans une autre.
Soudain, la sonnette les fit sursauter.
— Chi potrebbe essere ?[35] demanda Vito.
— Non resta che andare a vedere[36], répondit Lorenzo.

Vito se leva en râlant, traversa le hall jusqu'à la porte d'entrée qu'il entrebâillât. Devant le portail se tenait un gamin qui devait avoir une dizaine d'années.
— Mi spiace disturbarla, signore, ma ho visto un uomo scavalcare il muro di sinistra[37], dit le gamin qui fila aussitôt.

Vito sortit son arme, ouvrit un peu plus la porte, passa sa tête dehors pour regarder dans la direction indiquée par le gamin.

---

[35] Qui ça peut être ?
[36] Tu n'as qu'à aller voir.
[37] Désolé de vous déranger Monsieur, mais j'ai vu un homme enjamber votre mur de gauche.

Il sentit alors un objet sur sa tempe.
— Pose ton arme.

Il resta figé mais ses yeux balayèrent son côté gauche et il aperçut le canon d'un pistolet. Il posa délicatement son arme, munie d'un silencieux, qui fut aussitôt récupérée par son agresseur. Il voulut alors tourner la tête mais un coup porté sur sa nuque l'en empêcha et l'envoya dans les vapes.
Quentin, vrai pistolet à la main cette fois, s'engouffra dans la maison, suivi d'Émilie.
Ils avaient dû chercher un moment avant de trouver un gamin qui comprenait quelques mots d'anglais afin de lui proposer d'aller sonner en échange d'un gros billet.
Vu qu'il n'y avait pas de caméra de surveillance, ils n'avaient eu aucune difficulté pour escalader le mur de clôture en passant par la maison voisine, inoccupée à cette heure de la journée.

Au moment où il entrait dans le hall, il vit le deuxième garde déboucher d'une pièce sur la gauche.
Ce dernier leva l'arme qu'il tenait à la main mais Quentin fut plus prompt et Lorenzo tomba, touché en pleine poitrine.
Il ouvrit la première porte sur sa droite. Dimitri regardait la télé et n'avait pas entendu le bruit qu'avait fait le corps de Lorenzo dans sa chute.
Surpris, il essaya de sortir son pistolet mais Quentin le tenait déjà en joue.
— Si j'étais toi, je réfléchirais à deux fois avant de sortir mon arme.

Sans se retourner, il dit à Émilie :
— Essaie de trouver Elena.

Cette dernière continua dans un couloir sombre. Il y avait 3 portes fermées.
Elle ouvrit la première : la pièce était vide. Une clé était insérée dans la serrure de la deuxième. C'était certainement là qu'était séquestrée Elena.
Elle tourna la clé et pénétra dans la pièce. C'était une chambre, mais elle était vide. Elle avança encore un peu et fut plaquée au sol par une furie cachée derrière la porte.
S'ensuivit une lutte au sol, chacune essayant de prendre le dessus sur l'autre.
C'est quand Elena fut au-dessus d'Émilie en train de l'étrangler qu'elle reconnut enfin la gendarmette. Elle la lâcha aussitôt.
— C'est comme ça que tu me remercies, marmonna Émilie.
— Désolée, je pensais que c'était un de mes geôliers. Où est Quentin ?
— Avec Dimitri.

Elena sortit de la pièce et se dirigea vers l'entrée. Au passage, elle récupéra l'arme de Lorenzo qui gisait à terre.

*

Dimitri fit retomber sa main le long de son corps et afficha un sourire. D'instinct, Quentin, tout en continuant à le tenir en joue, mit la main gauche derrière son dos et activa l'enregistrement audio de son smartphone situé dans la poche revolver de son *jean*.

— Comment vous avez fait pour retourner Elena. Juste de l'argent ?
— Non, plus simple que ça. Elle était proche d'Ivanovski et n'a pas supporté que Smirnov et sa bande le tuent.
— Mikhaïl ne l'a pas tué, c'est *Dei Manum* qui l'a fait exécuter.
— Mais dans quel but ?

Soudain, une évidence jaillit dans l'esprit de Quentin.
— Mais bien sûr, Smirnov était de mèche avec *Dei Manum*, ce qui explique tout.

Dimitri continuait de sourire, comme s'il le narguait.
— Pas bête pour un flic. Tu as tout compris. D'ailleurs, je vais me lever et partir. Si tu tires, ta sœur est morte, ça aussi tu l'auras compris.

Lorsqu'il se leva, Quentin croisa son regard, ses yeux vairons.
— Tu es spécialiste dans le vol des œuvres d'art, non ?

Dimitri tiqua.
— Entre autres, pourquoi ?

— Lyon, il y a 15 ans, dans une villa des Monts d'or, le vol d'un tableau qui n'a pas pu aboutir, car la femme t'a dérangé, puis ses enfants.
Dimitri fixa la cicatrice de Quentin sur sa tempe droite.
— Mince, c'était toi le jeune qui m'a empêché de terminer ma mission ! Pas grave, j'aurai au moins eu le plaisir de saigner ta garce de mère.

De rage, Quentin se rua sur Dimitri pour lui asséner un coup de pistolet. Il ne vit pas la lame effilée que ce dernier avait sortie.
Un dernier sourire illumina le visage de Dimitri au moment où il plantait son couteau dans le ventre de Quentin.

54

Quentin vit la pointe du couteau toucher son ventre mais elle ne s'enfonça pas. Dimitri venait de s'effondrer, une balle en pleine tête.
Elena se tenait sur le pas de la porte.
— Merci, dit-il.
— J'ai entendu pour ta mère. Je suis désolée.

Quentin vit Émilie, derrière Elena, qui le regardait avec tristesse.
— C'est un évènement que j'essayais d'oublier.
— J'espère que sa mort va t'aider à faire ton deuil définitif.

Il sortit le téléphone de sa poche et arrêta l'enregistrement.
— As-tu entendu aussi le début ?
— Non.

Il lui fit écouter.
— Tu n'as plus besoin des rapports d'analyse des reliques. Son aveu va te permettre de renverser Smirnov.
— Oui et ce sera même plus facile avec ça.

— Tu es libre de partir.
— Non, je reste jusqu'à la libération de Manon.

*

Après être passés à l'hôtel, ils se dirigeaient vers l'ouest de Bari.
— On va où ? demanda Émilie.
— À *Bitonto*, rejoindre Albert.

Il l'avait appelé depuis l'hôtel sur son téléphone sécurisé et avaient convenu un point de rendez-vous.
— Pour faire quoi ?
— C'est là où habite Giordano, le grand maître de *Dei Manum*. Mon plan est de l'enlever pour l'échanger contre Manon.
— Sa baraque doit être super protégée.
— C'est pour ça que j'ai envoyé Albert préparer notre coup.

*

Bitonto, Via Pier Paolo Pasolini.

Giordano monta dans sa Mercedes-Maybach classe S et fit signe à son chauffeur de démarrer. Le portail blindé de sa villa s'ouvrit et la voiture rejoignit la Via Pasolini, suivie de deux EQS SUV noirs contenant deux gardes chacun.

Il avait planifié un conseil exceptionnel au château Monteverno, le siège de *Dei Manum*, à la suite des évènements récents et surtout, il espérait conclure la réunion avec la capture de leurs fugitifs. La fille Duvivier était déjà enfermée dans un des cachots du sous-sol du château.
Il était confiant. Francesco avait bien bossé et ils étaient en meilleure posture désormais.
Personne ne remarqua la petite Fiat Panda qui les suivait à bonne distance.

*

Ils se retrouvèrent dans un café du centre de *Bitonto*. Albert confirma que Giordano était bien parti en direction de Matera, à son siège, et qu'il serait absent au moins pendant 2 heures. Ce qui leur laissait le temps de mettre leur plan en place.

*

Andrea était ambitieux. Aussi, le fait que le maître lui ait confié le rôle de chef des gardes de sa maison pendant son absence avait renforcé son égo.
Il fit le tour de la propriété, en commençant par l'extérieur. Il y avait des caméras qui surveillaient chaque mètre de la clôture, et bien sûr celle du visiophone du portail d'entrée.
Il entra ensuite dans le bâtiment réservé aux gardes. Il était adossé à la maison du maître. Il y avait 4 grandes pièces, un dortoir, une

cuisine, une salle commune pour passer le temps et prendre les repas, et une salle de contrôle dans laquelle deux gardes visualisaient en permanence les vidéos retransmises par les caméras.

Le chauffeur et quatre gardes étant partis avec le maître, il ne restait, en plus d'Andrea, que deux gardes dans la salle commune et deux autres dans la salle de contrôle.

La maison était dédiée au maître. Il ne voulait pas de garde à l'intérieur afin de préserver son intimité.

Comme il passait devant la salle de contrôle, un des gardes l'interpella.
— Un taxi ha appena parcheggiato fuori dalla porta.[38]

Andrea s'approcha de l'écran. Il vit la porte du taxi s'ouvrir et quelqu'un en sortir. La personne s'approcha de l'interphone.
Le visage de Giordano apparut à l'écran.
— Siamo stati attaccati. Fortunatamente sono riuscito a scappare. Aprite il cancello e radunate tutti nel cortile.[39]

Sa voix, reconnaissable, était altérée par l'épreuve qu'il avait dû traverser.
— Subito, capo.[40]

---

[38] Un taxi vient de se garer devant la porte.
[39] Nous avons été attaqués. Heureusement, j'ai pu fuir. Ouvrez la porte et rassemblez tout le monde dans la cour.
[40] Tout de suite, patron.

Il donna l'ordre à un garde d'ouvrir le portail et sortirent tous les cinq attendre le maître dans la cour.

Le taxi, vitres teintées, s'avança doucement et s'arrêta à une dizaine de mètres d'eux. La porte resta fermée pendant une minute qui leur parut une éternité, puis soudain, à l'exception de celle du chauffeur, l'ensemble des portes s'ouvrirent et deux femmes ainsi qu'un homme jaillirent, pistolet à la main, leur ordonnant de lever les bras.
Deux gardes eurent le réflexe de vouloir dégainer leur arme et furent abattus. Les autres levèrent les mains. Andrea sentit que sa vie était foutue.

*

Francesco regarda sa montre. 20 h passées. Il commençait à stresser. Que fabriquaient-ils ? Il parcourut dans sa tête les différentes hypothèses ; ils avaient eu un accident, changé leur plan, détecté le piège…
Giordano l'avait déjà appelé deux fois pendant la réunion du conseil pour savoir où ils en étaient. Francesco avait senti sa frustration, car il comptait annoncer la capture pendant la réunion. Au moindre contretemps, c'est lui qui en ferait les frais.

Le téléphone sécurisé d'Elena bipa : un SMS venant d'un numéro inconnu. Ce devait être Duvivier, Elena lui avait dit qu'il changeait de téléphone à chaque appel.

— Puis-je appeler maintenant ?

Elena lui avait également indiqué leur créneau d'appel, d'où sa question. Cela l'arrangeait car bien entendu il ne voulait pas décrocher.
— Pas possible de parler, mais tu peux écrire.
— Trop compliqué de monter l'opération ce soir, on reporte à demain. Des news de ton côté ?
— Non RAS.

Francesco appela Giordano afin de le mettre au courant. Il tremblait en pensant à la réaction du maître.

*

Ils avaient bâillonné et ligoté les gardes vivants, avant de les enfermer dans le dortoir avec ceux qu'ils avaient dû abattre.
Ensuite, ils avaient récupéré un badge pour pénétrer dans la villa de Giordano, et s'étaient installés dans l'immense salon moderne. Les murs blancs et épurés reflétaient la lumière tombante du jour à travers de grandes baies vitrées. Le sol en marbre poli contrastait avec de somptueux tapis moelleux aux motifs géométriques. Des canapés et des fauteuils en cuir design étaient disposés autour d'une table basse en verre.
Des œuvres d'art, sculptures, tableaux, sentaient le fric à plein nez. Peut-être un cadeau de Smirnov !

Des étagères minimalistes accueillaient une collection de livres, principalement sur l'intégrisme dans la religion catholique.

Quentin leur expliqua alors le plan qu'ils avaient élaboré avec Albert.
En utilisant les mêmes technologies qu'à Venise, Albert avait pris la main sur le système de vidéosurveillance de la villa. Ce fut donc un jeu d'enfant pour lui de transformer le visage de Quentin en celui de Giordano. Pour la voix, il avait utilisé le fichier audio fourni par le pote d'Interpol de Quentin.
Ensuite, il sortit son téléphone sécurisé pour envoyer un SMS à Francesco, Elena ayant confirmé qu'il lui avait confisqué son portable.

Maintenant, ils allaient attendre Giordano et ses gardes du corps, mais avaient encore des choses à préparer au préalable.

*

Giordano n'était pas de bonne humeur. Même après s'être défoulé sur Francesco, il n'arrivait pas à se calmer.
Il se versa un bourbon du mini-bar installé à l'arrière de sa Mercedes. L'alcool associé au bercement de la voiture commençait à faire effet au moment où ils arrivaient en vue de sa villa.
Il avait organisé une réunion exceptionnelle du conseil, prétextant un scoop, et avait été obligé d'admettre qu'il faudrait le remettre au

lendemain. Il n'aimait pas se couvrir de ridicule devant ses subalternes.

Le chauffeur ouvrit le portail avec son bip et les trois voitures entrèrent dans la propriété. Selon le rituel, le chauffeur et les quatre gardes du corps se dirigèrent vers leur annexe, alors que Giordano filait vers sa villa. Il badgea, ouvrit la lourde porte blindée, et se dirigea directement vers le bar de son salon. Il avait besoin d'une autre dose.

— Vous ne m'offrez pas à boire ? demanda Quentin.

Giordano sursauta et faillit renverser son whisky sur le canapé. Il le reconnut tout de suite. Il fit un geste vers sa poche et son biper afin d'alerter ses gardes, mais s'interrompit en voyant que Quentin braquait un pistolet sur lui.

— Comment êtes-vous entré ?

— Où est Manon ?

— De toute façon vous ne pourrez pas sortir de la propriété vivant, j'ai une dizaine de gardes armés. Et si vous me tuez, vous ne reverrez jamais votre sœur.

Giordano parlait un bon français. À ce niveau de poste, il devait parler d'autres langues, en plus bien sûr de l'italien et de l'anglais.

— Qui parle de vous tuer ? Nous allons juste vous échanger contre Manon ainsi que votre promesse de cesser de nous pourchasser contre la nôtre de ne pas divulguer les résultats des analyses des reliques que nous avons dérobées.

— De quoi parlez-vous ?

Visiblement, l'ensemble des vols de reliques n'était pas remonté jusqu'à lui. Quentin lui jeta alors une enveloppe contenant les photos qu'ils avaient prises à Bruxelles, Chypre, au Mont Athos, à Paris et Venise.

Giordano les regarda attentivement. Il semblait peser le pour et le contre.

— Qui me dit que vous ne publierez pas ces photos et les résultats des analyses ?

— Pourquoi le résultat vous fait-il peur ? Vous n'avez pas confiance en la véracité des reliques ?

Giordano garda le silence.

— Et qui me dit que vous n'allez pas tenter à nouveau de capturer ma sœur pour l'enfermer à vie comme une assurance ?

Giordano réfléchit longuement puis finit par acquiescer.

— OK, j'accepte votre proposition.

— Encore une chose, est-ce vous qui avez abattu Ivanovski pour Smirnov en échange du secret des reliques ?

Giordano eut un demi sourire.

— Parfois, il faut choisir son camp.

Quentin n'avait pas complètement confiance en cet homme, mais son plan prévoyait une assurance supplémentaire.

*

Dans l'annexe de la villa, tout se passa très vite. Sitôt entrés, le chauffeur et les quatre gardes du corps se retrouvèrent face à Elena, qui pointait sur eux un MP7 récupéré dans leur artillerie. Ils connaissaient donc très bien ce modèle de pistolet mitrailleur et n'opposèrent aucune résistance.
Émilie les contourna pour les désarmer, puis les bâillonner et les ligoter afin qu'ils rejoignent leurs collègues dans le dortoir.
La villa était à eux !

*

Le 4×4 noir et le van roulaient en trombe sur la SS96, route nationale qui reliait Matera à Bari. Francesco affichait sa tête des mauvais jours. Il avait essayé de joindre Dimitri ou les gardes de la planque de Bari, sans succès. Il commençait à douter. Ça plus le fait que Duvivier ne s'était pas pointé comme prévu, ce n'était sûrement pas une coïncidence.
Il avait décidé d'aller voir sur place avant d'en référer au grand maître.
Ils se garèrent en vrac sur le trottoir devant la planque et se ruèrent à l'intérieur, armes à la main.
Ils trouvèrent les cadavres de Dimitri et d'un des gardes, puis le deuxième garde attaché et enfermé dans une pièce.
Après l'avoir détaché, Francesco lui demanda de lui raconter ce qui s'était passé.

— Ti sei lasciato ingannare ![41]

Il lui logea une balle dans la tête. Cela ne rétablirait pas la situation mais au moins ça le défoulait.

Le téléphone sécurisé qu'il avait pris à Elena bipa dans sa poche. Il regarda : même numéro que celui qui lui avait envoyé le SMS un peu plus tôt. Il décrocha.
— Nous avons votre maître. Nous vous l'amenons demain matin 10 h dans le parc devant le château à Matera, près du bassin, en échange de Manon.

Il n'eut pas le temps de parler que son interlocuteur, Duvivier à priori, avait raccroché. Dans la foulée, un bip l'informa qu'il avait reçu un SMS. C'était une photo où l'on voyait Giordano entouré de Duvivier et d'Elena.
Un rictus cruel déforma sa bouche. Il allait leur préparer un comité d'accueil. S'ils croyaient s'en tirer comme ça…

---

[41] Tu t'es laissé avoir comme un bleu !

55

Le parc était au pied du château Monteverno, mais dominait néanmoins la vieille ville de Matera.
De grands arbres majestueux offraient de l'ombre, des sentiers sinuaient à travers les jardins fleuris. Le parc étant ouvert au public, il y avait des aires de jeux pour les enfants, des bancs pour se reposer et profiter de la nature. C'est pour cela que Quentin avait choisi ce lieu : à la fois risqué par la présence du siège de *Dei Manum* qui le domine, et sécurisé par la présence d'une foule de promeneurs.
Ils avaient pris la Mercedes-Maybach de Giordano. Albert était au volant, Elena à ses côtés. À l'arrière, Quentin et Émilie entouraient Giordano.
Albert se gara le long d'une allée située à l'est du parc. Il était 9 h 58.
Quentin repéra des hommes suspects parmi les promeneurs et était convaincu que c'étaient des membres de *Dei Manum*. De plus, il avait remarqué une sorte de scintillement blanc en forme d'étoile sur plusieurs tours du château. Il s'agissait des reflets du soleil sur les lunettes des fusils de snipers. Comme il s'y attendait, Francesco

avait prévu un sacré comité d'accueil. Il pria pour que son plan fonctionne.

À 10 heures pile, la porte d'une petite poterne[42] sur l'aile droite du château s'ouvrit en grinçant.

Un homme que Quentin identifia immédiatement comme étant Francesco sortit le premier, suivi de deux hommes encerclant Manon. Elle était très pâle et paraissait fatiguée. Elle titubait légèrement et serait tombée si ses deux gardiens ne la soutenaient pas. Ils se dirigèrent vers le bassin au centre du parc, lieu de l'échange.

Elena descendit la première, puis Quentin et Émilie, tenant Giordano fermement, lui emboîtèrent le pas.

Les deux groupes arrivèrent en même temps à la fontaine. Ils se toisèrent, tels des cowboys de western. La musique de « *Il était une fois dans l'Ouest* » traversa l'esprit de Quentin.

Sur un signe de tête de Giordano, les gardiens lâchèrent Manon qui commença à s'avancer vers eux avec difficulté.

À son tour, Quentin libéra Giordano pendant qu'Émilie se précipitait vers Manon pour l'aider.

Giordano se dirigea tranquillement vers Francesco. Ce dernier lui chuchota aussitôt quelques mots à l'oreille.

C'est là que tout va se jouer, pensa Quentin. La tension autour du bassin monta d'un cran.

Alors, Giordano répondit à Francesco, toujours en murmurant.

---

[42] Porte dérobée dans la muraille d'enceinte d'un château, de fortifications.

Le regard de Quentin balayait toute à scène à 360 degrés, du parc aux fortifications du château.
Il devina plus qu'il ne vit le geste que fit Francesco à ses hommes. Puis tout à coup, les hommes dans le parc s'éclipsèrent comme s'ils n'avaient jamais existé, et les scintillements disparurent du sommet des tours. Il avait rappelé ses hommes.
Le parc retrouva soudain une atmosphère paisible et relaxante, parfaite pour une balade tranquille ou un pique-nique en plein air.

Le pari de Quentin était gagné. Albert avait filmé et enregistré sa discussion avec Giordano dans la villa de ce dernier, et cette vidéo était son assurance. S'il la communiquait au Vatican, c'en était fini de *Dei Manum* et surtout de la carrière de Giordano, et s'il la donnait à *Praveskaïa*, Smirnov ferait exécuter Giordano.

Contre toute attente, Giordano fit demi-tour et revint vers lui. Elena et Émilie avaient commencé à accompagner Manon à leur voiture.
— M. Duvivier, dit-il, avant de nous séparer, pourriez-vous me dire, juste de vous à moi, quels sont les résultats de vos analyses sur les reliques dérobées ?

Quentin le dévisagea longuement.
— Je ne les ai pas encore, et désormais je n'ai pas envie de les avoir. Croyez-moi, je pense qu'il vaut mieux que vous aussi ne les ayez pas, pour ne pas risquer d'entacher votre foi dans votre mission.

Giordano opina de la tête, se retourna et partit vers son château.

*

L'aéroport international de Bari, renommé Karol Wojtyła en l'honneur du pape Jean-Paul II, est le plus grand des Pouilles. Malgré tout, il n'y avait pas de vols directs pour Lyon, ni même pour Moscou.

Avant de passer le contrôle pour prendre son vol Bari-Istanbul-Moscou, Elena faisait ses adieux au groupe. Elle repartait avec l'enregistrement des aveux post-mortem de Dimitri et leur avait assuré de les tenir au courant de l'éviction de Smirnov. D'après elle, ce serait certainement son ami Boris qui prendrait la tête de *Praveskaïa*. Même si cela restait un groupe mafieux, ce serait un moindre mal : avec Boris, le groupe continuerait le recel d'œuvres d'art mais ne commettrait plus de meurtres.
Émilie se demanda si elle allait leur faire son fameux baiser russe, mais elle se contenta d'une étreinte, celle avec Quentin durant un peu plus longtemps. Ce dernier, en la voyant s'éloigner avec sa démarche sensuelle, se demanda si un jour il se souviendrait de ce qui s'était réellement passé au Château de Valloubière.

Ils rejoignirent la salle d'attente, le vol pour Paris ne partait pas avant 2 heures.

Le téléphone d'Émilie se mit à vibrer. C'était son amie du laboratoire d'analyse en archéométrie de Bordeaux. Elle paraissait tout excitée.

— Émilie ! Je viens de finir les analyses. Veux-tu que je te donne les résultats oralement avant de t'envoyer le rapport par e-mail ?

— Merci Dora mais non, je ne préfère pas savoir.

Et elle lui raconta le dénouement de leurs péripéties.

— S'il te plaît, détruis le rapport et renvoie-moi les reliques, nous les rendrons à leurs propriétaires.

— Heu, d'accord, mais je connais les résultats.

— Je t'en prie, garde-les pour toi.

Émilie était mal à l'aise, car son amie devrait passer le reste de sa vie avec ce lourd secret.

*

Dans l'avion qui les ramenait à Paris, Manon s'était rapidement endormie de fatigue, suivie de près par Albert.

Émilie, assise à côté d'Albert, regardait Quentin de l'autre côté de l'allée centrale de l'avion.

Ils n'avaient pas eu l'occasion de parler d'eux. Pour ne pas perturber leur quête, ils avaient gardé leur idylle naissante secrète, et n'allaient pas la crier sur les toits désormais alors qu'ils ne savaient pas encore où ils allaient.

En face, Quentin lui fit un sourire et lui dit, sans élever la voix, juste en formant les mots avec ses lèvres :
— « Il faut qu'on se parle à Paris ».

À l'aéroport Charles de Gaulle, Quentin et Albert avaient une correspondance vers Lyon, alors qu'Émilie filait à Montpellier.
Dans le hall des transferts, Manon se tourna vers Émilie.
— Encore merci pour ton aide, surtout que tu n'étais pas obligée.
— Le devoir, plaisanta-t-elle.

Puis, comme si Manon avait deviné quelque chose – on peut parler d'intuition féminine –, elle dit à Albert :
— Albert, tu viens avec moi, on attendra Quentin dans la salle d'embarquement pour Lyon. Il doit certainement régler quelques détails professionnels avec Émilie.

Ils embrassèrent Émilie et se dirigèrent vers leur porte d'embarquement. Quentin et Émilie trouvèrent un coin tranquille dans un bar de l'aéroport.
Leurs regards étaient empreints d'une tristesse mêlée d'affection, alors qu'ils se préparaient à se dire au revoir. Ils entendaient à peine le brouhaha de l'aéroport. Les mots leur manquaient, submergés par l'émotion de ce moment si chargé de souvenirs.
Enfin, Émilie prit la parole.
— Je ne suis pas prête à quitter ma région pour venir m'installer à Lyon. Et je devine que toi non plus tu ne viendrais pas dans le Midi, surtout qu'il y a ta fille.

— On peut se voir le week-end et pour les vacances.
— On peut, mais dans nos métiers on travaille souvent le week-end, donc on risque de ne pas se voir souvent.

Un silence les enveloppa pendant quelques minutes, une éternité. L'annonce de l'embarquement pour Montpellier les ramena à la réalité.
Quentin saisit les mains d'Émilie dans les siennes, ses yeux bleus perdant leur éclat d'acier pour devenir tendres.
— Je te promets de t'appeler.

Émilie hocha la tête, un sourire timide aux lèvres. Malgré ses doutes sur ce type de relation, elle était convaincue que pour eux, la distance ne pourrait jamais effacer les liens qu'ils avaient si profondément tissés.
Elle se leva, Quentin s'approcha d'elle et la serra très fort dans ses bras. Ils échangèrent un long baiser.

La boule au ventre, Quentin regarda Émilie s'éloigner, puis alla rejoindre sa sœur.
Au regard qu'elle lui lança, il sut qu'elle avait compris. Ils avaient toujours été proches tous les deux et cela lui mit du baume au cœur.

Il remercia ensuite Albert pour son aide en lui disant qu'il avait payé dix fois sa dette. Ce dernier lui lança un regard brillant en concluant :

— C'est moi qui devrais te remercier de m'avoir sorti de mon morne train-train. Si tu as besoin de moi pour d'autres missions, je suis ton homme !

Notes de l'auteur

Les lieux décrits dans ce roman existent mais leur nom a parfois été changé. Leur usage quand il est lié à l'intrigue (par exemple celui de l'Ermitage Notre-Dame du lieu plaisant) n'est que pure fiction. Les personnages principaux sont fictifs. L'histoire des reliques et fragments de la sainte Croix existe (source Wikipédia) mais leur analyse et leur quête décrites dans ce roman n'est aussi que pure fiction. Les organisations *Praveskaïa* et *Dei Manum* sont également fictives. La SPSI du musée du Louvre existe mais sa description est un savant mélange de fiction et de réalité.

Les technologies utilisées dans ce livre existent bien mais leur usage a été fortement romancé, notamment en ce qui concerne l'Intelligence Artificielle.

J'ai finalement décidé de ne pas divulguer les résultats des analyses des fragments de la sainte Croix, car cela ne change rien au dénouement de l'histoire. Je laisse à chaque lecteur la liberté d'imaginer ce qu'il veut selon ses propres convictions.